티베트 기행

유 중 원
단편소설

티베트
기행

글누림

차 례

김명성 의원

김명성 의원

욕심보다 더 큰 죄는 없고 만족을 모르는 것보다 더 큰 불행은 없다.
— 노자

김명성 원장은 금년 82세이다. 1973년 충주에서 '김명성 외과 의원'으로 개업하였다가 12년 전인 2003년에 '김명성 의원'으로 이름을 바꿔 계속 같은 자리에서 병원을 운영 중이다. 그는 대학병원에서 일반외과 수련의 과정을 마친 후 스텝으로 몇 년간 더 근무하다가 그만두고 고향에서 개원을 한 것이다.

그런데 최근 (2016년 초여름을 말한다) 김명성 의원에서 충주시는 물론이고 전국적으로도 그 유례를 찾을 수 없는 대형 의료사고가 발생하였다. 이 사건은 워낙 큰 사건이어서 연일 신문과 TV에 보도되었고 그 병원은 결국 보건소에 의해 당분간 폐업 조치가 내려졌다.

보건소와 경찰서가 합동으로 조사한 바에 의하면 그 병원에서는 대량 납품으로 개당 100원밖에 되지 않는 1회용 주사기를 내원한 환자들에게 수십 번씩이나 반복 사용하면서 C형 간염 환자가 속출한 것이다.

보건 당국의 발표에 따르면 2013년부터 3년 반 동안 그 병원에서는 주로 비만치료용인 지방분해 주사와 피로회복용 영양제 주사를 집중적으로 처방하였는데 그 누적 환자 수가 26,000여 명에 이르렀다. 질병관리본부가 이들 전부를 대상으로 부랴부랴 역학 조사에 나섰는데 채혈검사를 통해 C형과 B형 간염 감염 여부와 함께 에이즈 검사를 실시한 것이다. 그 결과 에이즈 감염자 5명, C형 간염 감염자 2,100명으로 집단 감염 사태가 밝혀진 것이다.

이 사건은 보건 당국이나 의료계는 물론이고 충주시와 전국적으로 커다란 파장을 일으켰다. 도대체 병원이라는 데서 어떻게? 이럴 수가?

그 중에서 김 원장 자신이 포함되어 있는데 그는 아직 증세가 나타나지 않았지만 에이즈 감염이라고 밝혀졌고, 그의 아내와 4명의 간호조무사들 역시 C형 간염 감염자였다. 그의 아내는 그때 다시 병원에 나와서 이런저런 업무를 지시하면서 사실상 병원을 운영하고 있었던 것이다.

그리고 집단 감염의 원인은 1회용 주사기를 사용 즉시 버리지 않고 계속 반복적으로 사용했고, 주사기에 남은 주사액을 버리지 않고 재사용했기 때문이었다.

김 원장은 2003년 갑작스런 뇌출혈로 대학병원에서 긴급수술을 받았지만 장애등급 2급 판정을 받았다. 혼자서 걸음을 잘 걷지 못할 정도였고 특히 수전증이 심했으며 이에 따라 다른 정상적인 거동도 어렵게 되자 운전수의 도움으로 출퇴근을 하였고 간호조무사 출신인 아내가 병원을 사실상 대신 운영했었다.

그래서 수술이 도저히 불가능했으므로 외과의원에서 일반의원으로 전환한 것이다. 아내는 의사회가 주최하는 각종 행사나 특히 의사 연수 교육에 대리 출석했으나 의사들은 김 원장이 고령인데다 한때는 의사회 회장까지 역임했기 때문에 모른 척 눈감아 주었던 것이다.

그러나 꾸준한 재활치료 끝에 3년쯤 지나자 눈에 띄게 건강이 호전되었다. 지팡이에 의지하긴 했지만 잘 걷게 되었을 뿐만 아니라 손떨림 증세도 많이 완화되었고 무엇보다도 우렁찬 목소리가 되돌아왔다. 그는 다시 의기양양해져서 팔방미인의 활동을 재개하였다.

그런데 2013년에 이르자 김 원장의 건강 상태가 급속도로 악화되었다. 자신의 나이를 전혀 고려하지 않고 병원에서 늦게까지 무리하게 진료를 지속했던 것이다.

그해 이른 봄, 오랜만에 김 원장과는 대학 동창이고 내과의사였던 친구와 만나게 되었다.

그는 고향이 부산이었지만 대학병원 스텝으로 있을 당시 김 원장이 충주에는 좋은 내과의원이 없으니 여기에 와서 개업하면 큰돈을 벌 것이라고 장담해서 충주로 내려와서 개업했던 것이다. 그리고 김 원장이 먼저 의사회 회장을 했고 그 다음으로 이어서 그가 의사회장이 되기도 하였다.

그러나 내과의사는 65세가 되자 뒤도 돌아보지 않고 그때까지 환자가 넘쳐나던 병원을 돌연 폐업하였다. 지금은 가끔 친구들과 바둑을 두고 골프를 치거나 여행을 다니고 세 명의 손자들과 유유자적하며 살고 있다.

내과의사와 김 원장은 퇴근 무렵 병원 근처 카페에서 만났다. 내과의사가 오랜만에 그 시간에 맞춰 병원으로 찾아왔던 것이다. 그 무렵 별로 좋지 않은 소식을 들었던 것이다. 다시 수전증 증세가 심하게 나타나서 청진기를 쥔 오른손이 덜덜 떨렸고 오래 전부터 스스로 치매 증상을 의심해서 치매 약까지 복용하고 있다는 소문이 돌았던 것이다. 그래서 주위에서 이제 연세가 있으시니까 그만 두시고 쉬시라고 해도 그럴 때마다 불같이 화를 내고 자신은 지금 멀쩡하고 환자를 진료하는데 아무런 문제가 없다고 장담한다는 것이다.

그는 주위에 말했다고 한다. '내가 솔직히 말해서 손이 떨려서 외과 수술은 못하겠지만 다른 진료를 보는 데는 전혀 문제가 없는데 왜 그런 말이 떠도는지……'

내과의사가 말했다.

"건강은 어떤가? 그 후유증이 여전한가?"

"괜찮아, 괜찮다고 뭐가 어때서……"

"다행이구먼. 우리 나이에는 건강이 최고지, 그렇지 않은가. 의사들이 의외로 자기 건강에는 무관심한 편이거든."

"그렇지, 그렇다네."

"그러나 말일세, 나이를 생각해 보게나. 재산도 충분히 있겠다, 뭐가 문제인가? 다시 말하면 폐업을 하고 나서 남은 인생을 실컷 즐기라는 걸세……"

김명성 원장이 처음 개업할 당시는 정말 굉장했다. 그는 초등학교와 중학교, 고등학교의 모든 동창생들과 동문들에게 개업 인사장을 돌렸고 충주 시내의 모든 광고판에는 개업광고를 도배하다시피 했다. 그리고 택시기사들과 버스 회사에 리베이트를 주면서 교통사고가 나면 즉시 환자를 병원으로 이송하도록 만반의 조치를 취한 것이다. 그 바쁜 와중에도 로타리 클럽이나 각종 친목회 모임, 동창회 회장 등을 역임하였다. 그는 마당발이었다.

그래서 병원은 문전성시를 이루었다. 그 당시 20개의 입원실에 간호사와 간호조무사, 마취 전문 간호사, 물리치료사, 엑스레이 기사, 사무장, 식당 종업원 등 16명의 직원을 거느리게 되었다.

그렇게 해서 돈을 갈퀴로 긁어모은 것이다. 몇 년 만에 대지 300평에 5층 건물을 지어서 병원을 이전하였고 그 후에도 충주시 외곽의 과수원 땅 5만 평을 사들였고 수안보에 있는 3층 온천탕 건물을 사들였다.

지금 김 원장의 재산은 부동산의 경우 5층 빌딩이 30억 원, 충주시 연수동 쪽에 뉴타운이 개발되면서 지목이 밭에서 대지로 변경되어 땅값이 몇 배로 뛴 과수원 땅이 100억 원대, 수안

보. 온천탕 건물 10억 원, 김 원장이 현재 살고 있는 연수동 60평 아파트 5억 원, 기타 나대지 200평 10억 원 등이 있다. 그러나 현금성 자산이 얼마인지는 알 수 없는데 그는 모두 오직 은행에 예금으로만 가지고 있다.

"……그러니까 그 많은 재산 말일세. 지금부터라도 자식들에게 물려줄 준비를 하란 말일세. 이미 늦었을 수도 있어. 평생 모은 것을 다 국가에 세금으로 바칠 수는 없는 거 아닌가?"

"벌써부터 그럴 수는 없는 거라네. 그건 내가 당장 죽는 걸 전제로 하는 건데 난 죽지 않아. 10년 이상은 더 살 거야. 그래서 천천히 해도 상관없어. 지금부터 골치 썩을 필요는 없다네."

"병의 종류는 너무 많고 같은 환자라도 치료 경과가 많은 차이가 있지 않은가. 새로운 첨단 의학지식이 매일처럼 쏟아지고 있다네. 그걸 늙은 김 원장은 감당할 수 없을 걸세. 꼭 병원을 계속하고 싶으면 젊은 의사를 고용하게. 그러고 나서 뒷방에서 유유자적 쉬란 말일세."

"그래서? 내가 지금 허튼 소릴 하는 것으로 들리는가? 이렇게 멀쩡한데 말이야. 요즈음 젊은 의사란 게 도대체 믿을 수가 없으니 맡겨둘 수가 없는 거야. 그리고 충주에서 데리고 있자면 한 달에 적어도 천만 원을 줘야 할 거라네. 그래도 금방 도망갈 거고."

"허허……고집이 대단하구만. 우리 나이면 밤새 안녕 못 할 수도 있는 게야. 급사할 수 있단 말일세. 방금까지 멀쩡하다가 어느 순간 혹 가버리는 거지."

"정 원장과 나는 세상을 보는 눈이 이렇게 다르니? 늙어가는 사람만큼 인생을 사랑하는 사람은 없는 거라네. 하지만 노인을 진정으로 이해하는 사람은 극히 드물지.

내 말을 들어 보게나. 의사는 대표적인 전문직이야. 그러니까 정년이 따로 없는 거지. 한 번 의사가 되면 아무리 나이가 많아도 죽을 때까지 의사를 할 수 있는 거야. 그리고 말일세. 나이 먹은 의사들은 어린이나 젊은 사람들보다 주로 비슷한 연령대의 환자를 진료하게 되지. 나이 먹은 의사의 진료 방식에 대해서는 환자가 알아서 판단하는 거야. 그러니까 환자의 선택을 침해할 수는 없다는 말일세. 그렇지 않은가?"

보건소는 최근 김명성 원장의 아내에 대해 무면허 의료행위를 이유로 김 원장에 대해서는 약물 규정에 따라 경찰에 고발 조치하였다. 또한 주사기 등 일회용 의료품을 재사용했을 경우 현행 의료법 상 자격정지 1개월을 제외한 처벌 조항이 따로 없어 무면허 의료행위로 고발했다. 주사기 재사용은 도저히 이해할 수 없는 상식 밖의 일이지만 이를 처벌할 마땅한 규정이 없었던 것이다. 보건소 측이 무면허 의료 행위 지시와 그 책임을 들어 김 원장 부부를 고발한 것은 이 같은 법적 허점 때문이었다.

한편, 대한의사협회는 김 원장의 주사기 재사용과 아내의 대리 의료 행위를 심각한 범죄 행위로 규정했다. 만약 이게 사실이라면 보건복지부에 면허 취소를 의뢰하겠다고 밝힌 것이다.

세상은 어느새 바뀌었다. 옛날이 그리웠다. 옛날에는 수술 실수로 환자가 죽어도 쉬쉬하면서 사무장이 대충 돈으로 해결하였다. 그 무렵에는 의사회 회장과 경찰서의 자문위원회 위원장으로 있었고, 뿐만 아니라 지청의 검사들과도 가끔 식사를 하고 술대접을 하였기 때문에 큰 물의를 일으키지 않고 무마될 수 있었다. 그것만이 아니었다. 그는 자기 병원의 간호사와 간호조무사들을 진료실에서 또는 빈 입원실에서 성추행을 하거나 거의 반 강제적으로 (지금의 기준에서 보면 당연히 성폭행에 해당하겠지만) 성관계를 가졌지만 도대체 문제될 수가 없었다. 병원 원장으로서 권위를 내세워서 돈 몇 푼 쥐어주고 거뜬히 해결했던 것이다. 그까짓 감염이 무슨 대수라고 이 난리란 말인가. 지들이 뭘 안다고 약을 간단히 처방하면 될 것 아닌가.

김 원장은 두 번 이혼하였다. 첫 부인한테서 일남 일녀의 자식이 있는데 그 아들은 서울 압구정동에서 성형외과 개업을 하여 진료 중에 있으나 경쟁이 심해서 고전을 면치 못하고 있다. 그 딸은 사립대 미대를 나온 무명화가로 외과 의사였던 남편과 이혼하고 지금은 중학생인 아들과 함께 살고 있다. 둘째 부인은 그 병원의 간호사였는데 아들만 둘이 있다. 모두 서른이 넘었지만 결혼도 하지 않고 백수건달로 지내고 있다. 현재 셋째 부인과는 고등학생인 아들 하나가 있다.

김 원장은 충격을 받고 대학병원에 입원했다.

내가 지금 죽을 거라고 왜, 허망하게 죽어야 한단 말인가?

어림없는 소리야. 10년은 더 살 거라고 끄떡없다고 에이즈도 날 어떻게 할 수는 없어. 그러니까 증상이 없는 거지. 지금도 마음만은 청춘인걸. 걔 말이야, 얼굴은 어른거리는데 이름이 생각나지 않는군. 정말 죽여줬는데…… 또 걔는 어떻고……

그러나 그는 그 충격 속에서 2003년에 이어 두 번째 뇌출혈이 왔고 증세가 급속히 악화되어 갔으며 이제 거의 의식을 잃었다. 4평 남짓한 1인용 병실에서 영양공급 튜브를 달고 있는 생명유지장치에 의지해서 환자용 특수 침대에 누워있다.

자식들이나 처는 이제 그가 회복되리라고 기대하지 않는다. 오히려 빨리 죽기를 내심 바란다. 그러므로 그가 얼마나 고통 속에 신음하고 있는지, 그 고통에서 하루빨리 해방되려면 어떻게 해야 하는지에 대해서는 아무도 전혀 관심이 없다. 누구 하나 눈물을 흘리는 사람도 없었다.

그들은 이구동성으로 생각했다.

아무도 알아보지 못하는 거야. 살아있는지 이미 죽은 건지. 끝났다고, 끝났어. 그러니까 다시 말하면 죽으려면 빨리 죽으라고 병원비로 재산을 축내지 말고 진즉 재산을 정리해 놓았으면 얼마나 좋았을까? 평생을 살 것처럼 거들먹거리더만.

전처 자식들과 현재 부인 사이에는 그 많은 재산을 둘러싸고 서로 눈치를 보면서 여차하면 소송도 불사할 태세이다.

C형 간염은 B형 간염과 달리 백신이 없는 질환이다. 게다가 C형 간염에 걸릴 경우 약 15퍼센트 정도는 급성 증상을 보이지

만 나머지 대부분 환자들은 만성 보균자가 되면서 이 가운데 상당수가 간경화 등 합병증으로 진행되는 것으로 알려졌다. 전문의들은 '만성 질환자의 일부는 간암으로까지 진행될 수 있는 무서운 질환이 C형 간염'이라고 말했다.

그런데 의료과실을 전문으로 취급하는 서울 서초동에 있는 로펌은 재빨리 대응하였다. 노련한 사무장 4명을 풀어서 피해를 입은 환자들을 일일이 찾아다니며 설득해서 소송을 제기한 것이다. 그 로펌에서는 우선 김 원장의 모든 재산, 그러니까 토지와 건물, 현재 살고 있는 아파트는 물론이고 은행의 예금구좌까지 샅샅이 뒤져서 가압류를 한 후 손해배상 청구소송을 제기했는데 총 청구 금액이 무려 350억 원이 넘었다.

가장 완벽한 순간

가장 완벽한 순간

분노의 심연을 바라볼 때 심연이 당신을 바라보지 않도록 주의하라.
— 프리드리히 니체

폭력인지, 살인 미수인지, 그 사건은 그 행사가 시작된 직후 순식간에 발생했다. 전혀 예상치 못한 상황에서 회장님은 무방비로 당한 것이다. 어떤 민간단체가 주최하는 초청 강연회는 오전 7시 30분에 시작될 예정이었다. 그러나 주최 측은 회장님이 10분 정도 늦을 예정이라고 방송을 했고 참석자들은 배포된 자료를 훑어보면서 담소를 나누고 행사 시작을 기다리고 있었다. 강연 제목은 '우리 문화의 융성과 민족의 미래'였다. 잠시 후 회장님이 입장하여 긴 통로를 지나 메인 테이블에 자리를 잡았다. 그가 도착하여 여기저기 고개를 돌려서 눈인사를 나누고 나서 착석한 후 환영의 박수와 함께 조찬이 시작됐다.

최대한 회장님은 유명한 탤런트 겸 배우였고 주로 근엄한 아버지 역을 맡았기 때문에 '국민 아버지'라고 불리고 있었다. 그는 3선의 국회의원으로 상임위원회 위원장을 맡은 적이 있고, 현재는 한국연기자연합회 회장, 한국방송탤런트회 회장, 한류콘텐츠진흥회 회장, 전국어버이회 회장, 한국노인연합회 명예회장 등 회장 명함만 10여 개가 넘었다. 70세가 넘었지만 여전히 정정해서 영화나 드라마에 꾸준히 출연했고 대외적인 활동 역시 왕성했다.

그러나 평화로운 조찬장은 순식간에 아수라장으로 변했다. 최 회장이 연단 바로 앞 테이블에 앉은 직후 조찬장 맨 끝 12번 테이블에 앉아있던 범인이 갑자기 일어나 최 회장에게 100미터 달리기 선수처럼 빠르게 다가갔다. 감색 계열 개량 한복 상의와 역시 감색 계열 하의를 입은 범인은 30센티미터 길이의 과도를 숨긴 채 그대로 최 회장을 덮쳤다. 그때 최 회장은 범인이 옆으로 다가오자 자신에게 인사를 하려는 줄 알고 악수를 하려는 자세로 일어났는데 그러고 나서 피를 흘리며 바로 얼굴을 부여잡고 고목이 넘어지듯 쓰러졌다. 그때 그의 머리에 얹혀있던 가발이 바닥에 떨어졌는데 약간 남은 흰머리는 회색이 되어 뒤통수에 매달려 붙어있고 정수리에서 머리 앞쪽은 완전히 주름진 대머리였다.

김중현이 대담하게 도발하는 눈빛으로 최 회장에게 뛰어나갈 때 순식간의 일이라 막아서는 사람은 없었다. 회장님은 피범벅이 된 얼굴로 쓰러진 채 가쁜 숨을 토해내며 연신 기침을 했고 눈에는 눈물이 고였다. 대머리에 빛들이 쏟아져 내렸다. 그가 조소하는 듯 입가에 엷은 미소를 띠며 뭐라고 아무도 알아들을 수 없는 말을 외쳤다. "개……. 쓰……. 뭐! 아……. 위……. 출세주의자."

그때 옆 테이블에 앉아있던 해군 장교 출신의 한 참석자가 눈 깜짝할 사이에 테이블에서 물, 컵을 들어 그의 얼굴에 뿌리고 번개처럼 손목을 내리쳐 칼을 떨어뜨렸다. 그러자 몇 사람이 합세해서 그를 옆으로 밀쳐서 균형을 무너뜨렸다. 그가 테이블에 머리를 부딪치고 바닥에 나동그라지면서 완전히 제압당했다. 급작스러운 상황에서 60대로 보이는 뚱뚱한 여성 참석자가 본능적인 새된 목소리로 비명을 질렀고, 어떤 남자는 중얼거렸다. "이런 멋있는 자리에 참석하였다니, 내 눈으로 직접 보았다니까, 오길 정말 잘했어, 잘했다고, 회장님 머리가 생판 가발이었다고, 대머리가 번쩍거렸다고, 범인은 운동권의 스타라고 사람들이 수군거리더라고, 모자를 쓰고 있어서 아쉽게도 얼굴을 자세히 볼 수 없었다니까, 마누라한테 신나게 이야기해 줘야지. 얼마나 재미있어할까."

한 남성 참석자가 겨우 정신을 차리고 다급한 목소리로 경찰에 신고를 하여 십여 분쯤이 지나자 경찰 다섯 명이 도착했다.

참석자들은 웅성거리며 완전히 낯선 표정으로 변한 회장님의 얼굴을 내려다보았다.

처 회장은 그가 휘두른 흉기에 얼굴과 손 등을 심하게 찔려서 피를 많이 흘렸고 특히 오른쪽 뺨에 큰 상처를 입고 인근 병원으로 이송되었다. 그러나 상처를 입은 오른쪽 뺨에는 신경이 많이 분포하고 있어서 상처 깊이에 따라 후유증이 나타날 가능성이 높았다. 다시 말하면 뺨에는 5가지 신경이 지나가고 있어이 신경이 끊어졌을 경우 안면마비가 올 수 있는 것이다. 또 귀에서 입안으로 연결되는 침샘관도 뺨에 있어서 침이 새어 나오거나 고일 수 있어 오랜 치료를 받아야 한다.

서울구치소 변호사 접견실

모자를 쓰지 않은 그의 얼굴 모습을 본 게 언제였던가. 신문에도 텔레비전에도 항상 헌팅캡을 쓴 모습만 나왔다. 그는 잠자리에 들 때를 빼면 언제나 모자를 벗지 않는 것처럼 보였다. 새삼스럽게 살펴보니 넓고 둥근 이마에서부터 정수리까지 완전히 빛나는 대머리였고 완전히 빛바랜 검정색과 흰색과 회색이 뒤섞인 몇 가닥 머리카락만 뒤통수에 매달려있다. 완전히 낯설고 불가해한 얼굴이었다.

그의 얼굴이 붉게 타오르며 온몸이 부르르 떨리는 게 느껴진다. 그 진동은 가슴팍에서 시작해서 내장을 거쳐 바깥으로 퍼지면서 나를 스치고 지나갔다.

그의 목소리는 여전히 탁하고 낯설고 불쾌했다.

"이게 얼마만인가…… 변호사님께서 직접 면회를 오다니…… 전혀 기대하지 않은 뜻밖의 일이라서…… 웃어야 할지 감격해서 울어야 할지…… 네가 웬일이야…… 변호사로 선임하지도 않았는데……"

"너무 흥분하지 말라구. 진정하라니까. 네가 구속됐는데 당연히 와야 하는 거 아니야. 당연히……"

"글쎄…… 오래간만이네…… 십 년이 훨씬 넘었으니까…… 우리가 친구인 건…… 그 동안 내가 어떻게 살았는지를 네가 알고 있을까? 나를 조롱하려고 온 거야? 아니면 내가 미쳤는지 확인하려고?"

"그렇지, 그렇고말고 우린 오랜 친구이지. 초등학교, 중고등학교까지 동기동창인데 말이야. 무슨 오해가 있다면 풀어야겠지. 우리는 각기 다른 방식으로 살았으니까."

"검찰이 살인죄로 기소했다고 마음대로 하라지……"

"글쎄 말이다. 검찰이 너무 나가지. 그런데 변호사가 그걸 벗길 수 있을까? 담당 재판장도 워낙 보수적이라고 하니까…… 간단치는 않을걸. 다시 말하면 변호사는 검사와 판사를 상대로 거친 싸움을 해야 될 거라고……"

그가 날 노려보았다.

"어쨌거나 그렇게 생각한단 말이지. 네가 걱정할 일은 아니야. 그러나 난 널 의심할 수밖에…… 넌 나의 동기가 궁금할 거야. 강박적 사고 때문이거나 폭력이나 붉은 피에 매료되는 성향 때문이라고 지레짐작하고, 그걸 확인하러 온 게 틀림없어.

네가 맨날 주장하지 않았어? 인간의 행위에는 반드시 동기가 있는 거라고 그러니까 인간들의 관계, 인과관계를 들먹였지. 물론 법률가로서 당연한 발상이라고 인정할 수도 있겠지.

하지만 인간은 알 수 없는 거야. 네가 어떻게 알겠어? 동기가 어디에 있지? 원인이 어디에 있어? 원인이 결과가 될 수 있고 결과가 원인이 될 수도 있어. 세상 모든 일이 복잡하게 얽혀있

25

는 거지. 그래서 인간은……"

"너무 앞지르지 말게나. 신문을 자세히 읽었거든. 그냥 궁금했던 거야. 우리의 영웅이……"

"네가 날 비꼬는 거야! 영웅이라고! 네가 날 그렇게 평가한 적이 있었던가? 내심 마음껏 비꼬았겠지. 뒤늦게 겨우 합격하고 나서부터 말이야. 그까짓 변호사 주제에…… 그러니까 너는 줄곧 내 꽁무니에 붙어 있었어!"

"그렇지. 인정할 수밖에 없지. 나는 똑똑하고 공부 잘하는 동창생의 그늘에 가려 있었던 거지. 삼수까지 했으니…… 그것도 후기로 대학에 들어갔지 않은가…… 그놈의 시험도…… 지긋지긋하지. 그러니까 넌 운동권의 중심 인물이었고 나는 항상 지리멸렬했었지.

그런데 지금 그게 무슨 소용이람. 우리 내일 모레면 60이라고 누가 우리 이야기를 들으면 한심한 인간들이라고 혀를 찰 거야. 그만두자고. 그만……"

"그래, 그만두자. 그건 알아두라고. 나는 멜랑콜리하거나 불안하지도 않고 벼랑 끝 심리상태에 몰려 있지도 않아. 그리고 분노조절 장애이거나 과잉행동 장애는 아니야. 어떤 경우에도 정신적 문제는 없어. 나의 행동은 아주 근본적인 거야. 존재론적이란 말이지. 그런데 세상 사람들은 그걸 인정하지 않지. 인간의 심연을 이해하지 못하는데 어떻게 인정할 수 있겠어? 하지만 나는 분노의 밑바닥을 내려다볼 용기가 있지. 나는 내 분노를 존중하지.

그러나 그 분노는 여자와 성적 환상과는 관계가 없는 거야. 그랬더라면 나는 여자들을 강간하고 연쇄살인을 했겠지."

"너는 항상 심오했지. 다소 엉뚱하고 철학적이었고……"

"네 말은 지금 고깝게 들리지. 우리 이쯤에서 그만두자고. 그리고 부탁인데 다시는 오지 마. 다른 변호사를……

나는 나이 들면서 이념이나 주의 같은 것은 시궁창에 내다버렸지. 지금 생각해 보면 지독히도 쓸데없는 공론이었을 뿐이야. 낡았고 소용없는 거야. 나는 이제 혁명가는 아니야. 무슨……

나를 전율하게 만드는 비일상적인 어떤 모험을 하고 싶다는 갈망이 있었던 걸까. 모든 사람들의 놀란 눈길이 쏟아지는 바로 그 완벽한 순간 그 행동을 하도록 바라는 욕구가 있었던 걸까. 줄곧 간절하게 원했었고 비록 어떤 희망도 보이지 않더라도 지금도 원하는 순간이었던 거지.

도스토옙스키는 평생 동안 주기적으로 간질 발작에 시달렸다고 했지. 간질 발작이 시작되면서 의식이 완전히 소멸하기 직전 절정의 순간을 인간 세계의 모든 비밀을 꿰뚫을 수 있는 순간이라고 했어. 그게 절대적인 황홀경의 체험 또는 죽음의 체험, 파국의 체험이고 순간의 미학이었던 거지.

그건 기억히리고 오랫동안 기다렸던 순간. 완벽한…… 아름다운 순간이었지. 칼날이 그의 뺨을 찌르는 순간 말이야. 그리고 손끝으로 붉은 피를 만질 때의 황홀함이란…… 그건 나의 정신 속에서 빛나는 한 줄기 섬광이었다고 그때 사람들의 놀란 시선이 나에게로 쏟아졌지. 나는 너무 감격스러워서 쓰러지는 순간에도 웃을 수밖에 없었어.

개뿔…… 개새끼…… 쓰레기인 거지…… 가발까지 쓴 주제에 …… 그러니까 위선자가…… 뭐 아버지……? 지가 무슨 국민 아버지라고……"

"우리는 각기 다른 방식으로 세상을 바라보는 거야……

그렇지, 그렇다네. 다시 오지 않을게. 잘 있으라고"

그는 여전히 나를 탐탁지 않게 생각하고 있다. 나는 그를 보자마자 또다시 위축됐다. 우리가 오랜 친구 사이인가? 그를 도대체 이해하지도 못하는데 말이다. 나는 그의 불가해한 얼굴을 똑바로 쳐다볼 수 없었다. 나는 괜히 왔다고, 후회했다.

그의 정신적 상처는 무엇인가? 그는 상처는 없다고 극구 부인하지 않았던가. 그는 억누를 수 없는 분노를 해소하기 위해서 모험을 하고 싶었던가? 그의 번민, 어두운 욕망, 내면에 꿈틀거리고 있는 무의식 속 갈등과 모순. 내가 정신분석학자도 아닌데 이러한 질문에 내가 무어라고 대답할 수 있을 것인가?

그는 아주 어린 시절 사람들 앞에만 서면 일종의 불안감과 공포감 때문에 얼굴을 못 들고 말을 잘 못 하는 증상이 있기는 하였다. 어린 시절부터 시작된 이 트라우마는 오랫동안, 초등학교 졸업할 무렵까지 지속되어 그에게 어떤 영향을 미친 것은 사실이다.

옛날 일이지만, 그는 어느 날 갑자기 아버지에 대한 두려움을 토로한 적이 있었다. 어려서부터 돈 계산이 깐깐하고 몹시 엄격했던 아버지 슬하에서 크다 보니 마음 펼 날이 없었다고 했다. 심지어는 아버지 생각만 해도 몸이 벌벌 떨릴 지경이었다. 이렇게 위축된 증상은 고등학교를 졸업할 때까지도 완전히 사라지지 않았다. 또 다른 트라우마는 어머니의 짙은 그늘이었다. 그는 마마보이가 아님에도 불구하고 말끝마다 자신의 어머니를 끌어들였다. 친구들끼리 유쾌하게 농담을 하다가도 '시간이 지나서 어머니가 이 말을 전해 들으면 어떻게 생각할까?'하고 쓸데없이 걱정했던 것이다. 친구들이 그 말을 어머니에게 전할 하등의 이유가 없었는데도 말이다. 심지어 어머니에 대한 근심 걱정이 지나치다는 나의 지적에 전적으로 공감하였지만 또다시 그러한 자신의 모습이 어머니에게 어떻게 비칠까를 근심 걱정했던 것이다. 어머니의 장남에 대한 지나친 관심과 집착이 자신의 위축된 자아와 충돌했던 것일까?

　나는 젊은 시절 한때 대학로 뒷골목 허름한 건물 지하실에 있는 **우리 소리 연구회**에 당피리를 배우러 다닌 적이 있었는데 그가 운영자로 있었다. 하지만 그는 어떤 종류의 피리도 제대로 불지 못했다. 그렇다고 피리나 우리 소리에 관해 뛰어난 이론가도 아니었다. 그러나 그 연구회는 진보적인 운동권에서는 제법 유명해서 ㅗ쪽 사람들이 아지트처럼 모여들었다. 어쨌거나 피리 강습이 끝난 뒤 종종 뒤풀이 자리가 있었고 그는 두주불사하며 말술을 마셨고 그래도 멀쩡한 정신으로 동석해서 많은 이야기를 나누었다. 주로 침을 튀겨가며 벌어진 열띤 논쟁의 주제는 항상 권위주의 정권에 대한 불만과 저주와 자본주의 체제의 모순과 계급갈등에 관한 것이거나 혹은 변화를 두려워하는 소시민들의 속물근성에 관한 것이었다.

그는 대학에 들어가면서부터 고향을 떠났으므로 부모님의 그늘을 벗어났고 최고의 명문 법대에 합격했으니 그때부터 술을 많이 마셨고 용감해졌고 남 앞에 나서기를 좋아했으며 말이 많아졌다. 그러나 말은 감정이 앞섰기 때문에 논리라는 것이 없었다. 차라리 종횡무진이라고 해야 할 것이다. 그가 남다른 점은 정체를 알 수 없는 뛰어난 열정이었다. 그러나 온갖 것에 대한 지대한 관심으로 감당할 수 없는 일을 벌였고 뒷수습은 잘 하지 못했다.

그가 법대 출신이지만 고시 공부를 한 적은 없었다. 줄곧 운동권의 스타였으니 고시 공부를 하는 나를 계속 비아냥거렸다. 고시 합격해서 독재자들의 앞잡이가 되려고 한다며 비난했던 것이다.

그러나 10년쯤 지나자 그 연구회는 결국 문을 닫았는데 그것은 심각한 재정난 때문이었다. 동시에 그가 운영했던 이념서적이나 사회과학 책들을 출판하는 출판사도 문을 닫았다. 그가 날 찾아온 이유도 회사의 청산 과정에서 발생하는 법적 문제에 대해 자문을 구하기 위해서였다. 그는 본래 운영이나 경영 같은 것에는 전혀 어울리는 사람이 아니었다.

그와는 그 후 오랫동안 연락이 끊겼던 것이다. 언젠가 그가 다시 사무실로 불쑥 찾아온 적이 있었다. 여전히 감색 개량 한

복을 입었고 회색 수염을 길게 기르고 검정색 헌팅캡을 쓰고 있었다. 그리고 옷으로 가린 오른손에 차마 눈뜨고 보기 곤란한 심한 화상이 있는 걸 순간적으로 보았지만 그 이유를 물어볼 수는 없었다. 다만 그가 언젠가 무슨 사건의 진상을 밝히지 못하면 영원히 묻히고 만다면서 정부 청사 앞에서 진상조사를 요구하면서 몸에다 기름을 붓고 분신을 시도했단 이야기를 들었기 때문에 그 후유증이 아닌가 여겼을 뿐이다.

그가 그때 말했었다.

"나는 끊임없이 따돌림을 당했다고 아무도 나를 주목하지 않았어. 나는 미쳐 날뛰는 분노를 누를 수가 없는 거야. 나는 영웅처럼 큰일을 하고 싶은데…… 좌절감이 느껴지고…… 울분도 느끼지…… 그러니까 높은 사람이라고 거들먹거리는 작자들 말이야…… 장관하고 국회의원하고 국영 기업체의 사장하고…… 그것들은 벼락 출세를 했다고. 형편없는 주제에 그것들이 까부니까…….

내가 오물로 가득 찬 더러운 뱃속과 내장과 똥구멍까지 그들의 정체를 알고 있었거든. 얼간이들이고 위선자들이지. 그래서 더러운 놈들이라고 우리 소리를 거쳐 갔으니까. 정권이 바뀌니까 그걸 발판삼아서 출세한 거지. 그런데 나는 뭐지?"

공판기일에, 검찰은 피고인이 이전부터 폭력을 준비한 정황이 드러났다고 하였다. 그는 최 회장의 개인 블로그에 들어가서 관련된 자료를 검색하였다는 것이다. 최 회장의 키를 몰랐던 피고인이 최 회장의 전신 사진을 통해 키와 몸무게를 검색한 것이라고 하였다. 또 범행 전날에는 형법이라는 키워드로 검색을 하였는데 이것은 범행 이후 처벌을 받게 될 조항을 찾아보기 위한 것으로 추정된다고 하였다.

검찰은, 피고인이 사건 당일 집에서 30센티미터 길이 과도를 상의 우측 주머니에 넣고 나와서 행사장에 입장해 잠시 앉아 있다가 최 회장을 보자마자 범행에 착수한 점, 팔을 머리 위까지 치켜들어 과도의 날을 하늘 방향이 아니라 지면 방향으로 거꾸로 쥔 채 5회 이상 내려치듯 휘두른 점, 최 회장의 왼팔이 관통될 정도로 세게 내려친 점, 최 회장 얼굴에 길이 15센티미터, 깊이 5센티미터의 상해를 입힌 점 등을 종합적으로 고려해 피고인에게 최 회장을 살해하려는 고의가 있었다고 판단했다.

그래서 살인미수죄로 기소한 것이다.

변호를 맡은 진보 단체 소속 변호사는 이것은 순식간에 충동적이고 즉흥적인 분노를 이기지 못해 벌어진 일이라고 주장했다. 변호사는 피고인이 오랫동안 문화운동을 해왔기 때문에 이전에도 행사장에서 여러 번 소동을 피운 바 있고 이번 피습행위도 피고인의 입장에서는 일종의 행위예술적인 퍼포먼스라고 주장했다.

검사는 마지막으로 구형하면서 말했다.

"피고인은 살인의 고의로 피해자를 찔렀습니다. 전에도 여러 번 이해하지 못할 이상한 행동들이 있었는데 그때 엄벌에 처하지 아니한 것이 오늘에 이르게 된 것이라고 봅니다. 더 이상 관용을 베풀면 안 될 것입니다. 그리고 공판 내내 단 한 번도 후회하거나 반성의 기미가 없었습니다. 자기도취가 심하지요. 그러므로 살인죄를 적용해서 무기징역에 처해주시기 바랍니다."

피고인은 말했다.

"제 자랑을 하려는 것이 아니고 보람찼다고 할 수 있습니다. 그 지독한 위선자를 찔렀기 때문입니다. 그러나 살인의 고의는 없었습니다. 그를 죽일 필요까지는 없었지요. 온 세상이 나의 빛나는 행위를 주목하면 그걸로 목적이 달성되니까요. 그런데 말입니다. 붉은 피가 솟구칠 필요가 있었지요. 피는 목마름의 본질이니까요."

서울중앙지방법원 제21형사부는 그에게 **살인미수죄**를 적용하여 징역 15년형을 선고했다.

재판장은 형을 선고하면서 말했다.

"피고인은 그동안 재판 과정에서 단순히 위협만 가할 의도였기 때문에 비교적 약한 손목 힘으로 피해자의 얼굴을 그은 것뿐이라고 주장했고 특히 자신은 오른손에 가벼운 신경마비 장애가 있어 칼날의 끝이 아래로 향하게 칼을 쥘 수 없기 때문에 내리찍는 것은 불가능하다고 주장하였습니다. 그러나 상처가 아래로 내려갈수록 깊어지는 것을 감안했을 때 위에서 내리찍은 것으로 보는 것이 자연스럽다고 봅니다. 그러니까 상처가 깊어서 안면 신경을 건들었고 남은 인생을 안면마비라는 심각한 후유증을 겪을 것으로 판명되었습니다. 이제 화려한 배우생활에 종지부를 찍은 것이지요.

그리고 피해자가 탄원서를 보내 왔습니다. 자신의 머리는 하도 자연스러워서 사람들이 여태 가발인 줄을 몰랐었는데 이번에 가발이 벗겨지고 보기 흉한 대머리가 신문에 대문짝만하게 실리면서 명예가 크게 훼손되었다고 했습니다. 그러니까 국민 아버지의 이미지가 크게 훼손되었다는 취지였습니다. 그래서 도저히 용서할 수 없으니 엄벌에 처해달라고 하였습니다.

검사는 피고인이 자기도취가 심하다고 지적했습니다.

이 판결에 불만이 있으면 7일 이내에 항소할 수 있습니다."

그날, 나는 무거운 발걸음으로 법정을 나왔다. 점점 피로해지고 무력감을 느꼈다. 15년이라니. 네가 친구라고? 평생을 자기도취에 사는 개새끼! 차라리 그 예리하게 벼린 칼날로 자신의 심장을 찔렀어야 했는데…… 그러면 검붉은 피가 엄청 쏟아졌을 텐데.

그거야말로 자기도취의 완성이라고 할 수 있는데……

그리고 나서 가장 완벽한 순간을 음미했어야……

늦가을 하늘에는 먹구름이 잔뜩 끼어있어서 금방이라도 억센 비가 쏟아질 것처럼 보였다. 나는 그 재판 내내 방청객으로 그 법정에 갔었다.

마지막 점프

마지막 점프

맹주석은 겨울 올림픽 피겨 스케이팅 남자 쇼트 프로그램에 전체 선수 30명 중 18번째로 나선다. 그는 추첨 결과 18번을 뽑았다. 이번 대회 쇼트 프로그램은 6명이 한 조를 이뤄 전체 5개 조로 경기를 한다.

이런 뒷번 순서가 반드시 좋은 것은 아니다. 워밍업을 하고 난 다음 초조하게 기다려야 하는 시간이 길고 빙판 상태도 다른 선수들이 먼저 연기한 다음이라 좋지 않기 때문이다. 하지만 그는 최근 연습을 할 때마다 괜찮은 몸 상태를 보이고 있어 추첨 순서가 경기력에 별 영향을 끼치지는 않을 것이라고, 실패에 대한 두려움은 없다고, 자기 자신을 완전하게 조절할 수 있다고, 지금 기분이 결코 나쁘지 않다고, 자신을 달랜다.

이번 추첨은 현재의 세계 랭킹을 바탕으로 진행되었다. 이번 올림픽에 출전하는 30명 중 가장 랭킹이 높은 12명이 차례대로 19번부터 30번까지 순서를 정한 것이다. 이어서 참가 선수 중에서 세계 랭킹 순서대로 13번에서 15번째 선수가 16번에서 18번 사이의 번호를 뽑았다. 랭킹이 낮은 나머지 15명이 1~15번을 가렸다.

러시아의 알렉산드로 키릴로코프는 대리 추첨으로 25번을 잡았고 그의 라이벌인 일본 선수는 가장 마지막 순서인 30번이었다.

맹주석은 참가 선수 가운데 세계 랭킹이 15번째이기 때문에 16~18번에 해당할 수밖에 없다. 지난 시즌에는 세계선수권대회에 출전해 우승했지만 이번 시즌에는 왼쪽 무릎 부상 탓에 국제빙상연맹이 주관하는 그랑프리 시리즈 두 번을 불참하고 B급 국제 대회에 불과한 '골든 스핀'에만 출전해 1위를 했다. 골든 스핀은 그랑프리 같은 메이저급 대회보다 순위 포인트가 훨씬 낮기 때문에 1위를 하더라도 세계 랭킹을 높이는 데는 한계가 있다.

올림픽 우승을 노리는 그는 쇼트 프로그램에서 '어릿광대를 보내주오'를 음악적 배경으로 하여 연기를 펼쳤다. 쇼트 프로그램에서 상위 24위 안에 들어야만 프리 스케이팅에 나가 메달을 겨룰 수 있을 뿐만 아니라 그 점수가 합산되기 때문에 최선을 다해야 했다.

그는 이번에는 반드시 금메달을 목에 걸고 의기양양하게 귀국하고 싶었다. 그래야만 국민적 기대에 부응하는 것이고 피겨 스케이트 불모지에서 처음으로 이루어낸 국가적 영웅으로 길이 역사에 남게 될 것이다. 그리고 광고업계의 아이콘으로 수십 건의 광고 계약을 체결하게 될 것이다. 이제 큰돈을 벌게 될 절호의 찬스가 찾아온 것이다. 지난번 대회의 은메달과 이번 대회의 금메달은 그 값어치에 있어서 더 이상 설명할 필요가 없는 무게의 차이를 느낄 수밖에 없다. 사람들은 1등만 기억하니까.

그의 최대 라이벌은 일본 선수였다. 지난 대회에서 그가 은메달을, 일본 선수는 동메달을 땄는데 금메달을 땄던 이탈리아 선수는 이미 은퇴했기 때문에 모든 관계자들은 두 사람의 대결에 관심을 집중하고 있었다. 더욱이 일본 선수는 이번에는 기필코 금메달을 따기 위해 절치부심하고 있다고 한다. 이번 올림픽을 앞두고 모든 매스컴에서 그렇게들 떠들어댔다. 덩달아 운명적인 한일 대결에는 언제나 열렬한 국민적 응원과 관심까지 받게 마련이다.

그런데 이번 대회는 그의 생애에 있어서 마지막이 될 것이다. 그는 지금 정점에 와있고 곧 점점 하강하게 될 것이기 때문이다.

인간의 동기는 행위의 원동력으로 작용하여 목표의 선택과 결과에 영향을 미치므로 욕구나 충동의 성질을 가지고 있다. 정서적 흥분을 일으키고 심리적인 긴장 상태를 가져오게 된다. 그는 올림픽 금메달이라는 객관적이고 구체적인 목표를 확고하게 설정하였으므로 이를 성취하기 위해서 도전적으로 훈련하였다. 그래서 자신감과 만족감을 증가시켰고 오랜 훈련에서 오는 지루함을 덜어낼 수 있었다. 그러므로 정서적으로 안정되었고 매사에 능동적이고 적극적이었다.

그는 추첨을 하는 그 순간 자신에게 몇 번이고 다짐했다.
최선을 다하면 좋은 결과가 기다리고 있을 것이다.
동작 하나하나에 최선을 다하자.
평소대로 침착하게 하자.
모든 걸 여기서 다 보여주자.
방심은 금물이다.
나를 믿어야 한다.
그래, 좋다. 한 번 해 보자.
나는 내 플레이만 하겠다.

그러나 곧바로 다시 불안감이 찾아왔다. 관중들의 시선이 집중되고 TV카메라가 잠시 지나가면서부터이다. 심장박동이 빨라지고 불규칙적이 되어 감정이 고조되었다. 손에 땀이 나고 얼굴이 화끈거렸다. 근육이 굳어지고 주의 집중이 잘 안 된다. 몸이 긴장되면서 침이 마르고 메스꺼움을 느꼈다. 몸이 과도하게 민감해지기 시작했기 때문이다. 기량을 잘 발휘할 수 없다면? 초조하고 경기에 대해 너무 신경이 쓰인다. 그쪽 심판들이 불리한 판정을 내린다면? 어느 동작에서 삐끗해서 실수한다면?
그는 몇 번이고 심호흡을 했다. 그리고 눈을 감았다. 정신적으로 안정을 찾으면서 조금씩 여유가 생겼지만 그래도 손은 여전히 끈적거린다. 경기에 대처할 자신감이 생긴 것일까. 정신적 압박을 견디어 낼 자신감으로 충만해졌다.

쇼트 프로그램은 프리 스케이팅과 페어 스케이팅 경기에 대한 규정 과제라고 할 수 있다. 그러므로 프리를 짧게 한 프로그램이라고 하는 정도의 의미를 가지고 있다. 이 경기에서는 체조의 규정처럼 모든 선수가 7개의 요소로 구성된 똑같은 기술을 연기하게 되어있다. 고도의 기술을 익힌 선수들의 기술을 보다 간편하게 비교 검토하기 위해 국제스케이팅연맹에 의해 시행되고 있다.

프리 스케이팅이란 러닝, 스핀, 스텝, 그레이프 바인, 스프레드 이글, 스파이럴, 피벗 서클, 점프 등 연기 중에서 사용되는 각종 기술을 총괄해서 요소라고 부르는데 여러 가지 요소를 음악에 맞추고 개성을 발휘해서 자유로이 활주하는 것을 말한다. 하지만 그 내용이 어떠하더라도, 몸짓이나 손짓이 아무리 다채롭더라도 빙판에 그려지는 트레이스 trace는 피겨 스케이팅의 컴펄서리 피겨 compulsory figure를 기초로 하여 빙판에 자유로운 도형을 그린다. 그러므로 컴펄서리 피겨에 비해 매우 동적이며 리드미컬하여 피겨 스케이트의 특징을 잘 나타낼 수 있다.

고도의 기술과 음악의 이해, 표현력이 함께 요구되기 때문에 프리는 빙판을 이용한 종합 예술의 하나라고 할 수 있다.

생명체의 움직임.

춤은 육체의 율동을 상징하는 것이며 인간의 감정을 그대로 고백하는 육체의 언어이다. 춤추는 기술은 인간이 최초로 스스로를 표현한 모든 기술의 원천이다. 그러므로 춤은 신체의 동작을 시적 언어로 사용한다.

신체의 동작 중에서 가장 극적이고 재미있는 것 중 하나는 몸을 바닥에서 들어 올리는 것이다. 두 발이 점프에 의해 바닥에서 떨어지며 공중에 순간적으로 머물다 신체의 왼쪽이었던 곳이 신체의 앞쪽이 되도록 오른쪽으로 돌게 된다. 또는 반대로 돌게 된다. 이게 피겨 스케이트에서의 점프와 회전 동작이다. 점프와 점프 상태에서의 회전은 우선 몸을 공중으로 들어올려야 하므로 빠르고 강한 다리의 힘과 동작이 필요하다. 공중에서 회전을 하기 위해 점프는 높고 넓어야 한다.

맹주석은 하늘로 날아올라 새처럼 자유스러워야 한다. 그러나 중력의 법칙과 싸워야 한다. 중력은 이를 극복하려는 인간의 처절한 노력의 한계이자 인간의 조건이다. 그러므로 점프와 회전은 몸과 시간과 공간과 힘이 조화를 이루어야 가능해진다.

그는 언제나 환영을 보았고 불꽃인 양 공중에서 춤을 추었다.

오늘은 프리 스케이팅을 할 차례이다. 그는 스케이트화의 신발 끈을 조이고 있다. 여전히 쓸데없는 걱정이 머리를 떠나지 않는다. 특히 필살기인 쿼드러플 점프가 제대로 돌아갈 수 있을 것인가? 내 발에 딱 맞춘 부츠이긴 하지만 점프 후 착지를 할 때 말썽을 부리진 않을 것인가? 그래야만 한다. 그럴 것이다. 만약 실수해서 넘어지면 관중들의 야유를 어떻게 감당할 것인가? 밤잠을 설치고 TV를 볼 고국의 열성 팬들의 실망감은? 금메달은커녕 동메달도 못 따는 게 아닌가? 정신을 바짝 차려야한다. 스스로 자신에게 다짐한다.

맹주석이 팬들의 환호를 받으며 빙판에 들어선다. 음악이 잔잔히 흘러나오자 천천히 두 팔을 뻗으며 역동적으로 연기를 시작했다. 그는 정신을 집중하였다. 정신적 평온 상태가 유지되어야 한다. 그에게는 최고 또는 절정의 경험이 있다. 그것이 일종의 지각 상태나 황홀의 상태 또는 어떤 것을 이루어낼 수 있는 듯한 느낌을 갖게 만든다. 그러면 보통 이상의 에너지, 엄청난 힘, 속도, 지속성, 평형감 그리고 커다란 평안감과 감각들을 느끼게 해준다.

몸의 좌우 균형을 잘 잡은 후 공중으로 솟구쳐 세 바퀴를 돌고 한 바퀴를 더 비틀었고 그 순간 바닥이 보이면서 감각이 사라지고 허공에서 무아지경이 되었다. 그리고 안전하게 두 발이 바닥에 붙었다. 숨죽이고 그의 연기를 바라보던 수많은 관중이 열광했다.

그는 발에 스프링을 단 것처럼 높이 날았고 빙판에 몸을 내려놓았을 때는 접착제를 바른 듯 한 치의 오차도 없이 정확하게 착지하였다.

그는 마치 귀신에 홀린 듯 자기 자신을 완전히 다스릴 수 있었다. 시간이 매우 느리게 진행되는 것 같았고 결코 서두르지 않았다. 그는 즐거움으로 가득 차 있었다. 완전한 주의 집중 그리고 적당한 긴장을 가지고 스케이팅을 한다.

무아지경이라고 해야 할 것이다. 너무 긴장을 해서 긴장했다는 것조차 느껴지지 않는다. 다시 말하면 긴장을 했는데도 긴장하지 않은 것 같고 오히려 차분해진 것이다. 그랬으므로 몸이 너무 가벼워지면서 자신감과 긍정적인 느낌을 가졌다. 불안이나 공포를 느낄 수 없었고 전체적으로는 즐거운 스케이팅이었다. 심리적으로 매우 안정되어 있음은 물론 거의 모든 감각들이 평온하다는 느낌과 거의 모든 동작들이 자동적으로 진행되는 듯한 느낌을 받았다.

맹주석은 마구 헐떡거리는 가슴을 진정시키면서 생각했다.

프리 스케이팅이 끝났다. 끝내고 내가 어떤 표정을 지었을까? 어떤 표정이었을지 생각할 수가 없다. 긴장했던 탓도 있었을 것이다.

어휴, 힘들었지! 힘들고말고! 이제는 끝났지! 끝났다고!

지난번 올림픽 때는 너무 긴장했기 때문에 잠을 제대로 못 잤다. 그래서 컨디션을 맞출 수가 없었다.

점수가 안 나올 거라고 생각하지 않는다. 하지만 좋은 점수를 기대하기도 어렵다. 쇼트 프로그램 분위기를 볼 때 그럴 거라고 예상할 수밖에 없다. 기대가 크면 실망도 큰 법이니까. 내가 아무리 잘해도 점수가 예상했던 만큼 나오지 않는 경우도 많았다. 오로지 금메달을 따기 위해서 온 것은 아니었다. 그냥 무덤덤했다. 그건 거짓말이다. 나는 오직 금메달만이 목표였다. 그래야만 나의 앞길이 훤히 열리지 않겠는가. IOC 선수위원에도 출마해야 하고 무엇보다도 CF계약이 수십 건이나 기다리고 있지 않은가. 나는 지금 금메달이 목마르다.

일단 끝이 나니까 홀가분하네. 이렇게 홀가분할 수가…… 쇼트 프로그램와 프리 스케이팅 모두 큰 실수 없이 경기를 마쳤으니까 기분이 너무 좋구만.

나의 라이벌이었던 일본 선수 (나는 지금 여전히 약간 흥분한 상태이기 때문에 그의 이름이 도무지 떠오르지 않는다.)를 제외하면 다른 선수들의 경기를 제대로 보지 않았다. 오직 그만 이기면 금메달은 따 놓은 당상이니까. 내가 인정을 하지 않는다고 해서 달라지는 것은 없을 것이다. 내가 제대로 하긴 한 것일까?

대충 들어서 알고 있었다. 다들 조금씩 실수했다는 수근거림이 들린다. 전체적으로 점수가 높았다. 어느 대회든 편파 판정이라는 이야기가 늘 나오기 마련이다.

너무 신경이 쓰인다. 진짜 끝일까? 마지막일까? 아무 미련도 없을까? 끝났으니까 아무 생각이 없을까?

그의 평생 라이벌이었던 일본 선수는 프리 스케이팅에서 어느 때보다 큰 부담감을 안고 연기를 펼쳐야 했다. 이번 올림픽 피겨 단체전에 이어 쇼트 프로그램에서 자신의 전매특허인 공중 4회전을 도는 쿼드러플 점프에서 모두 실패했기 때문이다.

프리 스케이트에서 전체 24명 중 12번째로 나선 그는 라흐마니노프의 피아노 협주곡 2번에 맞춰 힘차게 연기를 시작했다. 첫 점프인 트리플 악셀을 깔끔하게 처리했으니 그동안 두 발로 착지하며 불안했던 모습과는 전혀 달랐다. 그래서 가산점을 부여반았다. 힘든 첫 관문을 무사히 통과한 그는 자신감을 얻은 듯 경쾌한 연기를 이어 나갔다. 그는 이날 남자 피겨 사상 처음으로 쿼드러플 점프에서 몇 차례 성공하면서 자신의 역대 최고 프리 스케이팅 점수를 받았다. 두 차례 점프 회전수 부족과 롱에지로 감점이 있었지만 자신의 명성에 걸맞은 연기로 손색이 없었다.

그는 혼신의 연기를 펼치고 난 뒤 그동안 마음고생을 털어내듯 하염없이 눈물을 흘렸다. 관중도 박수갈채를 보냈다. 이게 바로 그가 하고 싶었던 연기였을까? 비록 메달을 따지 못했지만 그날 그는 모든 것을 다 보여주었던 것이다.

세계선수권 대회 6위까지 떨어지는 등 부진에 빠지자 은퇴설까지 나왔다. 실패가 더 많았던 쿼드러플 점프는 번번이 그의 발목을 잡았다. 하지만 그는 지난해 2월 2년 반 만에 쿼드러플 점프에 성공하며 자신감을 되찾았다. 지난번 겨울 올림픽 때 맹주석에 이어 3위를 했던 그는 이번에 금메달을 노리고 다시 나왔다. 쇼트 프로그램의 부진 탓에 메달권에서 멀어졌지만 프리 스케이팅에선 개인 통산 최고 점수를 따냈다.

맹주석은 몸을 풀려고 나왔을 때 그 일본 선수가 경기를 하고 있어서 TV로 그 모습을 지켜봤다. 그가 연기를 마치고 울먹일 때 맹주석도 좀 울컥했다. 맹주석은 가장 기억에 남는 선수로는 역시 일본 선수를 꼽을 것이다.

그는 생각했다.

우리 둘만큼 꾸준히 비교당하며 경기한 선수도 없었다. 10년 넘게 라이벌이라는 상황 속에서 경기했으니까. 그때는 일본의 동갑내기 선수에게 항상 밀렸다. 처음 출전한 주니어 세계선수권대회에선 그 선수에게 20점이나 뒤진 2위에 만족해야 했다.

주니어 시절부터 그와 경쟁하면서 힘든 점도 있었지만 그 덕분에 나도 성장할 수 있었다. 스케이트 인생에서 하나의 좋은 추억이 아닐까.

그는 쇼트에서 크게 실수했다. 그는 너무 많은 것을 알고 있었던 것이 아닐까? 그래서 혼자 예측하고 혼자 판단했던 것이 아닐까? 그러다 보니 집중력이 흐트러졌을 것이다.

나는 매번 그가 점프를 완벽하게 연기하기를 한편으로 원하면서 한편으로는 두려워하고 추락하는 순간을 기다렸었다.

어쨌거나 나는 다시는 그와 경쟁할 필요가 없을 것 같다. 내가 은퇴하니까. 그러나 그는 나처럼 바로 은퇴하지는 않을 것 같다. 그의 집념을 보면 그렇게 생각된다.

피겨 스케이팅에서 심판진이 편파 판정의 비난을 받는 부분은 기술수행 점수의 가산점이다. 심판진이 장난을 치기 쉬우니까 여기서 승부가 뒤집어질 수 있다. 심판들은 익명성이 보장되기 때문에 각 심판들이 개별적으로 얼마나 많은 점수들을 퍼주는지 공개되지 않는다. 그러므로 지금 같은 제도에선 불합리한 점수가 나오면 조작 가능성이 있는지, 없는지를 의심해 볼 수밖에 없다.

맹주석은 피겨스케이팅 남자 싱글 프리 스케이팅에서 192.19

점을, 알렉산드르 키릴로코프는 194.95점을 받았다. 맹주석은 전날 쇼트 프로그램 1위였고, 키릴로코프는 2위였지만 프리 스케이팅에서 전복되었다. 프리 스케이팅은 예술점수와 기술점수로 나뉜다. 예술점수에선 맹주석이 99.50점으로 키릴로코프의 98.41점보다 약간 앞섰다. 예술점수에는 스케이팅 기술은 물론이고 음악의 해석과 표현 능력도 포함되는데 그는 다양한 표정과 몸동작으로 성숙하게 감정을 표현하면서 우아한 연결 동작으로 항목별로 고득점을 받았던 것이다.

그러나 기술점수에서 맹주석은 92.69점인 반면, 키릴로코프는 96.54점이나 받았다. 이 차이가 맹주석의 올림픽 우승을 막았다.

그런데 기술점수는 다시 기술의 기본점수와 가산점으로 나뉜다. 가산점은 기술을 깔끔하게 소화하면 높아지지만, 반대로 실수를 하면 감점을 받는다. 키릴로코프는 기본점수를 모두 챙겼으나 맹주석은 낮은 점수를 받았다. 맹주석은 낮은 기본점수를 특유의 정확한 점프로 만회해왔다. 점프에서 높은 가산점을 받아 기본점수의 부족을 채워왔던 것이다. 하지만 이번에는 오히려 불이익을 받았던 것이다.

맹주석은 8번의 점프 과제 중 트리플 러츠와 쿼드러플 살코, 쿼드러플 콤비네이션 점프와 코레오 그래픽 시퀀스에서 비교적 높은 가산점을 받았지만 나머지 부분에서는 대부분 그보다 낮은 가산점을 받았다.

공중에서 보다 많은 회전을 하기 위해서는 보다 높이 뛰어오려야 한다. 점프는 호쾌할 뿐만 아니라 우아하다. 그러나 높이와 거리의 균형이 필요한 것이다. 이를 위해서는 스피드를 잃지 않는 전체적인 움직임과 함께 타이밍이 맞아 떨어져야 한다. (4회전을 돌아야 하는) 쿼드러플 점프는 남자 선수가 국제무대에서 경쟁력을 갖추기 위해서는 반드시 필요한 기술이다. 연습 도중 부상과 실제 경기할 때 실수할 위험성이 아주 크지만 성공했을 때는 기본점수는 물론이고 난이도에 따른 가산 점수까지 높기 때문이다.

그는 프로그램의 완성도를 높이기 위해서, 다시 말하면 쿼드러플 점프의 종류와 횟수를 늘리기 위해서 쿼드러플 점프 연습에 온 힘을 기울였던 것이다.

반대로 키릴로코프는 트리플 플립과 더블 토루프, 더블 루프 콤비네이션 점프에서만 약간 감점을 받았고, 나머지 점프에서는 모두 후한 가산점을 받았다. 트리플 루프, 더블 악셀과 쿼드러플 콤비네이션 점프, 스텝 시퀀스 등에서는 더욱 후한 가산점을 받았다. 키릴로코프의 프리 스케이팅 가산점은 높은 반면, 맹주석은 그보다 낮았다. 쇼트 프로그램에서도 키릴로코프는 많은 가산점을 받은 반면, 맹주석은 낮은 가산점을 받았다.

겨울 올림픽 피겨 남자 싱글에서 심판의 판정 문제는 이들의 채점표인 '프로토콜'에서 그대로 드러난다. 러시아인이 2명이나 포함된 심판진은 러시아 선수들에게 높은 가산점을 안겼지만 맹주석 등 라이벌에겐 박한 점수를 주어서 판정 논란을 일으킨 것이다.

피겨 남자 싱글에서 '테크니컬 컨트롤러'로 참가한 러시아인 테크니컬 패널의 수장은 이번 채점 문제에서 자유롭지 못하다. 프로그램 내 기술의 인정 여부와 등급 부여를 맡은 테크니컬 패널의 편파 판정은 쇼트 프로그램에 이어 프리 스케이팅에서도 계속되었다. 가장 대표적인 편파 판정이 2명의 러시아 선수들의 점프에서 감점 요소를 제대로 지적하지 않은 것이다.

금메달을 딴 알렉산드로 키릴로코프는 첫 점프인 트리플 너츠와 쿼드러플 콤비네이션 점프에서 규정인 아웃 에지 대신 인 에지를 사용해 롱 에지 의혹이 불거졌지만 정상적인 동작으로 판정을 받았다. 하지만 테크니컬 패널의 판정과 별개로 심판 중 1명은 그의 콤비네이션 점프에 문제가 있다고 판단해서 1점을 감점했기 때문에 편파 판정 가능성이 더욱 높은 것이다. 그는 3연속 점프를 뛰는 과정에서도 마지막 점프에서 착지가 매우 불안했지만 테크니컬 패널은 이를 프로토콜에 명시하지 않았다. 또 다른 러시아 선수도 2차례의 실수 중 1차례만 롱 에지 판정을 받았을 뿐이다.

테크니컬 패널의 또 다른 문제점은 스핀과 시퀀스에서의 레벨 부여에 관한 것이다. 스텝 시퀀스에서 키릴로코프는 수차례 뻣뻣한 움직임이나 부정확한 무릎 사용을 보였지만 테크니컬 패널은 이 연기에 레벨 4를 줬다. 그러나 맹주석의 단호한 스텝 시퀀스엔 한 단계 낮은 레벨 3을 부과해서 점수 차를 만들어냈다. 맹주석은 점프 외에도 연기력과 정확성으로 고득점이 예상

되었지만 스텝 시퀀스에서 노골적인 편파 판정이 나와 불이익을 받았다.

애시당초 심판진의 구성이 문제였다. 새로 합류한 러시아인 심판 외에 벨로루시 출신의 심판과 몰도바 출신의 심판 등 옛 소련 출신 심판이 2명이나 들어가 러시아 선수에게 유리한 편파 판정의 가능성이 한층 커졌던 것이다.

친 러시아적인 심판이 4명이나 포함된 심판진의 노골적 판정은 이들이 매긴 점수에서 여실히 드러난다. 각 점프의 수행점수 가산점에서 키릴로코프가 받았던 최고 점수는 무려 33개로 13개를 부여받은 맹주석의 3배에 가깝다. 그 대신 맹주석은 무려 41개의 감점을 받아 감점이 9개뿐인 키릴로코프보다 훨씬 박한 점수를 받았다. 9명의 심판들은 쇼트 프로그램 3위로 키릴로코프의 경쟁자였던 이탈리아 선수에게도 11개 최고점과 39개의 감점을 줬다. 특히 이들 중 최소 3명의 심판은 노골적으로 맹주석에게 박한 점수를 준 반면, 키릴로코프에겐 높은 점수를 퍼준 것으로 나타났다.

심판들의 주관성이 반영될 수 있는 예술점수에선 노골적인 편파 판정이 더욱 두드러졌다. 예술점수에서 맹주석은 동작 간 연결부문에서 키릴로코프와 동급이란 평가를 받았다. 이와 함께 최고 강점으로 부과됐던 안무 복합에서도 키릴로코프에게 오히려 뒤졌다.

맹주석은 전 세계 시청자들이 보는 앞에서 자신이 받아야 할 금메달을 강탈당한 것일까? 러시아는 자국 선수들을 돕기 위해 국제빙상연맹에 입김을 불어넣어 채점 시스템을 미리 바꾼 것일까? 100년이 넘는 역사를 지닌 피겨 스케이팅에서 스캔들과 사기극은 전혀 새로울 것이 없지만 이번처럼 터무니없이 조작된 적은 없었을까? 맹주석을 제치고 금메달을 차지한 알렉산드르 키릴로코프의 지난 세계선수권에서 쇼트 프로그램에선 90점에 못 미치는 89.62점을 받았는데, 이번 올림픽에선 110점을 훌쩍 넘는 점수를 받았다면 이는 정상적이라고 할 수 있는가? 불과 1년 만에 말이다. 또 프리 스케이팅에서도 세계선수권에서는 171.36점이었으나 이번 올림픽에서는 20점 이상 차이가 나는 194.95점을 받았다. 이게 과연 가능할까?

특히 키릴로코프의 올림픽 프리 스케이팅 연기는 지난 세계선수권의 연기의 완벽한 복제판이었는데 어떻게 하여 1년 만에 거의 50점이나 넘게 오를 수가 있겠는가? 국제빙상연맹이 피겨 스케이팅에 대한 깊은 지식이 없는 전 세계 팬들을 속이기 위해 수준 낮은 점프에도 무차별적인 점수를 주며 이번 쿠데타를 모의한 것일까?

여러 가지 의문점투성이였지만 더 이상 어쩔 수는 없었다.

겨울 올림픽 때 금지 약물 5가지를 섞은 칵테일 술을 선수 수십 명에게 줬다. 약물이 빨리 흡수되어 효과가 바로 나타나지만 체내 잔류 기간은 줄이기 위한 방법이었다. 정보국에는 1년 전부터 극비리에 특별팀이 구성되어 치밀하게 준비를 하였다. 정보국 직원들은 경기를 마친 선수들의 소변 샘플을 몇 달 전

것으로 바꿔치기하였다. 정보국 직원 3명이 배관공의 옷을 입은 채 샘플 보관 장소 옆 비밀방에서 머물다 밤이 되면 벽에 뚫린 작은 구멍으로 샘플을 받아 갔다. 그 당시 도핑 검사에서 적발된 선수가 없었던 것은 바로 이러한 술책 덕분이었다.

다시 말하자면 정부가 주도해서 금지약물이 포함된 술을 선수들에게 먹였던 것이다. 금지약물 5가지와 술을 섞은 이 칵테일은 별명이 고상한 귀부인 duchess이란 이름으로 불렸다.

이 오묘하게 제조된 칵테일은 선수의 불안감을 잠재우고 정신적으로 안정시킬 뿐만 아니라 신체적 기능을 최고조로 상승시켜 선수의 동작 하나하나에 영향을 미쳤을 것이다.

겨울 올림픽 피겨 스케이팅 갈라쇼 무대.

이번 대회 피겨 스케이팅에서 메달을 따낸 참가자 중 19번째 순서로 맹주석이 등장했다. 팬들의 환호를 받으며 빙판에 들어선 맹주석은 팝송이 잔잔히 흘러나오자 눈을 들어 천장을 바라보고 난 후 천천히 두 팔을 휘저으며 연기를 시작했다.

이날 갈라쇼는 맹주석의 진정한 마지막 무대였다. 앞으로 아이스쇼 등을 통해 그를 볼 기회가 더 있을지 모르겠지만 현역 선수 신분으로서는 이날 연기가 마지막이었던 것이다. 맹주석은 온 세상의 평화를 기원하는 노랫말과 선율에 따라 트리플 악셀 점프와 스핀, 스파이럴 등을 선보였다.

해돋이는 어떻게 하고

비는 어떻게 하고
그 모든 것들은 다 어쩌고
킬링필드는 어떻게 하나요?
때가 있을까?
그 모든 것들은 다 어떻게 하고요?
당신이 말했던 것은 당신과 나의 것들
깨닫기 위해서 멈춰본 적이 있나요?
우리가 이전에 흘린 모든 피들
깨닫기 위해서 멈춰본 적이 있나요?
울고 있는 지구에 대해, 울고 있는 호수들에 대해
우리가 세상에 무슨 짓을 한 걸까요?

맹주석은 가슴 앞으로 두 손을 모아 간절히 기도하는 모습을 보였다가 환호하듯 두 손을 높이 치켜들며 연기를 끝냈다.

그러나 맹주석의 연기는 힘이 빠져 있었다. 그는 고난도 연기를 하면서 실수를 연발했고 최고의 정점까지 튀어 올라가는 점프를 할 때는 착지를 하면서 비틀거렸다.

자신의 차례가 끝나고 나서 수건으로 얼굴을 닦는데 목구멍이 콱 막히고 가슴이 울렁거렸다.

맹주석은 생각했다.

어제는 경기가 끝난 후 도핑검사를 했고 인터뷰도 했다. 기자들의 질문은 언제나 겉돌았고 사람을 더욱 피곤하게 만들었다. 이래저래 숙소에 늦게 갔다. 나는 밤에 잠을 잘 수가 없었다. 머리가 지끈거렸고 온몸이 쑤셨다. 팔다리가, 가슴이, 뼈마디가.

난 먹는 걸 포기했다.

새벽이 밝아오며 연무처럼 뿌연 회색빛이 뚫고 들어오는 창밖을 내다보았다. 그냥 완전히 다 끝났다는 것이 실감이 나지 않았다. 여전히 홀가분하고 편안한 기분이 아니다.

처음 선수촌 밖에 잡았던 숙소는 너무 산만해서 좋지 않았다. 그래서 중간에 선수촌에 들어가면서 아버지와는 떨어져 있게 되었다. 우리는 카톡으로만 애기를 주고받았다. 아버지는 점수에 대해서는 침묵을 지켰다. 그 심정이 오죽했을까. 내가 '다 끝났으니까 너무 열받지 마세요. 이제부터는 후련하게 자유를 즐기자구요. 저보다 더 간절한 사람에게 금메달이 돌아간 거라구요'고 이야기했다. 그러나 그때 내 가슴은 너무 억울하고 슬픈 나머지 무너져 내리고 있었다. 아마 아버지 면전이라면 분명히 그렇게 말하지 못했을 것이다. 그저 펑펑 울었을 것이다. 제멋대로 쏟아져 내리는 눈물을 어떻게 하여 막을 수 있었겠는가.

아버지를 만나는 게 너무 두려웠다. 그 멍한 눈빛을, 아주 머나먼 곳을 바라보는 것 같은 그 슬픈 듯, 비어있는 듯한 눈을 마주하는 게 두려웠다.

너무 혼란스러워서 마음의 평정을 잃었기 때문에 갈라쇼는 엉망이 되었다. 마지막이 될 갈라쇼에서 무슨 짓을 한 거야? 그냥 마음껏 즐겼어야 했는데…… 마음이 꽁꽁 얼어붙어 있었으니……

매번 경기를 준비할 때마다 체력적으로 많이 힘들었다. 선수로서의 삶을 살아가면서 너무 제한적인 것도 많았다. 그런 것에서 벗어날 수 있으니까 얼마나 홀가분한 일인가. 옛날엔 살이 찔까 봐 고기를 못 먹었는데 이번엔 살이 찌지 않아 근육을 만들려고 고기를 의무적으로 먹을 때가 많았다. 그랬으니 신경 써서 먹어야 하고 훈련할 때도 불편하다 싶으면 확 예민해졌다. 몸이 아픈 것에 대해 스트레스가 많았고 사소한 것들에 신경을 써야 하는 부분이 많았다.

연기에 집중하느라 연기를 하는 동안 이것이 마지막이라는 생각이 들지는 않았다. 아직 끝났다는 것이 실감이 나지 않는다. 내가 경기를 마치고 무대 뒤에서 흘린 눈물은 솔직하게 말해서 억울함이나 속상함 때문이 아니었다. 여기까지 오는 동안 힘들었던 것들이 가슴에 맺혔다가 한꺼번에 터져 나왔을 뿐이다. 하지만 나는 판정 논란에 대해 신경 쓰지 않을 수 없었다. 다들 내가 속으로는 억울하지만 겉으로는 괜찮은 척 연기를 한다고 생각했을 것이다. 솔직히 그렇다. 왜 아니겠는가.

그나저나 맹주석이라는 피겨 선수가 있었다는 걸 사람들이 기억해주면 좋겠다.

이제 올림픽이 막 끝나서 쉬어야 할 것 같다. 앞으로 어떻게 살아가야 할지 고민도 많이 해야겠지. 그동안 경기와 연습을 핑계로 삶의 진실한 경험을 쌓지 못했지 않은가. 그렇지만 여유 있게 살아가고 싶군.

아버지가 아들을 단련시키기 위해서 시킨 운동이었다. 나는 미숙아로 태어났고 어린 시절 내성적이고 겁이 많았다. 아버지는 나를 모험적이고 감수성이 강한 사람으로 키우기 위해서 또한 건강 유지와 체력 증진을 위한 목적이었다. 나는 8살 때인가 아버지 손에 억지로 이끌려 새로 지은 시민회관의 실내 빙상장을 찾은 게 기억난다. 그때 아버지는 알코올 의존증이었고 과대망상증에 시달렸기 때문에 술만 마시면 고래고래 소리를 지르며 곧바로 내 아들이 최고라고 떠들어댔다.

그러나 지도자였던 코치는 내게 재능이 있다고 생각하지 않았다. 코치는 은근히 나에게 운동하지 말라고 했다. 유연성이 좋은 편이 아니라는 것이다. 어렸을 때는 유연성만 보고 따지니까 그런 판단을 한 것이다. 그랬으니 모두가 반신반의했고 아버지 말에 콧방귀를 뀌었다.

나는 아버지의 기대에 부응하기 위해서 이를 악물었다. 나는 무엇인가 도전해보고 싶었기 때문에 어려운 훈련을 소화했고 만족감을 느꼈다. 차츰 재미가 있었다. 재미가 있으니까 나오지 말라고 해도 나갔다. 어떤 동작에 몰입한다는 느낌이 좋았기 때문이다. 몸에 와이어를 달고 입에서 단내가 나도록 점프연습을 하면서 하나둘씩 기술을 성공해 나갔다. 오늘 성공 못 하면 집에 안 간다는 초등학생답지 않은 독기도 있었다. 그때는 연습이 끝나면 손가락 하나 꿈쩍할 수 없는 피로감으로 고통받았고 가끔 구역질이 나고 토했다.

사람들은 체조 선수나 피겨 선수는 몸집이 작아야 한다고 생각한다. 그러나 피겨를 해서 몸집이 작은 것이다. 피겨 선수는 잘 크지 않는다. 피겨 선수가 언제 크는가? 운동을 하다가 어딘가 부러져서 연습을 못 할 때 그때 키가 자란다. 몸을 쉬는 동안 키가 크는 것이다. 근육이 잡히고 매일 돌고 돌면서 엉덩방아를 찧으면 키는 자랄 수가 없다. 근육이 풀리고 바로 서면 그때 키가 크는 것이다.

그리고 활발한 리듬을 귀에 익히게 되면 자연스럽게 손과 발과 몸이 박자를 맞추게 되고, 즐거운 멜로디를 들으면 몸이 먼저 알아채고 기뻐서 들뜨게 되고, 슬픈 멜로디를 들으면 눈물이 나오게 되는데 이러한 직관적 느낌과 감정은 빙판에서의 연기에 어떤 영향을 미쳤다. 그러므로 좋은 음악에는 모든 감정이 다 들어있다. 나는 음악에 집중하는 것만으로도 인간의 깊은 감정에 도달하면서 경기에 몰입할 수 있었다. 그래서 음악을 열심히 들었고 음악으로부터 영향을 흡수하였다.

그러나 연습 과정에는 부침도 있었다. 고관절 근육 손상 등 부상이 끊임없이 나를 괴롭혔다. 가출을 한 적이 있었고 밖에 나가서는 담배 피우며 술을 실컷 마시고 친구들과 어울렸다. 그래서 훈련을 소홀히 했다. 부모님께 대들고 형한테도 대들고 코치하고도 싸웠다. 나는 그때 검은 가죽 잠바를 입고 홍콩 영화배우 장국영 머리를 하였으며 돌청바지라고 하는 물빠진 청바지를 입고 끝이 뾰족한 희한한 신발을 신고 다녔다. 여자애들에게 보여주기 위해 한껏 멋을 부린 것이다. 사춘기의 위기를 겪고 있었던 것이다.

그러나 되돌아올 수밖에 없었다. 몸 관리를 철저히 하면서 겨우겨우 회복할 수 있었다. 그는 점프력을 높이기 위해서 필요한 근육을 키웠다. 그리고 힘들었던 일은 오랫동안 마음속에 담아

두지 않고 털어버리려고 애썼다. 그러나 여전히 발가락과 발목, 무릎과 허리는 온전치 못하다.

결국 나는 피겨 스케이트와는 떼려야 뗄 수 없는 인연이 되고 말았다. 어쩔 수 없는 내 운명이었다.

이번에 내가 경기를 하면서 그리고 경기가 끝난 후 채점 결과가 발표되고 메달의 색깔이 결정되었을 때 깨달은 것, 생각한 것은 무엇이었을까? 중요한 의미가 있었을까? 그러면 그 험난했던 연습 과정이 더 중요했을까? 사람들은 당장 눈앞에 보이는 결과가 중요하겠지만 나는 영혼과 땀, 눈물이 담겨 있는 과정에서 느끼고 깨달은 것이 더 많았지 않았을까?

나에게는 여러 연령층의 팬들이 많았다. 잘할 때도 있었고 못할 때도 있었지만 한결같이 응원해주었다.

지금 미래의 그 어떤 것에 대해서도 아무런 계획이 없다. 내가 미래의 계획을 세운 적이 있었던가? 또 다른 꿈이 있었던가? 나의 미래는 결코 찬란하지 않을 것이다.

내가 짝사랑하는 그녀는 스피드스케이팅 선수다. 그녀는 짧은 머리카락에 남자처럼 가슴이 납작했지만 나보다 키가 컸고 온몸은 근육으로 단단히 뭉쳐 있었다. 미인과는 거리가 멀었지만 그래도 검고 촉촉하고 생기 넘치는 큰 눈에는 묘한 여성적 매력이 있었다. 그녀는 네일아트에 관심이 많았다. 빙상장에서 훈련할 때 예쁘게 손질한 그녀의 손톱이 가장 기억에 남는다.

그녀가 말했었다.

"워낙 뭔가 꾸미는 것을 좋아해요. 이런 여가 생활을 하면 스트레스가 확 풀리잖아요. 그래서 경기 나가기 전에는 어떻게 해서든지 네일아트를 합니다. 일종의 징크스겠죠. 그리고 자신에 대한 투자이지요.

이걸 혼자서 하지만 서울에 있을 때는 신촌의 단골 네일샵에 가요. 원장님은 남자예요. 그 원장님이 제 스타일을 다 아니까 화려하게 해줄 때도 있고 어떤 때는 장난스럽게 해줄 때도 있죠. 전 중학교 때부터 어쩐 일인지 손톱에 관심이 많았답니다.

스피드 스케이팅 경기할 때는 얼굴 빼고 거의 유일하게 보이는 게 손 밖에 없잖아요. 그러니 예쁘게 해야죠."

그녀는 이번 대회에서 1000미터 세계 신기록 보유자답게 금메달을 목에 걸었다. 나는 질투가 아니라 진심으로 축하해주고 싶다.

다만 안타까운 것은 그녀는 나를 사랑하지 않고 다른 사람을 사랑한다는 것이다.

첫사랑 애인

첫사랑 애인

사랑은 운명처럼 왔다가 화살처럼 간다.
그러면서 가슴에 인두자국만을 남긴다……
– 나태주

초겨울이다. 간밤에 많은 눈이 내렸다.

아침 출근길이지만 10시가 넘은 시간이다. 지난밤에 술을 너무 많이 마셨는지 아직도 머리가 지근거렸고 속이 메스껍다. 남부터미널역의 마지막 계단을 내려섰을 때 지하철은 한 많은 여인의 독백과도 같은 긴 한숨을 내뿜으면서 서서히 움직이기 시작하였다.

아뿔싸, 한발 늦었네.

나는 그때 지하철의 맨 마지막 열 번째 칸의 4번째 출입문에 박혀있는 15번째 차창에서 그녀의 얼굴과 모습을 분명히 보았다. 그래 틀림없어. 서글서글한 눈매하며 살짝 낮은 코, 피부는 여전히 뽀얗고 그러나 약간 살이 쪄 얼굴이 전체적으로 조금

둥글게 보였다. 풍만한 몸을 감싸고 있는 회색 드레스는 소박하면서도 우아했고 염색을 했을 검은 머리는 단정하게 파마를 했다. 나는 그 짧은 순간 넋이 나간 채 그녀의 용모와 자태를 훑었다. 여전히 우아하고 묘하게 매력적이다. 어디선가 라일락의 진한 향기가 달콤하게 풍겨와 코끝에 와 닿았다. 그때 온몸에 짧은 전율이, 감상적인 사랑 속에 들어있는 잔인한 증오가, 육체적 욕망 속에 숨어있는 격렬한 복수심이 스쳐 지나갔다.

그래, 그랬던 거야.

그녀의 삶은 아주 오랫동안 짙은 회색 안개 속에 가려져 있었다.

그녀는 지금 너무나 행복한 거야. 남편은 내 고등학교 동창처럼 알짜 중소기업의 오너 사장인지도 몰라. 아니면 전문경영인으로 대기업의 대표이사이거나, 의사나 대학교수일지도 자식들은 1남 1녀일까, 2남일까, 2녀일까. 하여간에 지금쯤 좋은 대학 나와서 해외 유학 중일 거야. 나는 멋대로 상상하면서 그녀가 지금 행복한 가정생활을 하고 있다고 단정했다. 그리고 갑자기 그녀가 미워졌다.

나는 그 순간 얼굴은 벌써부터 잔주름이 넓게 퍼져서 쭈글쭈글하고 앞머리는 거의 빠져 번들거리는 내 몰골을 생각하며 한숨을 쉬었다. 짙은 돋보기안경 너머의 지친 두 눈은 어떻고 그리고 교대역 근처 후미진 뒷골목에 있는 초라한 내 사무실이 떠올랐다. 리놀륨 바닥은 닳고 닳아서 여기저기 구멍이 나 있고 변호사 방은 따로 없다. 30년 전 개업할 때 중고 가게에서 산

낡은 책장에는 몇 권의 법률서적과 시집과 함께 오래된 기록 봉투들이 꽂혀있다. 몇 년 전에 브로커 노릇을 하던 사무장이 크게 싸우고 그만둔 후 지금까지 어린 아가씨 혼자서 잔심부름을 하고 있다. 그나마 월세가 서너 달씩이나 밀려있지만 건물주는 전혀 내색을 하지 않는다. 20년 넘게 있었으니까 봐주는 셈이다.

내 인생에서 새들이 노래하고 아지랑이가 어른거리던 시절이 한 순간이라도 있었던가. 나에게 청춘이라고 할 만한 때가 있었던가. 언제쯤 어둠의 순간이 사라질 것인가. 그게 가능한 일일까? 거의 불가능할 거야. 그렇고말고

내가 대학은 졸업하였으나 나이는 어느새 30을 넘어섰고 고시는 계속 떨어지고 취직도 할 수 없어 너무나 한심하던 시절이었다. 어느 날 갑자기 그녀는 절교를 냉정하게 선언했다. 그날 우리는 예전에도 몇 번 간 적이 있는 대학로 뒷골목에 있는 다방에서 만났다. 날씨 탓인지 한산했고 분위기는 죽은 듯 가라앉아 있다.

그녀는 들어올 때부터 입을 꼭 다물고 결연한 표정을 하고 있었다. 아니 경멸에 가까운 표정이었고 철저히 무관심한 시선이었다. 그녀는 목덜미까지 늘어진 매끄러운 검은 머리를 쓸어 올리며 나를 바라보았다. 그녀가 양쪽 무릎 슬개골에 두 손을 얹은 채 꼼지락거렸다. 그녀는 뭔가 마음을 다잡고 있는 것처럼 보인다. 마침내 그녀가 먼저 말을 꺼냈다. 집안에서 너무 심하

게 결혼을 강요하여 자신은 따를 수밖에 없다고, 도대체 말도 안 되는 소리를 하였다. 그러니까, 요약하자면 나의 합격을 기다리는 데도 지쳤다는 것이다. 무작정 기다리며 자신의 청춘을 허송세월할 수는 없다는 거였다.

나는 또다시 담배 한 개비를 꺼내들고 불을 붙였다. 몇 년 동안 떨리는 기분을 가까스로 달래며 고시잡지사에 전화를 걸면 잡지사의 아가씨는 지겨운 듯 건조한 목소리로 "이름이 없는데요"했던 것이다. 불합격을 확인하였을 때, 그것은 어느 정도 예견된 것이기도 하고, 이제는 이력이 날 만큼 난 것이기도 하였지만 노상 느껴야 했던 참담한 기분과 자괴감 하며, 자기 스스로에 대한 심한 모멸감, 주체할 수 없이 밀려드는 막심한 후회는 어찌할 수가 없었다.

그런 순간마다 오래전에 죽은 어머니의 고통스러운 얼굴이 떠올랐다. 오로지 자식들 위해 온갖 희생을 다 하며 힘겨운 삶을 살았던 어머니는 그때 전혀 움직이지 못하고 그저 신음하고 눈물을 흘리기만 하였다. 죽음이 눈앞에 와있었다. 오랫동안 별거 중인 아버지는 전보를 보냈지만 끝내 나타나지 않았다. (어머니 위독. 오늘 밤을 넘기기 어려울 것 같습니다.) 나는 무력하게 앉아 생명이 사그라져 가는 것을 지켜볼 수밖에 없었다. 끔찍한 밤이었다.

무거운 침묵이 감돌았다.

그녀는 이제 얼굴 표정이 의젓하고 의기양양했고 아주 희미한 미소가 그녀의 차가운 얼굴을 스쳤다. 나를 무시하기로 작정한 그녀의 몸짓 하나하나에는 나에 대한 경멸감이 깔려있다. 새침한 얼굴에 날카로운 인상을 풍기며 몹시 비웃는 표정을 짓고 있다. 냉소주의자의 얼굴. 그녀의 시선이 갈수록 낯설고 두려워지기 시작한다. 나는 얼굴이 하얗게 질렸다. 심장이 망치질하고 격렬하게 고동을 친다. 그러나 감정의 동요가 비치지 않도록 어금니를 깨물고 있었다. 나는 앉은 자리에서 미동도 하지 않은 채 검은 리놀륨 바닥을 내려다보았고 그때 온몸에 계속 땀이 흐르고 있었다.

그녀가 마지막으로 말했다. "난 지금 혼자예요. 혼자라구요. 어머니와 싸우는 것도 지쳤다구요. 내가 지금 뭘 할 수 있겠어요? 어머니에게 뭐라고 대꾸하죠? 말 좀 해보세요. 도대체 합격할 수 있는 거예요? 뒤늦게 합격해서 뭘 할 건데요? 그래서 당신과 나의 인생이 무지개처럼 보장되는 거예요?"

내가 겨우 한마디 했다. "그래, 그렇다고 치자고."

나는 그때 무언가 버림받은 것 같은 분위기에서 비참한 처지로 내몰렸다. 진즉 불붙여 놓았던 담배는 까맣게 잊어버렸고 재떨이에서 타들어가다 재만 남았다. 뭐가 뭔지 모르게 모든 게 혼란스러웠다. 참을 수 없는 갈증이 밀려왔다. 연거푸 물을 마시고 커피를 마셨다.

밤늦은 시각 우리는 다방을 나왔다. 벌거벗은 산 언덕을 향해 완만하게 경사진 골목이 멀리 어둠 속으로 뻗어 있었다.

그날 돌아서는 그녀의 눈초리는 아주 싸늘하였다. 나는 지금도 그 싸늘한 눈초리를 떠올리면 등에서 소름이 끼친다. 그 순간을 어찌 잊어버릴 수 있겠는가. 한때는 친구들이 우리를 두고 그림처럼 매우 어울리는 한 쌍이라고들 이구동성으로 말했다. 분명히 우리는 결코 떨어질 수 없는 한 쌍이었다.

나는 그녀의 환심을 사려는 본능적인 욕구에 따라 행동했다. 변덕이 심한 여자의 비위를 맞추려고 말과 행동을 조심스럽게 조절했으니 나는 그때 꼭두각시나 다름없었다. 누군가는 '사랑한다는 것은 둘이 서로 들여다보는 것이 아니라 함께 같은 방향을 쳐다보는 것이다'라고 했거늘. 내가 그녀에 대해 뭐든지 다 알고 있었던가. 다 안다고 생각했는데 하나도 모르고 있었던 것인가. 무언가 오해하고 착각했던 것인가. 기억은 질서정연하지 않다. 까마득한 세월이 흘렀다. 하지만 세월이 그렇게 많이 흘렀다고 해도 어찌 잊어버릴 수 있겠는가. 세월도 무용지물로 만드는 것이어서 마치 어제 일처럼 생생하다. 나는 기억할 수 있다고 생각한다. 그렇고말고 하지만 전혀 기억하지 못하고 있거나 기억의 파편들을 주위 모아 제멋대로 조작한 완전히 자기 기만일지도 모르겠다. 그러나 심장을 깊게 찌르는 죄의식이나 수치심을 안고 있었던 건 아니다. 그때 느꼈던 분노, 상실감, 나를 압도했던 그녀에 대한 배신감만은 어떻게 잊어버릴 수 있겠는가.

거리는 모순으로 가득 하였다.

그날 하루 종일 비가 조금씩 오락가락하였다.

내 눈에서도 굵은 눈물방울이 하염없이 흘러내렸다.

비에 젖은 노란 은행잎이 흩날리는 슬픈 늦가을이었다.

그리고 30여 년의 세월이 흘렀다.

나는 그때, 바위처럼 단단해보였던 것에 의심이 들기 시작했다. 남아돌아가는 시간을 주체할 수 없어서 혼자 무엇을 했으면 좋을지 모른 채 빈둥거린다. 청춘의 꿈은 사라졌고 삶은 권태와 염증으로 가득했다.

나의 미래에 대해 생각하면 너무 혼란스러워서 아무리 생각해봐도 지금 이후로 어떻게 될지 짐작조차 할 수 없었다. 무슨 일을 할 것인가. 자신이 어디에 있는지조차 알 수가 없었다. 자신은 살과 뼈가 있는 실체가 아닌 환영처럼 느껴졌다. 마음이 어수선하고 그래서 신선한 공기가 필요했고 마음을 비워버릴 공간이 필요했던가. 누구로부터 방해를 받고 싶지 않았고 모든 것으로부터 도망치고 싶었다. 어딘가에서? 낯선 곳에 가서 아무도 모르게 죽고 싶기도 했다.

나는 아무것도 할 수 없었다. 모든 것이 힘겨워지고 고통스러웠다. 내 생활은 엉망진창이 되었다. 자포자기. 방탕한 생활에 젖어서 매일 밤 다음날까지 마셨다. 폭음. 토하고, 마시고 지독한 숙취와 몸에서 풍기는 고약한 술 냄새. 어느 날 밤에는 술에 잔뜩 취했을 때 혼자서 사창가에 찾아간 적이 있다.

친구가 말했다. "내가 할 수 없이 충고를 하는데 한 1년 정도 떠나있으라고 상처가 아물려면 그 정도 시간은 필요할 거야. 시간이 약이라고 할 수 있겠지. 조용한 바닷가 같은 데로, 바닷바람을 쐬면 정신이 한결 맑아지겠지. 공부 잘하는 놈도 여자 앞에선 별 수 없구나……."

나는 아직 추위가 남아있던 이른 봄날 남쪽으로 무작정 출발하였다. 도망이나 다를 바가 없었다. 송창식의 노래처럼, *자 떠나자 동해 바다로 / 신화처럼 숨을 쉬는 고래 잡으러*…… 가 아니었다. 나는 그때 원대한 꿈이 아니라 절망과 좌절의 심연을 찾아서 남쪽 바다로 향한 것이다.

부둣가 해변에는 생선 썩은 냄새와 낡은 어선의 타르 냄새가 뒤섞여 있다. 바닷가에는 바람이 불어왔다. 바람이 심하게 부는 날엔 잔잔했던 바다가 거칠게 출렁이며 파도가 방파제를 거세게 때렸으므로 방파제와는 계류용 밧줄에 의하여 연결되어 있던 낡은 목선들이 격렬하게 서로 부딪치며 몸부림을 쳤다.

바닷가는 아름답고 쓸쓸하였다.

겨울이 끝날 무렵이면, 남쪽 바다는 생명의 몸짓으로 꿈틀거렸다.

저 멀리 검은 뻘밭이 끝나는 해안선에서부터 다시 바다가 열리고, 수평선은 바다와 하늘이 맞닿아 경계가 희미해지는 아득한 곳까지 물러 앉아있다. 그때쯤이면 바다 쪽에서 불어오는 차가운 바람은 한결 누그러졌다. 겨울 철새들은 벌써 귀향을 준비하고 있었다. 나 역시 신림동 고시원으로 귀향을 서둘렀다.

나는 새벽 2시쯤 깨어서 다시 잠들지 못했다. 막상 올라가자니 마음이 뒤숭숭했던 것이다. 날이 밝아 왔다. 벌써 마을 뒤쪽 해장죽 숲에서 그곳 텃새인 동박새들이 지저귀는 소리가 들린다. 밤새 내려앉았던 밤안개가 흩어지기 시작했다. 내가 떠나오던 날 맑은 하늘에 샛바람이 거세게 불면서 바다는 흰 거품을 일으키며 으르렁 거렸다.

나는 순천역에서 기차를 내려서 시내버스를 타고 방죽길을 따라 삼십 리를 더 들어왔다. 바람에 휘청거리는 누런 갈대밭이 끝없이 펼쳐진 염습지와 검은 갯벌, 회색빛 얕은 바다를 한참 지나자 비로소 수평선이 보이기 시작했다. 그날 남쪽에는 차가운 봄비가 내리면서 소금기를 머금은 강한 해풍에 풍경이 흔들렸던 것을, 간조 시간이어서 갯벌은 깊은 속살을 드러내놓고 있었던 것을 기억한다. 마을이 거기에 있었다. 내가 정을 붙이고 1여년을 살았던 도사동은 세상이 축약된 작은 세계였다. 초등학교와 동사무소, 우체국, 파출소, 농협 지소 등 관공서와 술집과 (추운 겨울날에는 톱밥난로가 활활 타오르고 어부들이 톱밥난로 주위에 둘러서서 불을 쬐던) 다방, 미장원, 약방, 당구장, 사진관, 교회, 횟집이 모여 있었고, 마을 바깥 부둣가에는 고기잡이 어선이 입항할 때마다 부산스러운 간이 어판장, 아주머니들의 생선 좌판들이 줄지어 있었다.

나는 눈물을 뿌리면서 그 길을 되돌아서 올라가야 했다.

오랫동안 앓고 있는 알레르기성 천식 탓으로 여전히 숨이 넘어갈 듯이 심한 기침을 했고, 그때마다 진절머리 나는 기침이 시작되면 목이 몹시 근질근질한다고, 이 약을 먹으면 목구멍이 덜 근질거린다고 하면서 하얀색 알약을 한 움큼씩 입에 털어넣었다. 그는 천식 때문에 직장을 잡을 수도 없었고 결혼을 할 수도 없어서 바닷바람을 쐬면 천식이 나을까 싶어 서울에서 여기로 이사 온 지 30년이 넘었다고 했다.

반평생을 순천만과 여자만 바다에서 노련한 낚시꾼으로 살아온 늙은 어부는 말했다. "서울로 올라가야제, 서울로 사람의 새끼는 서울로 보내고 마소 새끼는 촌구석으로 보내라고 했으니께. 바다는 아주 험한 곳이여. 바다 사람이 될 팔자는 아니구먼. 여기서 괜히 시간을 죽이지 말게나. 나야 어쩔 수 없었으니께. 이놈의 천식이 웬수여. 그리고 어차피 오래 못 살 것이니께. 이렇게 맨날 독한 술을 퍼마시니……. 의사가 천식에는 술이 상극이라고 하더구먼."

무슨 미련이 남아있었던가. 그러나 나는 돌아올 수밖에 없었다. 달리 뾰족한 탈출구가 없었던 것이다. 나는 다시 제자리에서 맴도는 지겨운 생활로 돌아올 수밖에 없었다. 그녀에 대한 복수심 또는 실낱같은 희망이 내 등을 떠밀었기 때문이었을까. 끔찍할 만큼 지루하고 단조롭고 길고도 고독한 시시포스의 시간들이 기다리고 있었다. 그러나 밤이면 악몽을 꾸고, 그녀가 칼을 들고 덤벼들었다.

나는 혼잣말을 했다. "너무 늦었어, 너무. 정말 너무 늦은 것일까? 그러나 막다른 골목이야. 다시 시작하는 거야. 지금 멈추면 안 되지. 조금만 더, 조금만. 바뀌겠지, 바뀔 거야."

나이 들어서 이제 연말 망년회는 시큰둥하다. 오랜만에 얼굴 한번 보자고, 전화가 몇 번씩이나 오니 차마 안 나갈 수가 없다.

아주 오래간만에, 근 3여 년 만에 염 사장을 만날 줄이야. 우리
는 한때 무척 친한 사이였는데. 염 사장은 대기업 대표이사를
10여 년 넘게 하였다. 한 시절 그는 아주 잘 나갔다. 그러나 나
이를 이길 수는 없었다. 어쩔 수 없이 치고 올라오는 후배들에
게 밀려날 수밖에 없었다. (본인이 내뱉은 넋두리에 의하면) 지
금은 집에서 마누라 눈치나 보며 빈둥빈둥 놀고 있는 신세다.

그는 많이 늙어 보였다. 오늘 무척 취하였다. 과음한 것이다.
"야, 자식아 임마, 너 알고 있기나 해? 옛날…… 그 시절……
그 잘난 네 애인 소식 말이야. 내가 얼마 전에 자세히 들었지.
세상이 좁더라고. 알고 보니 내 마누라의 친구의 친구 1년 후배
였다고 하더군. 그 여자가 그때 널 버리고 부잣집 외아들한테
시집 잘 갔어. 잘 갔지. 그때는 그게 사필귀정이었어.

그 집말이야, 남자 어머니가 신촌 이대 앞에서 한때 잘 나가
는 유명한 양장점을 했거든. 그때 너무 장사가 잘 돼서 돈을 갈
퀴로 긁어모았다고 하니깐. 그리고 그 돈으로 잠실 근처에 땅을
사뒀는데 그 땅값이 또다시 폭등하고 근데 남편이란 작자가 말
이야 잘생긴 얼굴에 허우대는 멀쩡해가지고 평생 백수야. 홀어
머니가 죽은 후 그 많은 땅 다 팔아서 주식투자해서 날리고, 도
박으로 날리고, 완전히 알거지가 된 거야.

그 사람 의처증이 심했다고 하더군. 만날 술 퍼 마시고 집에
들어가서 자식, 마누라 두드려 패고 오죽했으면 아들 둘 다 대
학을 못 갔다고 하더라고…… 그 여자 평생 골골하다 2년 전에
죽었어. 그게 교통사고라고 하지만 실제는 달리는 버스에 뛰어

들어 자살했다고 그러더라고…….

사랑과 배신이 얽혀있으니 무슨 신파조 같군. 그런데 우리의 영웅이었던 만년 수석이 신파조의 주인공이라니.

어쨌거나 말이지…… 네게도 일부 책임이 있는 거 아니야? 네가 빨리 합격했으면……. 젠장, 10년이나 걸렸으니……. 별볼일 없는 변호사나 하려구……. 네 놈이 수재인건 맞아?"

그녀의 불행한 결말. 그래? 그게 내 책임이라고? 내가 무슨 생각을 했던가? (할 수 있었던가?)

그는 중고등학교 시절 내내 심각한 라이벌이었다. 그러나 문과반에서 언제나 내가 수석을 독차지했고 그는 차석에 만족해야 했다. 그런데 그는 지금 그 시절의 열등감과 낭패감 때문에 내게 은근히 험한 말을 내뱉고 있는 것이다. 그는 상대로 갔고, 나는 법대로 갔다. 그 시절 공부 잘하는 수재들은 공식처럼 법대로 갔고 고시에 합격해서 권력의 상징인 판검사가 되어 출세해야 했다.

나는 원래 공부벌레였으므로 나태함에 젖어 빈둥거리며 시간을 허비하지도 않았다. 하지만 고시 합격은 불가능하게만 보였다. 무엇이 잘못된 것일까?

친구들은 과거의 나를 잘 알고 있었다. 나는 학창시절 아주 느긋했고 미소와 여유를 잃지 않았다. 그러나 어느새 자신 없고 내성적인 성격으로 변하고 말았다. 동창생들 사이에서 어렸을 적에는 신동이었고 언제나 뛰어난 수재로 통했고 도맡아 놓고 수석 했던 화려한 명성은 진즉 퇴색하였다. 그 무렵, (학창시절 공부 못한다고 내심 경멸했던 친구들이었던) 모두들 영문을 몰라 쑥덕거렸다. 그때는 공연히 분한 마음에 밤이 되면 침대에 누워서 소리 없이 울었고 흘러내린 눈물은 베개를 축축하게 적셨다.

삶의 무의미한 시기. 악몽의 시간들. 인생의 쓸데없는 낭비. 어떤 영감의 원천, 신성한 불꽃, 은밀한 도취는 없었다. 어떤 갈망, 욕구, 전율, 환호도 없었다. 탈출구와 희망이 보이지 않았다. 그때 이미 내 인생의 쓰디쓴 실패는 예정되어 있었다. 세상은 잔인하고 나는 그 비참한 시절의 희생자였을까? 나는 시대와 불화했고 현란하게 핑핑 돌아가는 이 세상과는 보조를 맞춰 잘 살지 못했다. 현실을 냉정하게 직시하지 못한다. 나는 언제나 잠정적이었던 내 인생과 그 모든 것에 구역질이 난다.

나는 그날 무척 과음하였다. 다짜고짜 폭탄주를 무려 열 잔 넘게 마셨으니까. 그런 것 같다. 어떻게 집으로 기어들어왔는지 기억이 안 난다. 오래전부터 술만 마시면 곧잘 필름이 끊겼다. 오랫동안 의식이 멀쩡하면 수면장애이거나 불면증 때문에 잠을 이룰 수 없었고, 그때마다 과도하게 알코올에 의존했다.

아침에 마누라가 심한 잔소리를 또다시 시작했다. 그녀의 눈빛에는 벌써 경멸의 감정이 서려 있다.

"지난밤에는 왜 그렇게 많이 마신 거야. 술을 이기지도 못하면서 맨날 마시는 거야. 밤새 몇 번이나 토했는지 기억이나 있어? 오줌까지 지리고 중독이야, 중독이라고 그러니까 진즉부터 남자 구실도 못했다니까. 인생이 불쌍하다고. 그나저나 언제쯤 집에 돈을 가져올 거야? 반년 넘게 한 푼도 가져오지 않은 거 알고나 있는 거야? 첫사랑 애인, 그 여자 말이야 당신과 결혼 안 한 거 정말 잘한 거야."

나는 억울함과 분노 때문에 숨이 턱 막혔다.

내가 겨우 대답했다. "그래, 그렇다고 치자고."

나를 진심으로 이해해줄 수 있는 사람이라면 누구에게든지 나의 지나간 삶을, 확실히 실패한 삶을 요약해서 말해주고 싶었고 그러면 그가 나의 말에 귀 기울여주기를 바랐다.

나는 어렸을 적부터 신동 소리를 들었고 그래서 아버지는 내가 초등학교를 졸업하자마자 서울로 유학을 보냈고, 그때 아버지가 말했다. "남자는 자고이래 서울로 가야 한다. 너는 신동이야. 그리고 장손으로서 우리 집안의 기둥이고 대들보다." 나는 명문 중고등학교 시절에도 단 한 번도 빠지지 않고 전체 수석을 하여 수재니 천재 소리를 수없이 들었으니 당연하게 법대 진학을 하였고, 재학 중에 소년등과 합격해서 판검사로 출세할 줄 알았다.

나는 대학 시절 도서관에서 하루 종일 법서에 코를 박고 공부를 하였으니 학생 운동을 하는 자들을 노골적으로 경원시하였다.

아버지는 중소 도시에서 커다란 목재소를 경영하며 돈 많은 유지 행세를 하였고 술집에서 만난 여자와 동거를 하여 남매를 낳았으니 오랫동안 어머니를 멀리하였다.

어머니는 그 원한을 어떻게 풀 길이 없어서 대신 자식들을 돌보는데 온갖 희생을 다하며 헌신하였다.

첫사랑 애인은 처음 마주친 순간 어디선가 라벤더의 연한 향기가 풍겨오며 머릿속이 하얗게 되고 심장이 멎은 듯했다. 하지만 5년 넘게 사귀었지만 내가 고시에 계속 떨어지자 나를 버리고 떠나갔다. 그때 나는 말 할 수 없는 배신감을 느끼며 분노하였고 그 분노를 해소하기 위해 청량리 사창가를 드나들다 악성 임질에 걸린 일이 있었다.

내가 천신만고 끝에 고시에 합격하였을 때는 그 기수에서 두 번째로 나이가 많은 고령 합격자였다. 사법연수원을 수료하였을 때 나이도 많고 성적도 시원치 않았다. 어쩔 수 없이 개업식도 생략한 채 아무도 모르게 변호사 사무실을 열었다.

사무실은 교대역 14번 출구 근처 깊숙한 뒷골목에 있는 엘리베이터가 없는 5층 건물의 4층에 있다. 그 사무실은 내가 보아도 아주 초라하다. 리놀륨 바닥이 닳고 닳아서 여기저기 구멍이 나 있다. 변호사 방은 따로 없고 낡은 책장에는 고시공부하던 시절 보았던 낡은 법률 서적 몇 권과 시집들과 소설책들이 덩그러니 꽂혀있다. 그러나 벌써 30년이 되었다.

나는 법조인들의 필수품인 골프도 마작도 카드도 할 줄 모른다. 그래서 맨날 혼자서 술을 마시고 정신이 맑아지면 무언가 쓰고 싶어서 끄적인다.

그리고 사법연수원 시절 뒤늦게 (전직 중학교 수학 선생님이었던) 지금의 아내와 결혼하였지만 결혼생활은 엉망이었다. 겉으로 보이는 것보다도 속으로 곪아서 실패한 결혼이었다. 나는 악성 임질의 후유증 때문인지 자식을 가질 수 없었는데 그게 결혼 생활이 삐걱대는 중대한 원인이 되었다.

그러나 나는 나를 닮은 못난 자식을 낳지 않은 게 차라리 그게 나았다고 생각한다.

첫사랑의 과정은 평탄치 않다고 했는데 우리의 첫사랑은 그렇게 파탄이 나버렸다. 나는 그때 사랑의 참된 의미를 알고 있기는 했는가. 그걸 실천할 의지가 있었던가. 그래서 그녀가 떠나려고 할 때 매달리며 다시 시작할 순 없었는가. 왜 수수방관하였는가. 다시 돌이켜 생각해 보면, 그러니까 만약인데 말인데, 그때 그녀가 그렇게 떠나지 않았다면, 그녀가 조금만 참고 기다려 주었다면 말인데 우리들의 그 후 인생역전은 어떤 경로로 진행되었을까? 우리에게 유전은 일어나지 않았을까? 지금과는 운명이 확실히 달라졌을까? 운명 혹은 운명적이라면 어떻게 알 수 있겠는가? 나는 가끔 왜 이런 비겁한 상상을 하게 되는 것일까?

나는 연립주택을 나서면서 담배를 빼물었고 담배 연기가 피어오르자 그 시절의 기억이 서서히 밀려와서 나를 덮쳤다.

집집마다 얕은 담벼락에 철 이른 붉은 줄장미가 피어있는 골목길, 아카시아의 짙은 향기, 마을 뒤쪽 해장죽 숲에서 동박새들의 지저귐, 내가 살았던 넝쿨과 이끼가 긴 돌담 속 폐허 같은 슬레이트 집, 방죽길을 따라 길섶에 지천으로 피어있는 야생화들, 금창초, 현호색, 개별꽃, 쑥부쟁이, 자운영꽃, 복사꽃, 할미

꽃, 개구리 발톱, 잎이 달려있을 때는 꽃이 피지 않고 꽃이 필
때는 잎이 피지 않아서 꽃말이 '도저히 이루어질 수 없는 사랑'
인 상사화, 그 풀잎에 맺힌 이슬방울, 바다에서 불어오는 소금
기가 밴 찝찔한 바닷바람, 정오가 되면 어김없이 울려 퍼지는
교회의 종소리, 검은 석탄 연기를 내뿜으며 길게 기적소리를 울
리고 내달리는 경전선 완행열차, 학교가 파할 무렵이면 재잘거
리며 교문으로 우르르 몰려나오는 어린 아이들, 크고 검은 눈동
자에 우수가 깃들어 있어 수줍음을 잘 탈 거 같았던 여선생님,
언제나 밤안개가 짙은 곳, 염습지의 갈대숲, 시베리아의 툰드라
에서 날아온 겨울 철새들, 사리 물때가 되면 갯벌에서 웅덩이를
만들어 개불을 잡는 일, 또는 말뚝망둥어와 흰발농게를 잡는
일, 갯바위에서 굴을 따는 일, 흰발농게를 잡아먹으려고 호시탐
탐 노리고 있는 봄의 철새인 도요새, 밤의 어두움이 찾아오기
직전 짧은 순간 황혼녘의 바다가 푸른빛으로 빛날 때 어둠을
뚫고 먼 바다에서 돌아오는 지친 어선들. 생선 횟집에서의 술
판, 도수 높은 알코올 기운을 풍기는 술 취한 어부들. 갯바위에
서 뛰어내려 자살한 젊은 여자의 부풀어 오른 시체. 그녀는 얇
은 코트 주머니에 돌멩이를 넣은 채바다로 뛰어내렸다. 나는 그
녀가 누구인지 몰랐다. 하지만 며칠 동안 갯바위를 찾아가 무슨
일이 일어났는지를 알아보려고 애썼다. 나는 그녀가 뛰어내린
장면을 수없이 머릿속으로 상상했다. 나는 그녀의 혼을 만나기
위해 그 바닷가를 배회하였는지 모르겠다.

　그곳의 나의 유배지였던가. 그곳에서 나의 삶은 남루했지만

그러나 행복했다. 그때 내 얼굴은 햇볕에 그을렸고 내 육체는 바닷바람에 억세졌다. 나는 그 바닷바람을, 바닷가 마을을, 늙은 어부를 잊을 수가 없다. 그때 굳게 결심하고 올라오지 말았어야 했다고 다시 생각한다.

노인이 되어 참을 수 없는 것은 육체나 정신의 쇠약함이 아니고 기억의 무게를 견뎌 내는 일이다. — W.S. 몸

대리부

대리부

변호사 접견실.

"변호사님이 누구신가요? 전 변호사를 선임한 일이 없는데요"

"그렇지요. 국선변호사입니다. 국가에서 친절하게도 공짜로 변호사를 선임해 주는 거죠"

"이곳에 들어오니까 뭐라고 그러더라, 재판을 잘 받으려면 전관예우를 받는 변호사를 선임하라고 하더군요. 감방 사람들이 이구동성으로 그렇게 말했습니다."

"그 말도 맞는 말입니다. 틀린 말이기도 하고요. 사선이 선임되면 곧바로 물러나겠습니다."

"아닙니다. 그런 변호사를 사려고 하면 엄청난 금액을 부른다고 하는데 저에게는 돈이 없어요"

"그러면 어떻게 하면 좋을까요?"

"별 수 있습니까. 계속 맡아 주십시오. 저로선 어쩔 도리가 없습니다."

"그렇군요. 그러니까 2년 전에 일어난 사건이네요. 피고인은 지금 살인죄와 사체유기로 기소되었습니다. 아직 수사기록을 보지 못했지요. 사건의 내용을 어느 정도 설명해 주시겠습니까?"

"제가 진술서를 만들어 가지고 나왔습니다. 한 번 읽어봐 주시겠습니까?"

"그렇게 하지요. 제법 양이 많군요. 제가 수사기록도 다 읽어야 하고…… 이걸 다 읽고 나서 다음 주에 다시 접견을 오겠습니다. 그때 자세히 이야기를 나누기로 하지요."

피고인이 말했다.

"그날 우리 두 사람은 제부도에서 만나 저녁식사와 함께 소주와 맥주를 섞어서 꽤 많이 마셨습니다. 그러나 저는 적게 마시고 그쪽은 많이 마셨습니다. 처음부터 약간 흥분해 있었던 것입니다.

그리고 사람들이 다니지 않는 한적한 바닷가로 내려갔습니다. 그가 먼저 그렇게 말했지요. 바람 좀 쏘이자고.

그 운명의 날…… 오후 늦게 퇴근 시간에 맞춰 저는 안산역 공중전화 부스에서 사장님에게 전화를 했습니다. 그는 40대 중반으로 안산시 정왕동에 페인트 회사에 납품하는 화학원료를 생산하는 공장을 가지고 있었습니다.

'사장님, 안산까지 왔다가 우연히 오이도까지 오게 되었습니다. 사장님 괜찮으시다면 퇴근길에 술이나 한잔 사주십시오.'

사장님은 처음 제 전화를 받자마자 긴장하고 경계심을 품었었지요. 그게 그의 목소리에 묻어났습니다.

사장님이 말했습니다.

'글쎄…… 우리가 꼭 만나야만 하나? 그런가? 서로 모르는 척
해야 되는 거 아냐? 지금 이 시점에서 당신을 만날 이유는 없지
만 일부러 들렀다는데 할 수 없지.

우리 한잔 하자고. 제부도 쪽으로 오라고. 그쪽에 좋은 횟집
이 있으니까.'

저는 사장님이 술에 취하면 이런저런 말을 하게 해서 진실을
알고 싶었던 것입니다. 그래서 분위기를 봐 가며 술을 적극적으
로 권했습니다. 술이 약간 거나해지자 제가 눈치를 살피고 있었
고 그가 그때 밖으로 나가자고 했습니다.

바닷바람이 매섭게 불었지요. 해안가 갈대밭에서 무성한 갈
대가 서로 부딪치며 울음소리를 냈습니다.

'사모님도 그렇고…… 따님도 건강하게 잘 계시지요?'

'네가 남의 집 일에 왜 그렇게 관심이 많지? 네가 아버지 행
세를 하고 싶은 거야?'

'아닙니다. 그저 궁금했을 뿐입니다. 저는 계약서에 있는 대
로 충실하게 계약을 이행했을 뿐입니다. 그것이 전부입니다.'

그러자 그가 내 말을 가로챘습니다.

'네 놈이 그걸 어떻게 알아낼 수 있었겠어? 네가 내 마누라와
내통하고 있는 게 틀림없어. 그렇다니까. 쓰레기 같은 자식! 넌
쓰레기야! 그러니까 여태 변변한 직업도 없이 굴러먹고 다니는
거지.'

나는 그런 심한 모욕에도 참을 수밖에 없었습니다. 그런데 대화는 점점 거칠어지고 결국 심한 몸싸움을 하게 되었습니다. 그 사람이 먼저 심한 욕설을 내뱉고 제 뺨을 서너 차례 때렸습니다.

'너는 가정파괴범이고 간통을 한 자란 말이야. 네 놈이 내 마누라를 범한 거라고. 네놈의 정액이 그 년의 몸속으로 들어갔으니까. 마침내 창녀가 되어버린 거라고 알겠어?

내 딸이 아니라 네 놈 딸이란 말이야. 나는 그 년이 너무 밉단 말이야. 죽이고 싶도록 밉단 말이야. 완전히 네 놈을 빼다 박았거든. 다 죽여 버릴 거야.'

'사장님, 그런 게 아니라니까요. 진정…… 진정하십시오.'

'진정 좋아하시네! 이제 보니까 네 놈은 가정파괴범이야!'

그가 그렇게 말했을 때 그 여자의 목소리가 들렸습니다.

'그 작자는 죽어야 해요. 그렇지 않으면 내가 죽게 되고 우리 딸이 그자의 손에 목이 졸려 죽게 될 거예요. 우리는 밤마다 무지막지하게 얻어맞아요. 그 남자가 주먹과 발로 나와 딸의 머리와 옆구리 등을 때리고 그것도 모자라 골프채를 마구 휘둘러요.

한 번은 딸이 너무 맞아서 파란 멍이 들었기 때문에 학교에 보낼 수 없었어요. 그래서 병원에 데리고 갔더니 지속적인 폭행으로 말미암아 몸속 혈관이 터져 외상성 쇼크사에 이를 뻔했다고 하더라구요. 그때 의사들이 간신히 살려냈습니다.

그 딸이 어떻게 얻은 딸인데요. 우리 모녀의 형편이 그렇다고요.'

그 여자는 어렸을 때는 가족들에게 사랑과 보살핌을 받고 자랐고 지금은 부유했으며 아름다웠고 부드럽고 풍만한 젖가슴을 가졌습니다. 그러나 가정생활은 평탄치 않아서 남편으로부터 심하게 정신적 또는 육체적 학대를 받는 불쌍한 여자였습니다.

그녀는 술에 취하면 자주 눈물을 쏟았지요

저는 제 아이를 지키려면 그를 죽여야만 했습니다. 날카로운 돌을 움켜쥐고 그의 머리통과 얼굴을 수없이 내리쳤지요. 피가 마구 튀었습니다. 그가 마침내 쓰러졌고 피가 흥건히 흘러서 모래 속으로 스며들어갔습니다.

저는 밤새 갈대밭을 파서 시체를 깊숙이 묻었고 차가운 바닷물에 피가 묻은 손과 얼굴, 온몸을 씻었습니다."

김명철은 온라인에 대리부 지원자로서 자기소개서를 올렸다. 포털 사이트의 카페, 커뮤니티보다는 개인 블로그를 개설해 지원한 것이다. 대리부 또는 정자제공 같은 특정 키워드를 입력하면 그 블로그에 올려둔 게시물이 검색되는 것이다. 그 이유는 카페와 커뮤니티는 관리자들이 있어 즉시 대리부 지원자의 글이 삭제되기 때문이다. 그래서 블로그를 통하여 광고를 할 수밖에 없었다.

그는 자기소개서를 마치 입사지원서를 연상시킬 만큼 상세하게 기재하였다. 자신의 신체조건, 집안 내력 등을 자세히 소개하였다.

키 181cm, 몸무게 72kg.

혈액형 O형.

곱슬머리 아님, 광대뼈 나오지 않았음, 대머리 유전없음.

서울에서 외고와 사립 명문대 졸업. 아버지와 누나, 형님 모두 명문대 출신.

해병대에서 병역필.

비흡연.

수정이 될 때까지 무한정 제공 가능.

제 성격은 붙임성이 좋고 친구들과 어울리는 것을 좋아합니다. 음식을 가리지도 않습니다.

요금은 300만 원을 제시합니다. 계약금으로 30%을 먼저 받고 성공하면 나머지를 후불로 받음.

아이에게 우성인자를 물려주기 위해서는 남자의 조건을 꼼꼼히 따져봐야 합니다. 돈이 좀 들더라도 후회하지 않게 현명한 선택을 하시기 바랍니다. 만약 요금이 적절치 않다고 생각한다면 추후 협의할 수 있습니다.

그러나 그는 명문대 출신도 아니고 누나와 형님, 아버지는 남쪽 바닷가에 있는 시골 농촌사람들이어서 명문대는커녕……. 그는 방위 출신으로 해병대에서 복무하지도 않았다.……

일주일쯤 지나서 인터넷을 통하여 의뢰인으로부터 연락이 왔다. 그래서 우선 메일을 통하여 구체적인 상담을 하게 된 것이다. 의뢰인은 전신 사진과 얼굴 사진을 먼저 요구하였고, 그런 후에 서초동 남부터미널 근처 카페에서 직접 부부와 만나게 된 것이다. 부부는 대학 졸업증명서와 성적증명서를 요구했는데 그는 당연히 위조한 서류를 건네주었다. 그리고 의뢰인이 지정해준 대학병원에서 종합건강검진을 받아야 했다. 건강검진 결과 아무런 이상이 발견되지 않았고 그제서야 계약을 맺게 된 것이다.

계약서의 주요 조항은, '임신이 될 때까지 무한정 정자를 제공한다. 비밀을 철저히 지킨다. 임신 후에는 절대 연락하지 않는다. 계약금으로 150만 원을 우선 지급하고 임신이 되면 250만 원을 추가로 지급한다.' 등이었다.

그런 후 부부가 지정한 병원의 비뇨기과에서 정자를 채취한 후 제공하였던 것이다. 그러나 1여 년 동안 여자의 배란기에 맞춰서 정자를 10차례 이상 제공했음에도 인공수정은 되지 않았다.

그러던 어느 날 여자가 갑자기 전화를 걸어왔다.

"옛날이나 지금이나…… 건강에 아무런 문제가 없었기에 결혼만 하면 자연히 아이가 생기는 줄 알았죠 그런데 5년이 넘도록 결실이 없었고 고민 고민 끝에 남편 몰래 병원을 찾게 됐어요 나에게 무슨 원인이 있다고 생각한 거죠 그렇지만 나에게는 원인이 없었죠 여자 의사는 아마 남자 쪽 문제일 거라고……

그렇게 해서 10년이 훌쩍 지나갔어요 주위에 있는 동년배

어자들 대부분이 엄마가 되었어. 결혼한 친구들은 물론이고 여동생도 아이 둘씩을 낳았다고 누구의 임신 소식을 들을 때마다 가슴 속에서는 혼란스러운 감정이 솟구쳤지요.

그 무렵 남편한테 솔직하게 이야기했고…… 남편은 어쩔 수 없이 병원에 가서 자신의 문제점을 확인한 거라고요.

인공수정은 필요 없어요. 자연수정으로 하자고요. 차가운 플라스틱 튜브는 지겹단 말이야. 그게 내 몸속으로 들어올 때마다 몸서리를 치지. 뜨거운 게 좋아. 자연스러운 것이 좋은 거라구. 성공하면 제가 천만 원 이상을 드릴 수 있어요."

그 여자는 그때까지 보거나 만질 수 있는 실체가 아니라 먼 곳에 떨어져 있는 공상적인 존재 또는 신비로운 존재였다. 하지만 지금은 어두운 뒷골목에서 남자를 유혹하는 매춘부처럼 그를 유혹하고 있는 것이다. 그 여자는 자신이 건강한 여자라고 하였다. 그러자 그의 내면에서는 그 여자를 육체적으로 소유하고 싶다는 강렬한 욕망이 타오르기 시작했다. 그녀를 포용하고 애무를 하고 싶다. 그러나 이것은 간음이고 간음은 살인죄보다 더 무서운 죄악이 아닐까. 그렇게 타락할 수 있는가. 왜, 죄의식을 느끼지 않는가. 그런 거야. 그렇지. 죄의식이 인간의 자연스러운 욕망을 억누를 수는 없는 거지.

그 후 그들은 서초동 남부터미널 건너편 뒷골목에 있는 모텔에서 근 몇 년 동안 일주일에 두세 번씩 만났던 것이다. 그리고 가끔 고급 식당에서 저녁식사를 하고 포도주를 마셨다. 그러니까 여자가 임신하고 나서도 몇 달은 더 만났던 것이다. 그의 20

대 젊은 날은 그렇게 지나갔다.

그녀와의 섹스는 황홀했고 중독적이었다. 그는 한동안 그녀에게서 헤어 나오지 못했다. 그러나 점점 섹스에 빠져들면서도 그 무엇에도 즐거움을 느끼지 못했다. 그것은 결국 돈과 사물로 환원되어 버리기 때문이었다. 그녀는 끝날 때마다 공식처럼 20만 원을 주었던 것이다.

마침내 여자는 임신이 되었다. 입덧이 있었고 월경이 건너뛰었다. 소변검사와 혈액검사 등 검사에서 양성 반응이 나왔던 것이다. 그리고 10개월 후 딸을 출산했다. 그는 몇 년 동안 그 일을 잊어버리고 있었다. 사실은 까마득하게 잊어버리려고 노력하고 있었던 것이다. 그런데 그 여자로부터 다시 전화가 온 것이다.

"우리 딸 한 번 보고 싶지 않아요? 지금 3살인데 어린이집에 잘 다니고 있어요. 저는 신이 저에게 축복을 내려 기적이 일어났다고 생각해요."

그는 그 전화를 받고 나서 그 어린이집에 들러 창문 너머로 아이를 찾았다. 금방 딸이라는 것을 알 수 있었다. 그와 너무 많이 닮아있었기 때문이다. 기분이 묘했다. 그리고 눈물이 나왔다.

현재 우리나라는 전국 140곳에 정자은행을 운영하고 있다. 출산을 원하는 불임부부들을 위해 정자를 제공받아 확보하고 있다. 그런데 대부분의 병원은 기증자가 정자를 직접 제공한 경우보다는 불임부부가 직접 가져온 경우가 훨씬 많았다.

정부 당국자가 설명했다.

정확한 수치는 집계해보지 않았지만 매년 정자 기증은 줄어들고 있지만 불임부부가 직접 가져오는 정자의 숫자는 줄기는커녕 계속 늘어나고 있습니다. 정자은행이 유명무실하지요. 대폭 개선할 필요가 있습니다.

정자매매는 생명윤리법이 금지하면서 처벌까지 하고 있는데 그렇게 대리부를 찾는 이유는 무엇 때문일까? 정부는 일정한 경우 인공수정 3회, 체외수정 6회까지 시술비를 지원까지 해주는데 말이다.

뭐니 뭐니 해도 대리부의 신상파악이 가능하다는 점이 불임부부가 불법 정자매매에 눈을 돌리는 가장 큰 이유이다. 정자은행을 통해 정자를 공여받을 경우 혈액형을 제외한 기증자의 정보는 공개되지 않기 때문이다.

혹시 정자 제공자가…… 외모가 비정상적으로 이상하거나 키가 작고 돼지처럼 뚱뚱하다면…… 대머리이거나 곱슬머리라면…… 또는 정신이상자이거나 심각한 유전병이라도 가지고 있다면…… 생각만 해도 등골이 오싹해진다.

김명철은 몇 년째 공무원 시험을 준비하는 취업 준비생이었고 임상시험에 참가하고 있는 피실험자였다. 그러나 그것은 통상적인 개념의 아르바이트는 아니다. 피를 팔아야 하기 때문이다. 팔뚝에 카데터를 꽂고 한 번에 5ml 정도 피를 뽑았고 하루 종일 일정한 간격을 두고 총 160ml 가량 피를 뽑았다.

그는 근근이 아르바이트를 하다 월세나 생활비 등을 위해 목돈이 필요할 경우 대형 제약회사에서 하는 임상시험에 참가했던 것이다. 우선 임상시험 아르바이트는 임상시험과 생물학적 동등성시험 두 가지로 나뉘어져 있다. 임상시험은 의약품의 안전성과 유효성을 증명할 목적으로 효과와 이상 반응을 조사하기 위해 사람을 대상으로 하는 시험이다. 생동성시험은 국내에서 이미 시판중인 약과 동일한 성분으로 제조된 약을 대상으로 그 효과가 통계적으로 동등한지 여부를 입증할 목적으로 하는 것이다. 보통 임상시험에는 암 환자 등 실제 환자들이 참여하고 생동성시험에는 아르바이트생들이 가장 많이 참여한다.

그는 무슨 법에 의해 정자매매가 불법이란 사실, 그로 말미암아 처벌받을 수 있다는 것도 잘 알고 있었다. 그러나 어쩔 수 없었다. 생동성시험은 기회가 자주 있는 것도 아니었고 그 부작용이 만만치 않았다. 심한 발열과 구토, 복부 팽만감, 설사, 두통과 어지럼증, 피부발진과 가려움 등이 수반되었다. 그래서 제약회사가 내민 참가 동의서에는 부작용들이 잔뜩 나열되어 있고 심지어 죽을 수도 있다는 문구까지 들어있는데 그는 이 동의서에 서명을 하고 참여할 수 있었던 것이다.

그는 생각했다.

나에게 인생의 이상과 꿈이 있었던가? 언제나 길을 잃고 방황하지 않았던가. 찬란한 미래도, 삶의 성찰도, 하느님의 구원도 없었다. 그래서 겨우 결심을 하였다. 그저 공무원 시험에 합격해서 평생을 하찮은 말단 공무원으로 그럭저럭 살아가는 게 꿈이라면 꿈이었다. 그러니까 밀린 월세를 내기 위해서 피를 빼서 팔아야 하는 구차스러운 신세인데 무엇인들 못하랴. 가장 손쉬운 방법이라고 생각되는 정자매매를 지원했던 것이다.

국선 변호사가 말했다.

"그런데 사건이 발생하고 이틀이 지나서 그 부인이 관할 경찰서에 실종신고를 했지만 아무도 퇴근 후 행적을 몰랐습니다.

그날 보니까 사장은 자동차를 회사에 놔두고 퇴근했고 스마트폰도 책상 위에 그대로 두었더라구요. 핸드폰에서 단서가 될 만한 것은 나오지 않았고……

가정적으로도 아무 문제가 없는 것으로 조사되었습니다. 그 무렵 회사는 그럭저럭 돌아가고 있었습니다.

그러나 대표이사의 행적이 한 달 이상 묘연해지자 갖가지 뜬소문이 돌았습니다. 그러자 그 부인이 회사에 매일 출근하면서 대표이사 행세를 했지요. 일부 핵심 직원들을 내보내고 친정 쪽 사람들을 데리고 왔더군요."

"저는 모르는 사실입니다."

"그런데, 피고인은 왜 2여 년이 지나서 갑자기 자수를 결심했나요? 아마 사건은 영구 미제 사건이 될 뻔했거든요. 경찰은 몇 개월이 지나자 수사 진행에 그렇게 적극적이지 않았습니다. 그때 경찰은 대표이사가 회사 업무 때문에 정신적으로 지친 나머지 일시 잠적한 것으로 잠정적으로 결론을 내렸다고 하더군요 그렇게 갑자기 자수할 만한 계기가 있었나요?"

"제가 반성하고 후회했기 때문에 자수한 게 아닙니다. 양심의 명령은 없었습니다. 제게 무슨 양심이 남아 있겠습니까.

그때 그 여자한테서 또다시 연락이 왔었지요. 첫 번째는 서초동 교대역 부근 커피숍에서 만났는데 딸을 데리고 나왔더라고요. 아주 건강했고, 많이 컸고, 얼마나 예쁘던지. 제가 그만 눈물을 흘릴 뻔했습니다. 그러나 그날은 딸이 있었기 때문에 깊은 이야기를 나눌 수는 없었지요.

두 번째로 단둘이 만났을 때 여자는 노골적으로 말했습니다.

'그 남자는 죽은 게 확실하지. 틀림없이 죽었다고.'

저는 깜짝 놀랐고 가슴이 두근거렸습니다.

'처음 듣는 이야기입니다. 그걸 어떻게 알고 있는가요?'

'웬, 능청이야! 다 알면서! 그 사람을 누가 죽였을까! 인간에게는 놀라운 텔레파시가 있는 거야!'

'무슨 말씀인가요?'

'그렇다고 치자고. 그런 게 피차간에 좋은 거지. 이제 걸리적거릴 것은 없어. 사건은 묻혀버렸고 끝났단 말이지. 회사는 내가 완전히 장악했지. 그러니까 말이지 돈 걱정할 일은 없다는 거야.

이제부터 우리 딸의 정식 아빠가 되라고. 그리고 훼방꾼이 없으니까 마음껏 즐기자고. 정자 없는 남자가 남자라고 할 수 있나. 그게 순리인 거야. 안 그런가. 내가 간절히 바라던 바이거든 ......'

그렇게 이야기가 끝났습니다."

"하지만 그게 살인죄의 교사는 될 수 없을 것입니다. 옛날에 그 부인이 하소연했던 것 말입니다. 다시 말씀드려서…… 법적 관점에서 보면 아무리 따져 보아도…… 그 부인에게 살인의 미필적 고의이건 살인의 교사이건 어떤 것도 인정될 수 없을 것 같습니다.

법이란 게 기독교 윤리와는 다른 것이지요. 정신적인 죄라고 할 수 있는 단순한 욕망과 생각까지 처벌할 수는 없는 것이지요."

"저는 그 여자를 공범으로 여기지는 않습니다. 단독 범행이지요. 경찰에서 그 여자와 딸 이야기는 하지 않았습니다. 전혀 상관없으니까요. 변호사님께는 모든 걸 털어놓고 싶어서 진술서에 자세히 썼습니다만…… 변호사님도 그 부분은 비밀을 지켜주십시오.

그저 사회에서 알게 된 지인인데 돈을 빌리려고 만났다가 참을 수 없는 모욕을 하기에 술김에 저질렀다고 했지요."

"자수할 때 말이지요? 그 당시 둘 다 술에 몹시 취한 상태에서 상대방이 먼저 때렸고…… 그래서 미친 듯이 화가 나서 방어적 차원에서 그렇게 했다고 했으면 상해치사죄를 주장할 수 있을 텐데요.

살인죄와 상해치사죄는 죄질이나 양형에서 엄청 차이가 있지요."

"저는 두말할 것도 없이 살인의 고의를 인정했습니다. 죽일 생각으로 돌로 친 것이니까요. 살인죄를 인정하겠습니다. 다만 자수한 것만 참작하게 해주세요"

"그렇다면 할 수 없군요. 변론은 간단할 것입니다. 그렇지만 피고인의 솔직한 심정을 듣고 싶군요"

"저는 그 여자의 그림자에서 벗어나고 싶었습니다. 제가 자유로워지기 위해서는 먼저 자신을 옥죄고 있는 구속에서 벗어날 필요가 있었지요. 제가 노예가 아니었던가요? 돈의 노예, 섹스의 노예, 운명의 노예였던 거죠. 그래서 벗어나고자 자수를 한 것입니다.

저는 자수하기 전날 제부도 바닷가에 갔었지요. 새들이 어두운 저녁 하늘을 날아가는 모습을 바라보며 깨달은 것이지요. 그때 육체적 구속은 아무것도 아니라는 생각이 들더군요"

"노예 상태에서 벗어나려고?"

"다시 말씀드리지만…… 그날…… 그는…… 술이 거나해지자 본심을 털어놓기 시작했습니다. 저는…… 그 여자가 말한 사실을 확인하고 흥분하고 분개했었지요. ……살의가 불현듯 일어났습니다.

그는 술에 취해 몸을 제대로 가누지 못했기 때문에 처치하는 것은 식은 죽 먹기였지요.

그러나 자수를 해야만 했습니다. 그럴 수밖에 없었지요"

"……"

변호사는 무거운 서류가방을 들고 서울 구치소의 정문을 통과했고 무거운 철문이 철거덕 소리를 내며 닫혔다. 그는 늦가을의 텅 빈 오후 하늘을 올려다본다. 황혼의 빛깔은 불타는 분홍, 장밋빛 분홍에서 회색 분홍으로 시시각각 변하고 있었다.

그런 거야. 인간은 누구든지 운명의 노예가 될 수는 없는 거야.

살인의 추억

살인의 추억

수원지방검찰청 405호

검사는 시큰둥한 표정으로 그를 쳐다보았다. 그리고 편지를 들고 흔들었다.

검사가 말했다.

"이게…… 이름이…… 이게 당신이 보낸 편지인 거지. 그렇지?"

"맞습니다. 제가 보냈지요."

"이딴 걸 왜?"

"잘 읽어보시면……"

"잘 읽지는 않았고 대충 훑어는……"

"어떻습니까?"

"뭐가? 그래, 그렇다면 당신 이야기를 구체적으로 들어보자고."

"예…… 정말 감사합니다."

"그러면 말이야, 당신이 김재주를 만나게 된 경위랄까, 자초지종이랄까……"

"뭐…… 뻔하죠. 교도소에서 만났습니다."

"그러니까, 감방 동기라고?"

"그런 셈이지요."

"그래서?"

"김재주는 절도 전과가 몇 번 있었고 그때는 강제추행으로 들어와서 만기 출소했어요. 저는…… 잘 아시겠지만…… 살인 죄로 무기 복역수니까 언제 나갈지 모르지요. 죽은 다음에 시체가 되어야만 나갈지도 모르죠."

"그건 알겠다고…… 살인죄의 무기수라는 말이지……"

"예…… 그러나 그 살인이라는 게 너무 억울합니다. 죽일 생각은 추호도 없었거든요. 그냥 미칠 듯이 화가 나서 마구 찌르다 보니까 실수로 오목가슴을……"

"다들 그렇게 말하지. 그건, 그냥 넘어가자고요. 그러니까 감방 동기 이야기를……"

"김재주와 저는 감방 안에서 연인관계였어요. 그래서 아무도 눈치 못 채게 은밀하게…… 제가 어리지만 능동적이고 그는 수동적이었죠. 다시 말씀드리면 제가 남자 역할을 하고 그가 연상의 여자를……. 그는 스스로 여자라고 생각했거든요. 그래서 여자가 남자를 챙겨주듯이 저를 보살펴주었어요."

"호모라고……? 그거…… 어떻게 하는 거야? 궁금하구만?"

"그냥…… 부둥켜안는 거죠."

"짐승처럼 말이지……"

"말씀이…… 담벼락 안에서는 지독히 외로우니까 남자끼리 사랑할 수밖에 없어요. 그 더러운 감방 생활은 정말 고통스럽지요. 그걸 견뎌내려면 누군가 친근한 사람과 서로 의지할 수밖에 없어요. 그러면 남자끼리도 사랑이 싹트는 거예요.

그런데 동성애는 정신병이 아니랍니다. 미국 정신과 의사들이 그렇게 결론을 내렸습니다."

"그런데, 어떻게 열렬히 사랑했던 연인을 배신하느냐 그거지? 사랑이 벌써 식어버린 건가? 아니면 질투 때문에…… 질투는 가장 절대적인 감정이라고 하니까…… 그가 석방되어 떠나니까…… 여자란 그런 것 아냐? 안 보면 식는 거지."

"그쪽은 확실히 배신자죠. 약속을 어겼단 말입니다. 석방되고 나서 면회 한 번 안 오고…… 그는 스스로 여성이라고 생각하면서도 지독한 여성혐오주의자죠.

밖에서 아는 남자가 생긴 것이 아닐까요? 저는 그렇게 생각할 수밖에 없습니다. 그게 질투라면 할 수 없죠. 제가 한심하긴 합니다만……"

"잘 이해가 안 되지만…… 그렇다고 치자고…… 무슨 희망사항이 있던데?"

"저에겐 조그마한 희망사항이 하나 있어요. 검사님께는 하찮은 일이겠지만 말입니다. 자유가 그립죠. 너무 그립습니다. 제 남은 인생을 밖에서 사람답게 살고 싶군요. 그걸 검사님이 도와주십시오."

"일종의 딜을 제안한 것인데…… 뭘? 내가 어떻게?"

"전 지금까지 안에서 15년을 살았지요. 그리고 정말 모범수였습니다. 목공 일을 열심히 배웠고 수당도 전부 모아두었습니다. 얼마 안 있으면 가석방 심사가 있거든요. 제가 그걸 신청했는데 도와주신다면…… 안에서 사람들이 그랬어요. 법무부나 검찰 쪽에서 도와주면 쉽게 통과된다고……"

"정신 차리라고…… 그것과 이 사건은 전혀 별개야. 그건 내 소관 사항이 아니거든. 그렇게 알고 하던 이야기나 계속하자고……"

"그가 감방에 있을 때 자신의 석방일보다는 어떤 특정한 날에 대해서 몹시 신경을 썼어요."

"왜? 그 특정한 날이란 게……? 그게 언제라고 하던가?"

"저는 잘 모르지만, 그 날만 지나가면 완전히 자유라고 했거든요. 손꼽아 기다렸어요. 그게 얼마 안 남았다고 했습니다.

그런데 마음속에 짚이는 게 있는 겁니다. 그가 살인 이야기를 한 것입니다. 제가 그때 너무 분해서 물불 안 가리고 날뛰다 보니 실수했다고 했어요. 그 순간이 내 인생을 망쳤다면서 하염없이 울었어요. 저의 경우에는 그게 2000년 3월에 일어난 살인 사건이었지요. 그러니까 나를 위쪽으로 한답시고 하면서 자신도 똑같은 실수를 했다고 실토하더군요. 그때가 여름이었답니다. 2000년 8월인가, 경기도 화성에서 말이죠. 어떤 여고생을……"

"2000년 8월이라……? 그리고 화성이라고……?"

"틀림없습니다."

"그렇지. 그자가 공소시효가 끝나는 날을 애타게 기다렸군.

정말 안타깝군. 태완이법이 생기면서 살인죄는 공소시효가 없어졌는데…… 이를 어쩌나? 단 며칠 차이로"

"뭐라고요?"

"잘 알았다고 조사해보면 뭐가 나오겠지. 내가 경찰에 특별히 지시를 내릴 테니까. 이렇게 나와 주셔서 감사합니다. 제가 달콤한 커피 한 잔 대접해야겠죠?"

2000년 8월 초순경 경기도 화성시 우정읍 먹우리에 사는 한 농부(본인이 경찰 조사에서 한사코 이름 밝히기를 거부했기 때문에 이름을 알 수 없다.)가 낚시를 하기 위하여 먹우저수지로 올라가던 중 그 저수지 배수구에서 그 아래 농경지로 이어지는 높이 1.5미터, 폭 3미터의 농수로에서 신세리의 시신을 발견하여 경찰에 신고했다. 발견 당시 배수로는 50센티미터 정도 깊이의 물이 흐르고 있었는데 시체는 상의 속옷만 입은 채로 양 손은 얼굴 쪽으로 모아지고 다리는 배 쪽으로 웅크린 채 엎드려 숨겨 있었다. 주검의 다리와 가슴 부분과 손목에는 멍든 자국이 아직 남아 있었다. 그리고 신세리의 손톱과 발톱에는 진한 빨강색 매니큐어가 칠해져 있었는데, 양쪽 손톱에는 아주 정성스럽게 칠한 반면에 발톱에는 아주 조잡하게 칠해져 있었다. 오른쪽 발은 윗부분 절반만을 대충 칠했고 왼쪽 발은 발톱 전체를 칠했는데 새끼발톱은 칠하지 않았다. 그러나 거기에 무슨 중요한 의미가 담겨 있는 것으로 볼 수는 없었다. 다만 변태성욕자가 아닌가 하는 강한 의심이 들기는 하였다. 그 무렵 신세리는 고3

학생으로 대학입시 공부에 열중하고 있었기 때문에 매니큐어를 바르지 않고 다녔던 것으로 조사되었다. 따라서 이 매니큐어는 범인 아니면, 혹은 제 3자가 칠한 것으로 볼 수밖에 없었다.

신세리는 그 당시 만 17세의 여고생이었다. 그때는 여름 방학 중이었지만 그녀는 3학년 학생으로 그 날 오후 학교에 공부하러 간다고 집을 나갔다가 돌아오지 못한 것이다.

화성경찰서 강력계 형사들은 시체 발견 후 20일이 지나서 신세리의 집에서 8킬로미터 가량 떨어진 화성시 장안면 은석리 대성 저수지 위쪽 언덕 일대에서 신세리의 책가방과 신발, 양말, 리넨으로 된 하얀색 상의, 책가방에 들어있는 몇 권의 대입 수험서들과 노트, 필통, 소형 녹음기 등 소지품을 발견했다. 이어 며칠 후에는 화성시 팔탄면 율암리 도로확장공사 현장 인근 계곡의 쓰레기 더미에서 신세리의 휴대전화가 발견됐다.

신세리의 소지품은 보란 듯이 언덕 풀밭에 가지런히 놓여있었고, 이 가운데 신세리의 이름이 있는 부분은 모두 찢겨나간 상태였다. 그 당시 부검을 실시한 국립과학수사연구소는 범인이 수심 50센티미터인 배수로에서 희생자의 목을 졸라서 익사시켰다고 결론을 내렸다. 그러나 안타깝게도 신세리의 시체에서는 범인을 특정할 만한 단서가 더 이상 나오지 않았다. 현장에 어떤 증거가 남아있지도 않았다. 경찰은 신세리가 하의가 벗겨진 반나체로 발견됐다는 점에 주목해 범인이 성폭행 후 살해했을 것으로 추정했으나 국립과학수사연구소 부검 결과 정액은 검출되지 않았다.

경찰은 몇 가지 단서를 근거로 살인범의 정체를 추적했다.

신세리의 소지품은 모두 실종 당시 그대로 발견되었다. 그러나 이름이 있는 부분은 모두 찢어진 채였다. 경찰은 이것을 근거로 범인이 신세리를 잘 알고 있는 면식범이라고 추정했다. 그러니까 신세리의 이름이 알려지면 자신이 지목될 수 있다고 생각하고 찢어버렸을 가능성이 있었던 것이다. 실제 경찰은 당시 신세리와 한때 친하게 지냈던 초등학교 선배인 신○○을 용의자로 지목해 거짓말 탐지기까지 동원해서 조사하였다. 그러나 증거 불충분으로 혐의를 입증할 수 없었다.

당시 경찰은 신세리의 휴대폰 배터리가 분리되어 있어 위치 추적이 불가능했다. 그러니까 신세리의 휴대폰은 배터리를 분리해 버리면 휴대폰 위치 추적이 불가능했다. 통신사에 위치 등록이 되어 있지 않았기 때문이다. 다만 범인이 휴대폰과 배터리를 분리해서 버렸다는 것은 범인이 범행 전부터 이 사건을 치밀하게 계획한 것이 아닌가 하는 강한 추측을 낳게 하였다.

신세리의 하의 속옷은, 특히 팬티는 아직까지도 발견되지 않고 있었다. 이 때문에 당시 경찰은 속옷을 범인이 가지고 갔을 것으로 보고 범인이 변태성욕자인 것으로 추정하기도 했다. 다시 말하면, 범인이 속옷을 살인사건의 기념품으로 생각하고 가져갔다는 것이다. 또는 변태성욕자라고 의심할 수도 있으나, 사실은 이를 위장한 지능범이라고 추정할 수도 있었다. 현장에 자신의 흔적을 하나도 남기지 않았기 때문이다.

그러나 사건 현장에서 약 800미터 아래로 내려 간 배수로 근처에서 정액, 체모가 붙은 휴지조각이 발견되었었다. 이에 따라 경찰은 그게 이 사건과 관련되었을 것으로 보고 추적했지만 탐문조사 결과 전혀 다른 사람—인근에 사는 청춘 남녀가 그곳에서 행위를 한 것으로 확인되었다.

그런데 이번 사건은 화성 연쇄살인 사건과 2004년 10월 화성시 봉당읍에 사는 여대생 피살사건과 비슷한 점이 많았다. 우선 시체가 발견된 장소가 인적이 드물고 사람이 쉽게 찾아올 수 없는 곳이었고 그 사건들의 피해자들처럼 신세리의 옷이 벗겨진 채 발견된 점도 비슷하였다. 화성 연쇄살인 사건의 경우 피해자 모두 옷이 벗겨진 채로 발견되었던 것이다. 다만 차이점은 신세리의 경우 그들 사건의 피해자들처럼 성폭행 흔적이 발견되지 않았던 점이다. 그래서 경찰은 최종적으로 이번 사건은 화성 연쇄살인 사건을 다룬 영화 '살인의 추억'을 모방한 살인사건은 아닌 것으로 결론을 내렸다.

다만 신세리의 시신이 발견된 후 며칠이 지나서 환전상인 김○○(당시 37세의 여자)가 실종되었다는 신고가 들어왔는데 그 환전상은 한 달 여 만에 배수로의 옹벽 쪽 도로에서 싸늘한 시신으로 발견되었다. 그래서 경찰은 신경을 곤두세우고 이 사건과 관련성에 대해서 조사를 벌였다. 그러나 환전상을 살해한 용의자 두 명이 쉽게 검거되면서 이 사건과는 관련이 없는 것으로 밝혀졌다.

그들은 경찰 조사에서 말했다. "그 환전상은 평소에 잘 알고 지냈지요. 그래서 복면을 하고 돈을 빼앗기 위하여 환전소 사무실에서 퇴근하는 여자를 미행해서 붙잡았지만 그 여자가 우리들의 목소리를 듣고 누구인지 금방 알아채 버렸습니다. 그래서 목을 졸라 살해할 수밖에 없었습니다."

검찰청의 지시에 따라 수사를 개시한 경찰은 이 사건 조사를 화성경찰서 강력팀으로부터 경기지방경찰청 장기미제 전담수사팀으로 인계했다. 그런데 이번 살인죄 공소시효 폐지를 계기로 유능한 형사들이 보강된 장기미제 전담수사팀이 그동안 화성서에서 수사한 자료를 토대로 하여 범인을 끝까지 추적하게 된 것이다.

전담수사팀의 형사들은 수사경력, 근무성적 등 심사위원회의 엄격한 평가와 심사를 거쳐 최종 선발됐다. 그들 중 일부는 미제 사건을 담당한 경험이 있었고 그래서 미제 사건 수사의 노하우가 쌓여 있는 우수한 형사들이었다. 그들은 수사에 대한 의지와 열정이 대단했다. 경찰이라는 직업 정신과 투철한 정의감과 신념으로 무장하고 있는 것이다.

전담수사팀은 사건 발생 5년 넘게 풀지 못한 숙제를 가져와서 맡는다. 그 당시 사건을 역추적해서 재구성하는 게 주된 업무다. 용의자들의 알리바이를 다시 한번 확인해야 한다. 단서는 턱없이 부족하다. 주변 참고인의 기억도 희미해진 상황이므로 일반 범죄 사건의 수사와는 크게 다르다. 미제 사건이 장기로 흘러갈수록 해결하는 데 걸리는 시간은 더 길어진다. 그런데 어떤 사건이 미제로 남는 가장 큰 이유는 증거 부족이다. 그 당시에도 찾지 못한 증거를 세월이 많이 흐르고 난 뒤 다시 찾기란 쉽지 않다. 과거에 놓쳤던 실마리를 찾기 위해서 산더미 같은 자료를 다시 들여다보고 또 들여다본다. 범인을 붙잡기 위해 모래밭에서 바늘이라도 찾는 각오로 일한다. 포기하면 사건은 흙속에 묻혀 버리기 때문이다. 그러므로 끝날 때까지 끝난 게 아닌 것이다. 불굴의 집념과 의지가 필요하다.

그러나 과거보다 발달한 과학수사 기법은 새로운 증거, 놓친 단서를 찾는 데 큰 도움이 된다. 이때 국립과학수사연구원이나 대검찰청 과학수사부의 역할이 중요하다.

신세리의 가족들이 전담수사팀으로 찾아와서 눈물을 많이 흘렸다. 아직도 잊지 않고 기억해 줘서 고맙다고, 사건에 대한 관심을 가져준 것 자체가 너무도 고맙다고 하였다.

지방 공무원이었던 아버지가 말했다.

"사람들은 이제는 잊어버리라고 하지만 어떻게 잊을 수가 있겠어요. 남의 일이라고…… 시간이 무슨 소용이 있겠어요…… 그 사건은 그때부터 우리 삶의 모든 것을 억누르고 있지요. 늘 공황 상태였어요. 우리 가정을 산산이 조각내 버렸지요."

전담수사팀의 팀장이 말했다.

"딸을 잃은 부모님께 경찰로서 면목이 없습니다. 우리가 어떻게 그걸 모를 수가 있겠습니까. 유족에게 사건의 자초지종을 질문할 때면 그럴 때마다 겨우 아문 상처를 다시 후벼 파는 것 같아서 죄송하지요. 그러나 분명히 잡을 수 있다는 확신을 주고 그 약속을 지키는 수밖에 없습니다.

신의 섭리에 따라 가족을 잃어도 슬픈 일인데…… 불행하게
도 아무런 영문도 알 수 없이 가족을 잃으면 그 상처가 얼마나
크겠습니까. 피해자 가족의 상처를 하루빨리 풀어 주는 것이야
말로 우리 전담수사팀의 존재 이유가 아니겠습니까.

태완이법 때문에 공소시효가 폐지되니까 범죄자는 끝까지 쫓
겨야 한다는 부담감을 느낄 수밖에 없습니다. 끝까지 수사하는
것만으로도 억울한 피해자 가족들에게 큰 위안이 될 겁니다."

신세리 사건은 여전히 화성경찰서에서 수사 중이었다. 사건
자체가 종결된 것이 아니기 때문에 그동안 화성경찰서에서 지
속적으로 수사를 해오고 있었던 것이다. 아무리 탐문 수사를 해
보아도 목격자나 제보 전화는 없었다. 수사 진행 중 두 명의 관
할 경찰서장이 정기 인사로 교체되었고 피해자의 집에서 잠까
지 자며 수사에 열정을 보였던 수사반장은 중압감을 이기지 못
하고 식욕부진과 불면증으로 수면제를 과다복용하다 그 후유증
으로 일찍 죽었다. 그 수사 반장은, 밤마다 그놈이 꿈속에 나타
난다고 호소하였다. 살인범이 흡혈귀의 빨간 눈빛으로 그를 째
려보면서 밤마다 찾아온다는 것이다. 하지만 그 당시 사건을 담
당했던 형사들은 현재 뿔뿔이 다른 지역으로 전출되어 흩어지
거나 정년 퇴임했다.

일명 '태완이법'

세칭 '대구 어린이 황산 테러 사건'은 1999년 5월 20일 여섯
살 난 **김태완 군**이 집 근처 보습학원에 학습지 공부를 하러 가

던 중 동구 효목동 골목에서 한 중년 남성이 뿌린 황산을 온몸에 뒤집어 쓰고 사망한 사건이다. 전신에 3도 중화상을 입은 태완이는 대학병원에서 치료를 받던 중 패혈증이 겹치면서 49일 만에 그만 숨을 거두었다.

태완이는 병원에 입원해 있을 때 "황산을 덮어쓰기 전 이웃집 아저씨가 나를 불렀다"고 말했다. 그리고 경찰 수사 당시 골목에서 그 남자를 보았다는 목격자도 나왔다. 이에 따라 경찰은 그 중년 남성을 유력한 용의자로 보고 수사했으나 그는 혐의를 완강히 부인했고, 결국 범인이 밝혀지지 않은 채로 2005년 7월 경찰 수사본부가 해체되었다.

그 후 태완이 부모와 시민단체의 청원으로 2013년 말 수사가 재개되었다. 여전히 범인은 명확히 드러나지 않았다. 그러는 사이 공소시효의 만료가 가까워졌다. 그때 살인죄의 공소시효는 15년이었다. 태완이 부모는 공소시효 만료 3일 전인 2014년 7월 4일 그 남자를 고소했고, 같은 날 검찰이 불기소처분하자 곧바로 대구고등법원에 재정신청을 냈다.

7월 7일 공소시효가 끝났지만 그 아저씨에 대해선 재정신청 심판이 진행되고 있었기 때문에 공소시효가 중지되었다.

그러나 대구고등법원은 2015년 2월 3일 재정신청을 기각한 데 이어 2015년 7월 10일 대법원도 재항고를 기각했다. 태완이의 부모는 며칠 후 '재항고를 모두 기각한다'라는 짧은 문장이 달랑 기재된 결정문을 받았다. 그리고 그 이유 역시 똑같았다. 한결같은 기각 이유는 수사 결과를 번복할 만한 추가 증거가 없다는 것이다.

태완이 어머니는 말했다.

"…… 태완이의 해맑은 꿈을 훔쳐간 범인은 이 세상에서 아무렇지 않게 웃음을 흘리며 살아가고 있습니다. 이 세상엔 진실로 죄에 대한 하늘의 징벌이 없는 건가요. 죄에 대한 벌은 어떤 형식으로든 받는다고 믿어 왔습니다. 하지만 꼭 그런 것은 아닌가 봅니다…… 살아남은 유족의 고통은 말로 설명이 되지 않지요. 유족의 가슴 속 응어리가 조금이라도 풀렸으면 좋겠습니다 …… 부모에게는 공소시효가 영원히 끝나지 않습니다. 공소시효가 끝났다고 왜 법이 범인을 용서하느냐는 거죠. 우리는 절대 용서할 수 없습니다. 무참히 희생된 어린아이를, 국민을 지키는 것이 법이 할 일입니다……"

(대법원은 기각 결정이 그렇게도 화급한 일이었을까? 무엇 때문에 그렇게 서둘렀던 것일까? 바쁜 사건은 한없이 늘어지면서 말이다. 그들의 재판 행태를 보면 재판 기간은 고무줄처럼 늘였다 줄였다 제멋대로인 것이다.

그런데, 무엇 때문일까? 우리 모두의 망각을 위해서? 많은 망각 없이는 인생은 살아갈 수 없으니까? 흉악한 범인의 법적 안정성을 위해서? 그의 또 다른 인권을 옹호하기 위해서? 그가 평생 겪어야할 죄의식과 불안, 공포에서 하루빨리 벗어나게 하기 위해서? 그가 이 세상에서 아무렇지 않게 웃음을 흘리며 행복하게 살아가게 하기 위해서? 그렇다면 무고한 피해자의 인권은? 피해자 가족의 억울한 심정은? 내가 알 바 아니야. 이 경우 정의는 무엇인가? 이해관계는? 형평성은?

판사들의 사고방식은 늘 그 모양이다. 법조문의 형식 논리에 꼼짝없이 갇혀있으니까. 그들에게는 도저히 넘어설 수 없는 법률 자구라는 엄연한 한계가 있다. 그러므로 법조문이 언표할 수 없는 법의 정신, 법의 기초, 이념, 배경, 사회 공동체의 감정 같은 언외의 의미를 파악하는데 항상 역부족이다.)

어쨌거나 공소시효가 지났기 때문에 이제는 범인이 밝혀져도 처벌할 수 없게 되었다.

오랫동안 15년이었던 살인죄의 공소시효는 2007년 형사소송법 개정에 따라 25년으로 늘어났다. 그러나 부칙 단서에서 소급효를 인정하지 않았기 때문에 태완이 사건은 15년이 그대로 적용되었다.

그러니까 태완이 사건은 우리나라에서 4번째 유명한 영구 미제 사건이 되었다. 첫 번째는 경기도 화성에서 여성 10명이 성폭행 후 살해당한 '화성 연쇄살인 사건(1986~1991년)'이었고 (이 사건은 영화 '살인의 추억'과 드라마 '시그널' 등에서 재조명되면서 80년대 말 끔찍했던 집단적 기억을 다시 떠올리게 하였다.) 두 번째는 역시 대구에서 개구리를 잡으러 간다며 나간 소년 5명이 영구 실종된 '개구리소년 실종 사건(1991년)'이었으며, 세 번째는 이형호(당시 9세)군이 납치됐다가 숨진 채 발견된 이형호 유괴 살해 사건(1991년)이다. 경찰 수사의 한계를 드러낸 '3대 미스터리 미제'로 불리는 이 사건들은 2006년 공소시효가 끝나버렸다.

공소시효는 검사가 일정한 기간 동안 공소를 제기하지 않은 경우에 국가의 형사소추권이 소멸된다는 것이다. 형의 시효가 판결 확정 후에 이미 발생한 형벌권을 소멸시키는 제도임에 비하여 공소시효는 국가의 판결 이전에 형벌 소추권을 소멸시키는 제도이다. 시효제도는 시간의 경과에 따라 생긴 사회적 실체를 존중함으로써 법적 안정성에 기여한다고 한다. 특히 공소시효를 인정하는 특별한 근거는 시간의 경과로 인한 처벌욕구의 감소, 증거의 멸실, 국가수사기관의 과도한 부담의 경감, 범인의 고통의 완화 등이 근거라고 설명하지만, 반드시 그럴까.

공소시효 만료 사건의 소급 적용에 대한 반대논리도 강력하다. 그러나 법적 안정성이라는 게, 형벌불소급원칙이라는 게 그렇게 중요한 것인가? 누굴 위해서? 특히 흉악한 범인의 법적 안정성이 정의의 관념보다 더 중요하고 강력한 것일까.

인간은 복수를 원한다.

백 살이라도 복수심은 유치인 채로 남아있다. (이탈리아 속담)

복수는 꿀보다 감미롭다. (호메로스)

눈에는 눈으로, 이에는 이로, 손에는 손으로, 발에는 발로, 화상에는 화상으로, 상처에는 상처로, 멍에는 멍으로 갚아야 한다. (함무라비 법전 또는 구약성서)

그러므로 잔혹하고 심각한 범죄에 대한 처벌 욕구는 시간이 지나도 사라지지 않고 오히려 증폭될 수 있다. 지금은 과학기술의 발달로 증거의 수집과 보존, 복구와 재현이 간편해졌기 때문에 공소시효의 필요성에 더욱 의문이 제기될 수밖에 없다. 시대가 변해도 너무 변했는데 시대착오 아닌가.

현재 공소시효가 폐지된 대표적인 범죄는 '국제형사재판소 관할 범죄의 처벌 등에 관한 법률'이 규정하는 집단학살죄, 반인도범죄, 전쟁범죄 등이다. 또한 최근 여성, 아동, 청소년에 대한 성폭력 문제가 심각해짐에 따라 성폭력범죄에 대하여 공소시효를 배제하거나 공소시효의 특례를 정하는 경우가 증가하고 있다. ('성폭력범죄의 처벌 등에 관한 특례법', '아동·청소년의 성보호에 관한 법률', '군형법' 등 참조)

그리고 일명 '태완이법'이라고 하는 개정 형사소송법은 사람을 살해한 범죄로 사형에 해당하는 범죄에 대하여 공소시효를 폐지하고 이 법 시행 전 행하여진 범죄로써 이 법 시행 당시 공소시효가 완성되지 아니한 범죄에 대하여도 이를 적용하도록 하였다. 이 개정 법률은 2015년 7월 24일 국회를 통과하여 7월 31일 공포되고 그날부터 시행되었다. 따라서 7월 31일까지 공소시효가 남아있는 범죄는 이후 공소시효가 사라지게 된 것이다.

전담수사팀 형사들은 김재주의 집을 압수 수색했다. 그 과정에서 안방 장롱의 맨 아래 서랍 속에서 뭔가 들어있는 손때가 묻은 반질반질한 예쁜 상자를 발견한 것이다. 오래된 나무상자로 경첩을 조이는 한쪽 나사가 풀어져 있어서 뚜껑이 헐거웠으나 맹꽁이 자물쇠가 붙어있다. 그러나 그 속에서 뜻밖에도 자신이 어렸을 적에 찍었던 빛바랜 흑백사진과 (그만이 알 수 있는 비밀 문자나 기호로 무슨 은밀한 내용이 빽빽하게 써 있는) 수많은 메모들, 편지 등과 여자 팬티와 생리대, 손수건, 말라비틀어진 립스틱, 십자가 목걸이, 브로치 그리고 사건 현장을 찍은 것으로 보이는 여러 장의 사진이 발견되었다.

그래서 그를 긴급 체포하여 이번 사건에 대해서 조사를 벌였다. 그는 처음에는 공소시효가 지났다고 하면서 경찰들을 비웃었다. 그러나 태완이법을 들이대자 말문이 막혔고 그러고 나서 자신은 신세리와는 생명부지의 사람으로 이 사건과는 전혀 관련이 없다고 극구부인하였다.

국립과학수사연구원은 보관 중인 신세리의 DNA와 그 상자에서 찾아낸 팬티의 체액에서 나온 신세리의 DNA와 역시 팬티에서 나온 김재주의 정액에서 검출된 DNA를 어렵게 감별해냈다. 그리고 '디엔에이신원확인정보의 이용 및 보호에 관한 법률'에 근거하여 채취된 것으로 국립과학수사연구원이 보관 중이던 김재주의 DNA와 비교 확인하였다.

경기지방경찰청 조사실

경기지방경찰청의 (흔히 프로파일러로 불리는) 범죄행동분석관 유형석 경장은 김재주를 조사하게 되었다.

유형석 경장이 말했다.

"절도 전과가 자주 있었네요"

"……"

"옛날 주거침입 절도에 대한 수사기록을 자세히 검토했지요 보니까 피의자는 16살 때 동네 처녀가 속옷을 입고 누워 있는 모습을 보고 짜릿한 흥분을 느꼈는데…… 그때 여자는 빨간 팬티를 입고 있었네요."

"……"

"그런데 대학도 나왔고 군대도 갔다 왔지만 좋은 직장에 취직도 안 되고 하는 일마다 되는 일이 없어 경제적으로 힘들고 그래서 극심한 스트레스를 받게 되자 어릴 적 흥분했던 기억이 갑자기 떠올랐던 것이죠.

그러니까 여자의 속옷, 그 중에서도 빨간 팬티를 보면 짜릿한 전류가 온몸으로 타고 흐르는 것이죠. 그 팬티를 손에 넣어야 하는 충동 때문에 이성을 잃고 담을 넘어 주거침입을 하게 된 것이죠. 그렇습니까?"

"저는 여자에게서는 충동을 느끼지 못합니다. 그런데 빨랫줄에 걸린 팬티만 보면 흥분하고 말아요. 제 절도 전과라는 게 별 것 아닙니다. 모두 빨랫줄에 걸린 팬티를 들고 나온 것이죠. 그게 몇 푼이나 나간다고? 절도범으로 구속했는지 모르겠습니다."

"그게 바로 페티시즘, 다시 말하면 물품음란증이라고 하는 겁니다. 개인의 성적 환상을 불러일으키는 물건에 성욕을 느끼는 성도착증이란 말입니다. 특히 여성의 신체를 상징하거나 여성의 몸에 닿는 물건이 그 대상인데, 따라서 여자의 속옷이 대표적인 것이죠. 그러니까 피의자도 그 여학생의 속옷 때문에 흥분해서 미쳐버린 것이죠."

"제가 잘못한 것입니다. 죽일 생각은 없었는데…… 팬티만 벗어 달라고 했거든요 그런데 어린 것이 너무 반항하자 그만…… 제가 그때 너무 화가 났거든요 어린 것이 어른을 화나게 하면 안 되는 거 아닙니까?"

"피의자는 여학생을 죽이고 나서 옷을 벗기고 나서 그 팬티에다 행위를 한 것이죠. 인정하시겠습니까?"

"……"

"그런데 피의자의 집은 원래 그 당시 화성시 태안읍에 있었어요. 그러니까 거기가 고향인 거죠"

"네―"

"그러면, 화성 연쇄살인 사건도 기억하시겠네요."

"그렇지요, 워낙 유명한……"

"그게 1986년부터 1991년까지 6년 동안 10명의 부녀자가 살해된 사건이지요. 범행 장소는 태안읍에서는 안녕리, 진안리, 병점 5리, 황계리 등이고, 정남면 관항리 일대, 동탄면 반송리, 팔탄면 가재리 등이지요 이 중에서 피의자가 특히 생각나는 게 있을 것 같은데요? 1991년 가을경이었지요?"

"무슨 말씀인…… 다 끝난 사건……"

"그렇긴 합니다. 그냥 참고하려고……"

"……"

"말씀해 보시죠 다 끝났으니까요 그러니까 처벌될 리는 없다는 것이지요 공소시효가 끝났으니까요 2006년에 이미 끝났단 말이지요 그런데 그 작은 상자에서 여러 장의 사진이 나왔어요. 조사해 보니까 10번째 살인사건의 현장 사진과 일치했거든요. 이미 말했지만 공소시효도 끝났고…… 가령 살아있어도 사진만으로는 증거가 부족하지요. 그러니까…… 그냥…… 참고적으로……"

　"참 기가 막히지요! 전 짐작만 하고…… 그러나 틀림없……"

　"짐작만……"

　"그 사람은 지독한 술꾼이었어요. 태안읍 뒷골목에 있는 술집에서 가끔 봤기 때문에…… 지금은, 잘 아시겠지만, 태안읍이 없어졌고 수원시 영통구로 편입되었어요. 그런데 주로 혼자서만 마셨…… 술친구가 없었…… 그래서 저와 가끔…… 처음에는 아주 우연히 합석하게 되었어요. 그때 군대 제대하고 나서 어정쩡하게 지내고 있었거든요"

　"지독한 술꾼이라…… 가끔 함께…… 그리고……?"

　"본래 태안 사람이 아니었어요. 군산 쪽인가, 목포 쪽에서 올라왔지요. 뱃일이 지겨워서 그만두었다고 했거든요. 확실한 건 아닙니다. 태안에서는 공사 현장에서…… 기술이 좋았습니다. 술에 취하면 가끔 무슨 이야기를 하려고 했지요. 짐작하건대 불행한 가정에서 자랐을…… 사회에 불만이 많았겠지요. 안 그렇습니까?"

　"그 사람 이름이……?"

　"말할 수 없어요. 어쩔…… 이해하…… 밝히면 안 될 것 같군요. 그 사람 명예도 있고…… 제가 현장을 본 것도 아니고…… 그러면 기억이 안 난다고 해두죠"

"나중에라도 기억이 나면…… 그런데 그 사람을 왜? 찍은 거죠?"

"짐작이지만…… 틀림…… 사건이 매스컴을 탈 무렵이면 특히 술을 많이 마셨죠 혼자서 소주 열 병 이상은 아무렇지 않게 마셨어요 그때마다 뭔가 중얼중얼하고…… 아주 당당한 표정으로 으스대기도…… 얼굴을 보니까…… 몇 번 그러고 나니까 의심이 들더라고요"

"이름은 모른다 하더라도…… 또는 잊어버렸다고 하더라도…… 그 사람 생김새는 어땠어요? 살인마처럼 생겼겠죠?"

"사람은 겉모습만 보고는 알 수가 없는 일이죠 그 사람 속에 무엇이 들어있는지 어떻게 알겠어요? 아주 평범했어요 등치가 작았고…… 전혀 잔인하게 보이지 않았죠 다정한 이웃처럼……

그러나 굉장히 조심스러운 사람이었지요 그랬으니까 경찰 수사본부에 수십 명이 있었지만 결국 못 잡았지 않습니까. 단서 하나 찾지 못하고……"

"혹시 사이코…… 그러니까 정신병자가……"

"그렇게 볼 수가 없었…… 정신적으로 아주 강했다고 할 수……"

"그러면, 당연히 경찰에 신고를……"

"확실하지도 않은데…… 만약 확실해도 제가 신고하지는 않았을 것입니다. 그건 배신자들이나 하는 짓이죠. 그는 여자들을 살해하고 나서 자신의 나약함에서 벗어났겠지요.

그래서 술을 마시며 내면적으로 자신을 맘껏 과시했겠지요
승리자처럼 얼굴이 환하게 빛났지요"

"그러니까 연약한 여자를 잔인하게 사냥해서 삶의 에너지를
얻은 거네요 그런데 여자에게 깊은 원한이 있거나 강박관념이
있거나……"

"그럴지도 모르죠 그러나 제가 그걸 어떻게 알겠어요"

"그런데…… 배신자라고……?"

"배신자이지요 제가 배신자가 될 수는 없었지요

처음에는 동정심을…… 느끼고 있었지요 나중에 보니까……
그의 용기를 생각하면…… 존경하지 않을 수 없었지요 그는 영
웅이었어요 영웅이었다고요"

"그래서…… 영웅을 본받으려고…… 자신을 과시하려고?"

"……"

"혹시 '살인의 추억'이라는 영화를 본 적이……? 유명한 영화
인데. 송강호가 나온단 말이지."

"소문은 들었지만…… 보지 않았지요……"

"그 영화의 블루레이가 있지. 아주 선명한 초고화질 버전이
지. 그걸 보여드릴까?"

"아니요 절대……"

"그 영화를 보면 연쇄살인범은 비가 내리는 저녁에, 라디오에
서 어떤 음악이 흘러나올 때, 빨간 옷을 입은 여자를 대상으로
범행을 했단 말이지. 그리고 휘파람을 불었고…… 정말 그랬을
까?"

"영화이니까 그렇게 만들었겠지요. 그 사람이 음악에 조예가 있다고는 말할 수 없지요."

"왜……?"

"그거야 당연히 알 수 있는 거 아니겠어요."

"그럼…… 그 사람…… 지금까지 정체를 알 수 없는 그 사람은 어디에 있는가? 죽었을까? 살았을까? 그동안 소식이 끊어진 게…… 혹시 양심의 가책으로 자살하지 않았을까?"

"형사님도…… 어림없는 소리…… 순진하시기는…… 그는 자살할 사람이 아니죠.

그리고 살아있다면 절대로 범행을 멈추지 않았을 거예요. 살인 본능이 그를 짓누르고 있기 때문이죠. 아마 연쇄살인범으로 계속 기록을 세웠겠지요."

"그러면?"

"예…… 그는 죽었어요. 틀림없다니까요. 아마 위암으로 죽었을 겁니다. 그렇게 매일 독한 술을 마셔댔으니 위가 안 뚫리는 게 이상하죠. 술에는 장사 없다고 하지 않습니까."

"그렇다고 해야겠죠. 그러면 1991년 10번째 화성 연쇄살인 사건으로 알려진 사건으로 돌아가 보죠."

"제가 무슨 애착 때문인지 그 작은 상자를 버리지 못하는 게……? 아무도 모르는 나만의 비밀 상자였어요. 신성불가침한 …… 끝까지 간직하고 있어야 했지요.

제가 몹시 불안할 때마다 그 상자 속에 들어있는 것들을 생각해야 했으니까요. 가끔 열어서 냄새를 맡고…… 그럼 큰 위안이 되었지요. 나의 자신감이 의지할 수 있는……"

"그랬군요. 거기에서 많은 것이 나왔지요. 그런데 메모에 적힌 것은 무슨 의미인가요?"

"그게…… 그냥 그 당시의 일들을 잊어버리지 않도록 하는 기억장치이지요. 지금 제가 궁금한 것은? DNA 말입니다? 그렇게 정확한가요? 빼도 박도 못하게. 믿어도 되는 건가요?"

"그렇지. 정말 빼도…… 내가 뭘 알겠어. 잘난 과학자들이 그렇다고 하니까. 그래서 신세리 사건은 다 밝혀진 거야.

그런데 1991년 사건은 아쉽게도 끝나버렸어요. 공소시효가 이미 끝났다는 말이지. 태완이 법이 거기에는 미치지 못한다고 그러드라구요"

"그 빌어먹을 법이 왜 생겨가지고…… 죄송합니다. 정말 죄송합니다. 그런데 다 끝난 일을 가지고 이렇게 사람을 괴롭히는지 모르겠습니다. 정말 그날이 지나가기만 눈 빠지게 기다렸는데요. 지나간 일은…… 누구든지 잊어야 하는 것 아닙니까?"

"1991년 사건은 어쨌거나 끝났으니까…… 속 시원히 말할 수 있을 겁니다. 참고적으로 알고 있겠습니다."

"그가 한동안 나타나지 않았습니다. 아홉 번째 사건이 끝나고 나서 말입니다. 그렇게 해서 일 년이 넘게 지나갔지요. 그때 저는 그가 죽었다고 생각했습니다.

살인의 주기가 완전히 어긋났으니까요. 무엇보다도 다시는 그 술집에도…… 공사 현장에도…… 나타나지 않았습니다. 일 년 전쯤 마지막 보았을 때 얼굴이 말이 아니었거든요.

그러니까…… 한창 젊었을 때니까…… 호기심이 생기더라고요. 성적 환상이라고 할까…… 상상이라고 할까…… 그런 게 있었으니까요. 그래서 그가 한 그대로 따라 하기로 했습니다. 용기를 얻었지요. 그렇지만 여자를 죽여야 할지는 확실하지 않았어요. 꼭 그럴 필요가 있을까 생각했거든요. 하여간에 그가 좋은 아이디어를 암암리에 제공한 거예요

그때쯤에는 태안읍에서 흉흉한 소문이 날 대로 나서 그의 범행 수법이 속속들이 다 알려져 있었으니까요. 그때 태안읍에서는 여자들이 빨간색 옷을 입지 않았고 비 오는 날에는 절대로 외출을 하지 않았습니다."

"추가적으로…… 다시 말하면 한 번 해보니까 살인이라는 게 별 것 아니었겠지. 더욱이 여자를 상대로 하니까…… 목을 조를 때 쾌감을 느끼지 않았나? 달콤한 살인의 추억 같은 게 남아 있을 거 아닌가?"

"그렇게 유도 심문하는 게 아니죠. 제가 옷을 벗길 때 여자가 웃었습니다. 그리고 팔과 다리로 나를 꽉 안았던 거예요. 끝나고 나서야…… 사실 어떻게 끝냈는지는 기억나지 않습니다. 무안했던 것 같아요. 그 웃음이 새삼스럽게 생각나자 몹시 불쾌했어요. 우스꽝스럽기도 했고요. 여자가 살려달라고 울고불고 사정시정하거나 아니면 맹렬히 할퀴며 반항해야 하는데 말입니다.

예상이 완전 빗나갔지요. 항문 주위에 약간의 남은 똥찌꺼기들이 붙어 있었고 몸에서 냄새가 났습니다.

그때 저는 울컥했습니다. 역겹더라고요. 악몽이었지요. 목을

누를 수밖에 없었습니다. 그는 항상 여자의 목을 졸랐거든요

그런데 여자가 가끔 꿈에 나타나서 거대한 능구렁이로 변하여 절 칭칭 감아서 목을 조였지요 그러면 저는 소스라치게 놀라서 잠에서 깨어났습니다. 극도로 불안했고 공황 상태에⋯⋯ 그때부터 전 여성혐오증에 시달렸어요 여자란 뱀처럼 싫었지요 그래서 지금까지 결혼도 하지 않았습니다."

짧은 가을날이 저물었다. 곧 어둠이 찾아왔다. 쓸쓸한 들판은 모든 것들이 형태를 잃어갔다. 시간은 정지하였다. 침묵의 시간. 멀리 일직선으로 검게 뻗어있는 배수로만이 눈에 들어온다.

그는 떠나지 않고 몇 시간째 그날 처음 본 여자의 시체 곁을 서성거리고 있다. 그녀는 몹시 낯설었다. 이미 사진은 여러 장을 찍었다. 무슨 용도로 찍은 것인지는 스스로 잘 알 수 없었지만 말이다. 그녀가 죽었다는 게 실감이 나지 않는다. 심장이 멈추긴 멈춘 것인가. 움직임이 없었고 손은 차가웠다. 팽팽한 긴장감은 느껴지지 않았다. 은밀한 욕망을 성취하였다는 기쁨도 일어나지 않았다. 너무 손쉽게 끝났고 허망했다. 내가 힘껏 목을 조를 때 여자는 무아지경 속에서 고통 없이 스르르 죽은 게 아닐까.

한바탕 거센 바람이 들판을 지나갔고 하늘에 검은 먹구름이 몰려오기 시작했다. 폐허처럼 보이는 텅 빈 들판 위로 새들이 조롱하는 듯한 또는 재잘거리는 듯한 울음소리를 내며 멀리 날아갔다. 그는 뒤도 돌아보지 않고 그 자리를 떠났다.

유형석 경장은 보고서를 올렸다.

김재주는 페티시즘, 다시 말하면 물품음란증 증세를 가지고 있습니다. 물품음란증이란 개인의 성적 환상을 불러일으키는 무생물체에 성욕을 느끼는 성도착증을 말합니다. 여성의 신체를 상징하거나 여성의 몸에 닿는 물건이 많고 속옷 절도가 대표적입니다.

김재주는 1991년 사건 이후 극도의 여성혐오증에 빠졌고 어느 시기에 페티시즘에 빠진 것으로 보입니다. 여자의 팬티, 특히 빨간 색 옷을 보면 온몸에 전류가 흐르는 것처럼 흥분해 버리는 것입니다. 그는 수십 번 이상 여자 옷, 그 중에서도 빨랫줄에 걸려 나풀거리는 여성 팬티를 주로 훔쳤습니다. 그러나 처음 여러 번은 기소유예나 벌금 등 가벼운 처벌을 받았기 때문에 그러자 더욱 대담해져서 상습적인 주거침입과 절도범이 되어 실형도 선고받게 되었습니다. 가장 최근인 강제 추행의 경우에도 실제는 여자의 팬티를 벗기려고 실랑이를 하는 과정에서 벌어진 사건이었습니다.

그런데 색마다 심리적 효과가 다르다는 것은 심리학적으로 널리 알려진 사실입니다. 가령 핑크색은 불안감을 해소하며 안정감을 주고 노란색은 행복과 건강을 상징하는 색이라고 합니다. 반면에 빨간색은 공격적이고 난폭한 느낌이 드는 색입니다. 색을 어떻게 선택하느냐에 따라 남녀 간에 상대의 호감을 얻기도 하고 놓치기도 하는 것입니다. 그런데 빨강은 눈에 확 띄는 색입니다. 여자들이 왜 빨간 립스틱을 바르겠습니까. 고대 이집

트나 로마시대부터 붉은색 입술을 선호했기 때문에 적색 안료인 연단鉛丹을 사용해서 입술을 붉게 칠했습니다. 그러고 나서 청동거울에 비춰봤고 교태에 가까운 느긋한 미소를 지었습니다. 그러므로 특히 이성의 시선을 끄는 힘이 있어 빨간색 옷을 입는 것은 '나를 바라봐 주세요. 그리고 주목해 주세요.'라고 말하는 것이라고 볼 수 있습니다. 흔히 여성이 남성을 유혹하고자 할 때 빨간색 속옷을 고르는 이유는 무의식 중 자신이 매력적으로 돋보이는 것이 빨간색임을 알고 있기 때문입니다. 실제 남성은 빨간색 옷을 입은 여성에게 강력하게 끌린다는 연구 결과도 있습니다.

해외 연구에 따르면 성폭행 살인 등 성적 살인자의 40%가 물품음란증이나 관음증에서 시작된 주거침입 절도 전과가 있었습니다. 그래서 해외에선 속옷 절도범을 치료가 필요한 대상으로 보고 연구하는 데 비해 국내에선 단순한 도벽으로 치부하고 있어 문제라고 할 수 있습니다.

김재주의 경우 범행 초기에 적절한 정신과적 치료가 있어야 했는데 이를 간과한 측면이 있습니다.

신공숙이 윤 검사에게 전화를 했다.

"검사님 감사합니다. 정말 감사…… 덕분에 가석방이 되었지요. 자유를 마시니까 살 것 같네요"

"축하합니다. 자유를 만끽하시기를……"

"글쎄요, 덕분이 아닐까요?"

"알아보니까 가석방 요건을 충분히 갖추고 있더라고요 다시 말씀드리면 제 덕분이 아닌 것이죠."

"그럴까요……?"

"김재주는 안 됐지요 1991년 사건은 공소시효가 완료되었지만 신세리 사건은 아직 안 끝났지요 태완이법 때문이죠

하여간에 편지 보내주시고 여러 가지 참고 말씀을 해 주셔서 감사합니다."

"한 가지 꼭 말씀드릴 게 있지요 전 이제 호모가 아닙니다. ……전에도 말씀드렸잖아요 그렇습니다. 지독히 외로웠어요 안에는 인간들이라는 게 전부 남자들뿐이지요 그러니까 인간을 사랑하려면 결국 남자를 사랑할 수밖에 없는 거죠.

그런데 밖으로 나오니까 그럴 필요가 없더라고요 여자가 얼마나 많은데요."

"벌써, 좋은 여자가 생긴 건가요?"

"아니죠 천천히……"

"이제 질투할 필요가 없겠네요 운명이 뒤바뀌었어요 그는 구속돼서 담벼락 안에서 오래 살아야겠죠. 하지만 신공숙씨는 석방되어 자유인이 되었으니까…… 이제부터 면회 갈 사람은……"

"전…… 잊어버려야 할…… 잊을 것은 잊어야 하지요 그가 석방되기 바로 전날 밤 우린 밤새 잠들지 못하고 이별을 못내 아쉬워했지요 그리고 마지막 격렬한 섹스를 했어요 우린 서로 너무 흥분했었지요 그게 마지막이었어요.

다시 만날 필요가 있겠어요?"

"그렇군요"

"그러나 다시는 안 들어갈 거예요. 전에 말씀드렸잖아요. 목
공일을 열심히 배웠거든요. 그쪽 일을 할 겁니다. 이제부터 새
로 시작하는 거죠. 나이 40이 넘어서 말입니다."

"어쨌거나 축하합니다. 하루빨리 좋은 여자 만나세요"

"감사…… 감사……"

윤병철 검사는 신세리 살인사건의 용의자 김재주를 살인 혐의로
기소하고 전자발찌 부착명령을 청구했다고 발표했다.

마늘밭의 비밀

마늘밭의 비밀

남에게 속는 것이 아니다.
자기가 자기를 속이는 것이다.
— J.W 괴테

　의료기기 위탁 임대업 다단계 사기 사건의 주범인 현주엽이 남태평양 소시에테 제도에 있는 작은 섬나라 타히티에서 검거돼 국내로 송환됐다. 그는 해외에서 도피 생활을 하다 5년 9개월 만에 붙잡혔던 것이다.

　그는 경찰이 수사에 착수하자 낌새를 느끼고 해외로 도피했다. 호주에서 남동쪽으로 수천 킬로미터 떨어진 곳에 있는 타히티는 원주민인 마오리족과 중국인, 프랑스인들이 주로 사는 작은 섬나라다. 한국인이 얼마쯤 살고 있기는 하지만 그 숫자는 확인하기 어렵다. 그는 출국한 지 1년여가 지나서야 타히티에 도착했다.

　경찰이 출입기자들에게 설명했다.

"처음부터 멀리 떨어져 있는 남태평양을 염두에 두고 치밀하게 도피 준비를 했던 것으로 보입니다. 한국 여권만 있으면 비자 없이 갈 수 있는 나라가 널려 있지요. 다시 말하면 범죄자가 도망칠 수 있는 나라가 170개국이 넘어요.

이번 사건은 그 쪽 사법 당국이 잘 협조해 준 덕택이지요."

경찰이 타히티에 들어간 현주엽의 행방을 확인하는 데에만 5년이 걸렸다. 그는 처음에는 홍콩으로 갔고 거기서 거액을 주고 신분세탁을 한 후 가짜 여권을 만들어 중국 상하이, 필리핀, 아르헨티나 부에노스아이레스, 호주 브리즈번을 거쳐 타히티로 갔던 것이다.

그는 경찰의 추적을 피하기 위해서 3년 전에 아버지가 죽은 줄도 몰랐을 정도로 국내와는 철저히 연락을 끊은 채 살았다.

한국과 타히티 사이에 범죄인 인도 조약이 체결되지 않아 타히티 당국의 협조를 구하는 데 시간이 많이 걸렸다. 타히티는 수십 개의 작은 섬으로 이루어져 있다. 그가 작은 섬으로 숨어들었을 것이란 예상과 달리 파페에테 항구의 고급 저택에 살고 있었다.

태평양은 어느 바다보다도 공간이 광활하여 망망하고 황량해 보인다. 남태평양에 있는 타히티는 프랑스령 소시에테 제도 가운데 가장 큰 섬으로 망망한 바다 위에 높이 솟아오른 푸른 섬이다. 그 곁에 있는 타히티의 자매 섬인 할 무레아 섬은 장엄한 바위 섬의 모습을 띠고 있다. 파페에테 항구의 부두에는 세관 건물과 출입국 관리 사무소가 있고 작은 어선들과 요트, 범선들과 함께 부정기 화물선, 프랑스 군함 등이 정박해 있었다.

파도가 곡선을 길게 그리며 먼 바다에서 밀려와 거품을 일으키며 하얗게 부서졌다. 태양이 막 떠올랐다. 부드러운 바람이 불어왔고 물안개가 흩어지기 시작했다. 바닷새들이 이른 아침부터 파란 하늘을 배경으로 배다리에 모여 앉아 부리로 깃털을 고르고 있었다.

그들은 장교처럼 깨끗하게 면도를 하고 짧은 머리를 한 단정한 모습이다. 동양인처럼 보이는 세 사람의 남자가 서성거렸다. 그러나 날카로운 눈길로 거리를 샅샅이 훑는다. 그들은 약간 긴장한 듯 했고 서로 간 말이 없었다. 그 중 연장자로 보이는 사람이 담배를 입에 물었고 곧바로 불을 붙이지 않은 담배를 바닷물에 던져 버렸다.

그가 말했다.

"가보자고…… 외출하기 전에…… 집에 있을 거야. 방심한 틈을 타서 덮치는 거지. 그리고 찔러보는 거야."

남쪽 바다의 찬란한 태양 아래 우뚝 서 있는 우아하고 조용한 집. 그의 유럽식 집은 뱃사람들이 모여드는 빅토르 젤뤼 광장에서 야자나무, 망고나무, 빵나무들이 빽빽이 들어선 사이로 울창한 덤불숲이 우거진 뒷산 쪽으로 들어가 있었다. 정원에는 아름다운 타마린드 나무 몇 그루가 서 있고 폴리네시아 특유의 꽃들이 만발해있고 원형 연못에 있는 분수대에서는 한 줄기 가는 물줄기가 허공으로 곧게 올라가더니 투명한 유리구슬이 되어 아래로 떨어졌다. 정원 구석에는 구형 검은 메르세데스가 서 있다. 그리고 집 뒤편으로 망고나무 과수원이 딸려 있다.

　아주 현대적인 감각과 유럽식 고풍스러운 감각을 동시에 갖춘 안락하고 여유로운 방. 그 집의 넓은 거실은 천장이 높고 청동 받침대 위에 훌륭한 벽난로가 설치되어 있고 창문에는 밝은 색 레이스 커튼이 쳐져있다. 바닥에는 붉은 색조의 두터운 페르시아 양탄자가 깔려있다. 프랑스식 고급 장식장들로 꽉 차있다. 연초록 빛깔의 벽에는 현실적인 것과 초현실적인 것, 객관적인 것과 주관적인 것이 서로 뒤섞여 있어서 구분을 불가능하게 하는 폴 고갱의 그림들 중에서 비교적 초기 작품인 '노 테 아하오에 리리 (왜 화가 난 거야?)', '나베 나베 마하나 (감미로운 나날)', '테 레리오아 (꿈)'의 복제화가 걸려 있다.

　한국 경찰 세 명이 그의 집에 찾아 갔을 때 현주엽은 벌레라도 씹은 표정이었다. 그는 충격을 받아서 입을 헤벌리고 멍청한 표정으로 그들을 쳐다보았다. 그들은 낮은 담벼락을 가볍게 넘었고 반쯤 열려있던 문으로 잽싸게 들이닥쳤다.

　전직 보험설계사였던 40대 중반의 남자는 적당히 살집이 오른 체구에 온통 얼굴을 뒤덮을 만큼 덥수룩하게 수염을 길렀다. 키는 170센티미터 정도로 보인다. 기껏해야 서른 살 내외로 보이는 여자는 기가 막히다는 표정을 짓고 서 있었다.

　잠시 실랑이가 벌어졌다.

　"경찰인데!"

　현주엽이 말했다.

　"뭐라고요? 어디서?"

"어디긴 어디야. 한국에서 왔지."

"어떻게 여기까지?"

"당신 찾느라고 경찰이 고생깨나 했어. 우린 체포영장을 가지고 왔지. 수염을 많이 길렀지만 그 얼굴 어디 가겠어."

"여긴…… 타히티…… 한국이 아니란 말입니다. 마음대로 안될 걸요 변호사를 부르겠습니다……"

"뭘 잘했다고 큰 소리야. 당신의 여권은 무효화됐어. 불법 체류자 주제에……. 여권을 교묘하게 위조해도 소용이 없다구. 여기 경찰이 복잡한 출국 절차를 생략하고 우리에게 넘겨준 거란 말이지. 우리가 도망가기 전에 적당히 교섭을 했거든."

"어정쩡하게 서 있지 마시고 좌우지간 좀 앉으십시오 정말 억울합니다. 진실은 밝혀지겠지요 여기까지 경찰이 찾아온 게 이해가 되지 않습니다."

"움직이지 말고 그대로 있으라고 꼼짝 말라니까. 우린 총이 있지."

"걱정 말라고요. 집에 무기는 없어요. 누가 여기까지 올 줄 알았겠어요"

"정말 다행이야. 천려일실이라고 해야겠군. 좀 더 깊숙이 숨어 있지 그랬어. 그러면 찾기가 매우 어려웠을 거야. 그리고 기관총 같은 걸로 중무장하고 있어야 되는 거 아니야?"

"……"

"사법 당국이 체포와 본국 송환을 이미 승인했으니까. 쓸데없이 굴지 말라구. 이미 늦었단 말이야. 그리고 할 말이 있거든

귀국해서 실컷 하라구. 억울한 거 있거든 전관예우를 받는 거물 변호사를 사면 될 거 아냐."

그가 비굴하게 웃었다.

"술 한 잔 하시겠어요? 아주 고급 술이지요."

"어련하겠어. 우리는 지금 공무집행 중이니까……"

여자가 말했다.

"제가 커피를 내어오죠."

사기 사건을 전담하는 경제팀의 반장인 경위가 말했다.

"아무것도 필요 없어요. 커피에 독약을 탈 수도 있으니까."

현주엽이 말했다.

"며칠 시간을 주십시오. 여길 정리해야 할 것 아닙니까."

"그건 우리가 알 바가 아니지……"

경위가 주머니에서 담뱃갑을 꺼내더니 느릿느릿 포장을 뜯었다. 여자가 여기서…… 담배는 안 돼요. 카펫에 담뱃재가 떨어지면 더러워져요. 그러니까 안 된단 말이에요. 라는 표정으로 얼굴을 찡그렸다. 그러나 그가 내뿜는 담배 연기가 안개처럼 퍼져서 덩어리가 되어 자욱이 깔렸다.

"돈은 충분히 있어요."

"개새끼! 여기까지 와서. 그 버릇 어디 가겠어? 시간이 별로 없으니까…… 빨리……"

어느 형사가 수갑을 채우고 안 보이게 수건으로 감쌌다.

그는 그가 타히티에서 자리를 잡은 후 따로 입국한 술집에서 만난 내연녀와 함께 살고 있었다. 이 여성도 그가 체포돼 송환

될 즈음에 함께 귀국했다. 경찰이 참고인으로 조사할 게 있다면서 귀국을 종용했던 것이다. 경찰은 그녀를 의심했고 공모해서 최소 몇십억 원을 해외로 빼돌려 도피 자금으로 쓴 것으로 보았다.

경찰에서 고소인 조서를 작성할 때 피해자들이 말했다.

"제가 그때 정신이 나간 것이 아니었습니다. 다단계라고 의심을 했거든요. 그런데 절대 다단계가 아니라며 그쪽에서 오히려 화를 내더라고요. 연 20~30퍼센트 수익이 난다고 계속 권유하니 결국 넘어간 것이죠.

의료기기 위탁 마케팅에 심혈을 기울였습니다. 수백만 원짜리 기계를 구입하면 매달 30만 원씩을 1년간 지급해주고 이후 기계를 회사에 넘기면 구입비의 60%를 돌려주는 방식이었습니다."

"수많은 사람들이 그들을 믿고 투자했습니다. 그런데 석 달도 안 돼 약속한 돈이 들어오지 않았습니다. 나중에 확인해보니 기계의 제조번호와 공증문서에 적혀 있는 번호들이 안 맞더라고요."

"저는 6억 원이 넘는 돈을 투자했지만 결국 5억 원을 날렸습니다. 사업 시작 전 가지고 있던 아파트는 금융기관에 담보로 잡혔습니다. 빌린 돈만 3억 원이 넘습니다. 아들은 대학을 휴학시키고 36개월 동안 복무하는 유급병으로 지원해 군에 입대시켰습니다."

"오죽했으면 너무 아파서 몇 년간 입·퇴원을 반복했던 부모님 병문안도 한 번 밖에 못 갔어요. 돈이 없었기 때문입니다. 이런 불효자식이 없지요. 오늘 아침은 굶었고, 점심은 컵라면으로 때웠습니다. 아마 저녁도 똑같이 컵라면을 먹겠지요. 그래도 전 나은 편이에요. 피해자들 중엔 자살한 사람이 여럿 있거든요."

"제 아버지는 책만 보던 분이셨는데…… 그해 여름이었던 것 같습니다. 저희는 사실 아버지께서 그렇게 큰돈을 맡겼는지 몰랐습니다. 사건이 일어난 뒤에 알았던 거죠.

아버지는 평소 가족들에게 앓는 소리를 하는 법이 없었습니다. 80 평생 새벽기도를 하루도 쉬지 않은 독실한 기독교 신자였지요. 그런 아버지가 투자한 돈이 3억5000만 원에 이른다는 사실은 한참 뒤에야 알았습니다.

사건이 있고 나서 아버지께서 많이 변하셨어요. 항상 정돈된 삶을 사셨는데 매일 같이 빨갛게 충혈된 눈으로 피해자 모임인 바른생활 실천 국민연대의 카페를 들여다보시던 모습이 기억납니다. 아버지는 결국 선산으로 가서 소나무에 목을 매 자살했습니다."

"우리나라 최고의 부자들이 몰려 있는 강남 한복판에 번듯한 사무실이 있으니까 회사에 대한 믿음이 갔습니다. 그리고 전국에 100개나 되는 지점이 있다고 했으니까요. 만약 강북 지역의 허름한 곳에 사무실이 있었다면 제가 그들을 믿을 리가 없었겠지요."

"부자가 되고 싶다는 욕심은 없었지요. 맨날 골골해서 몸이 좋지 않은 아내가 바깥일을 쉬도록 하는 게 유일한 소망이었어요.

의료기기 대여사업 다단계 업체에 처음 걸려든 게 몇 년 전이었습니다. 통장에 돈이 들어온다는 말에 처음에는 500만 원 정도 소액 투자를 한 것이죠.

매달 꼬박꼬박 돈이 들어오는 걸 본 저는 아내와 상의해서 투자금액을 대폭 늘렸습니다. 살고 있던 다세대 빌라를 담보로 대출을 받고 여기저기서 돈을 끌어모아 1억 5000여 만 원을 투자했던 것이지요. 사건이 터지기 직전에는 그쪽 사람들이 우리나라 최초의 요트 전문 회사를 만들테니 투자하라고 해서, 그걸 확인하기 위해 요트 계류장 예정지가 있는 부산, 통영, 여수까지 직접 다녀왔지요.

하지만 얼마 뒤 강남에서 터진 최대 규모 사기 사건이라는 신문 보도가 나오면서 그 기대는 산산조각이 나 버렸습니다.

아내를 쉬게 해주려고 시작한 일 때문에 제가 심각한 병을 얻어 지금은 아내가 건물 청소 일을 하면서 생계를 꾸려 가고 있습니다. 저는 그들이 죽었다고 생각 안 해요. 해외에서 떵떵거리고 살겠지요. 우리나라는 사기꾼 천국입니다. 정부는 뭘 하고 있는가요? 맨날 입만 번드르르해 가지고……"

그는 사기 행각을 시작하면서 역삼동에 실 평수가 200평이나 되는 대형 사무실부터 열었다. 그리고 수억 원의 인테리어비를 주고 초호화판으로 사무실을 꾸몄다. 이어 전국에 100개가 넘는 지점을 잇따라 개설했다. 물론 투자자들에게 보여주기 위해 서류상으로만 개설한 것이다. 투자자들을 안심시키기 위해서였다. 처음에는 의심하던 투자자들도 호화찬란한 강남의 본사와 100개가 넘는 지점 수를 보며 투자를 해도 좋겠다고 안심했다.

그는 의료기기 임대업에 투자하면 큰 수익을 남길 수 있다고 하여 피해자 만여 명으로부터 2500억 원을 투자받아 가로채며 사기 행각을 벌였다.

처음 몇 달 동안은 초기 투자자들에게 수익금을 지급했지만 이 수익금은 다른 투자자로부터 받은 신규 투자금이었다. 금융 피라미드 사기의 전형적인 돌려막기 수법이었던 것이다. 그러나 신규 투자자 모집이 지지부진하고, 이에 따라 수익금을 제대로 지급하지 않자 사업이 삐걱거리기 시작했고 투자자들이 사무실로 찾아와 항의가 빗발치기 시작했다. 물론 그때는 회사의 경호를 맡은 조폭들이 그들을 위협해서 쫓아내긴 했다. 결국 현주엽은 남은 돈을 챙겨서 급하게 외국으로 도주한 것이다.

그는 경찰 조사에서 "2000억 원은 배당금으로 회원들에게 이미 지급했고 나머지 500억 원은 회사 운영비와 해외 도피자금으로 사용했다."고 진술했다. 그렇지만 공범으로 지목된 그 당시 부사장, 전무, 상무, 본부장 등은 자신들 역시 다단계인 줄은 알았지만 잘 돌아가는 줄 알았기 때문에 자신들 역시 속았고 피해자에 불과하다고 주장했다.

그러나 경찰이 추적했지만 회사 운영비 등으로 사용했다는 500억 원은 행방이 정확히 드러나지 않았다.

사건을 송치받은 검찰 역시 자금의 행방은 밝혀내지 못했다.

검찰 조사에서 범행 자체는 순순히 인정했던 현주엽은 남은 자금의 행방에 대해선 극구 부인하였다.

"수중에 돈이 하나도 없습니다. 자금은 회사 경호를 맡은 강남 조폭들이 협박하여 100억 원이 넘게 뺏어갔고 또 대부분은 마카오 정킷방에서 바카라를 하면서 날려버렸습니다.

그런 눈먼 돈은 도박으로 날리게 되어 있지요.

피해자들이 무슨…… 속은 사람들이 바보예요. 어리석은 탐욕 때문에……"라고 말하면서 배 째라는 식으로 버텼던 것이다.

검찰 조사 결과 부동산이든 금융재산이든 현주엽 명의로 된 재산은 하나도 없었다.

검찰은 그가 한사코 계속 부인하자 현주엽이 가족, 측근, 변호인과 면회하는 구치소 접견실에 몰래 고성능 녹음기를 설치하였다. 행형법에 따르면 교정 당국은 범죄 증거를 없앨 우려가 있는 피의자가 구치소에서 나누는 대화를 녹음할 수 있다.

얼마 뒤 녹음을 듣던 검찰은 귀가 번쩍 뜨였다. 현주엽이 가족을 면회한 자리에서 대화한 내용 때문이었다.

그의 아내가 말했다.

"그년과 함께 실컷 잘 살고 들어오니 기분이 어련하시겠어요."

"목소리 좀 낮추라고. 어쩔 수 없었잖아. 쓸데없이…… 그 이야기는 그만 두자고……"

"지금 집에 돈이 하나도 없다는 거 알고 있어요?"

"돈이 하나도 없다고? 내가 준 게 얼마인데?"

"그때 주고 간 돈이 몇 푼 된다고……"

"돈 걱정은 말라고…… 내가 나가면 마늘밭에 묻어둔 걸로 모든 걸 해결할 테니 걱정하지 마라…… 밭에 묻어놓은 고구마가 잘 자라도록 해놨으니까……"

"둘째까지 학교 들어가야 하는데 어떻게 하란 말이에요?"

"걔를 돈 걱정 하지 말고 사립 초등학교에 보내도록 하라고 그리고 서초동 쪽에서 괜찮은 빌라를 물색해봐."

"무슨 돈으로?"

"돈 걱정은 하지 말라니까……"

"마늘밭……? 고구마……? 도대체 무슨 소리인지?"

"아버지가 돌아가셨다고?"

"당신은 불효자식이에요."

"그렇네…… 그런데…… 아버지가 돌아가실 때 아무 말씀 안 하셨나?"

"무슨 말?"

"글쎄…… 무슨 말이든……"

"아버진…… 당신이 가고 나서 얼마 안 있어 충격 때문인지 치매 증상이 나타났어요 아무것도 기억을 못 했으니…… 무슨 말을 할 수 있었겠어요?"

"그랬었군."

"어머니한테나 좀 잘 하지 그래…… 어머니한테 간 지가 1년도 넘었다면서…… 그렇게 연락을 끊고 살면……"

"어머닌 제가 자기 집에 오는 걸 좋아하지 않아요 그런데 왜 가요? 자기 딸밖에 모르지요 어머닌 20년이 넘게 슈퍼를 하고 있는데…… 그게 재미있는 모양이에요 마을 노인네들이 맨날 모여서 화투 치고 하니까…… 마을 사랑방인 셈이지요"

"그러니까…… 어머닌 정정하시단 말이지?"

"어련하겠어요 백 살까지 살 거예요 당신보다 더 오래산단 말이에요"

"정말 다행이군."

"당신 걱정이나 하세요 재판은 어떻게 돼가요?"

"걱정 말라구. 법원장 출신 거물 변호사를 선임했으니까. 전관예우를 듬뿍 받는다고 하더군. 스스로 그렇게 말했어. 재판장이 자기 배석을 했다네…… 그러니 잘 되지 않겠어? 곧 나가게 될 거라고 장담을 하더라고……"

검찰은 문제의 마늘밭이 거액의 현금을 묻어둔 진짜 마늘밭일 가능성이 있다고 보고, 가족 명의로 된 부동산 현황을 면밀히 검토하였다. 검찰은 옛날 인터넷 도박사이트 운영자가 불법 도박 수익금 몇십 억 원을 비닐봉지에 담아 시골 마늘밭에 묻어뒀다가 적발된 사건을 떠올렸던 것이다.

군산의 인테리어 업체에서 전기 기술자로 일하던 김상천은 군산시 옥구읍의 한 건물의 복구공사를 맡게 되었다. 며칠 전 전기 누전으로 추정되는 화재가 나서 2층 건물 전체가 엉망이 된 것이다.

그가 동료 인부 2명과 함께 원래 사무실로 썼던 2층을 정리하면서 불에 반쯤 타고 그을린 붙박이장을 들어냈을 때였다. 붙박이장 아래서 가로 40센티미터, 세로 40센티미터의 정사각형의 낡은 나무 상자들이 나왔다. 그러나 무심결에 뚜껑을 열어 본 김상천과 인부들은 그만 놀라서 주저앉고 말았다. 1킬로그램 금괴 200여 개가 누렇게 변한 한지에 꽁꽁 묶여 싸인 채 들어있었던 것이다. 그 상자들 속 금괴는 개당 5000만 원이 나가므로 시가로 치면 총 100억 원이 넘는 어마어마한 양이었다. 현장에서 그들은 입이 벌어진 채 다물지 못하고 있었다.

그러나 그들 세 명 말고는 아무도 없었다.

그들은 즉석에서 모의를 했다. "모두 가져가면 틀림없이 들키겠지만 한두 개쯤은 없어져도 모를 것이다."라며 각자 금괴 1개씩을 챙겼다.

그 공사의 책임자 격인 김상천은 말했다. "오늘 일은 모두 입을 다물라고…… 무덤 속까지 비밀을 가져가는 거야. 만약 탄로 나면 내가 책임져야 하니까 내가 가장 중한 처벌을 받게 된단 말이지."

그러나 김상천은 그날 밤 늦게 동거녀와 함께 자신의 SUV를 타고 몇 번이나 공사 현장을 들락거리며 남아 있던 금괴를 모조리 챙겨왔다.

그 건물은 튼튼하게 지어진 옥상이 평평한 2층 벽돌 건물로 밑바닥이 매우 두터웠는데 2층 붙박이장 아래 바닥이 20센티미터 가량 낮게 만들어져 있었다. 평상시엔 알 수 없지만 붙박이 장 아래 서랍을 완전히 빼내면 비밀 공간이 드러났다.

현주엽은 금괴를 모아 이곳에 보관했다. 2층은 아버지가 군청 말단 공무원을 퇴직한 후 사무실로 쓰고 있었던 것이다. 그때 현주엽은 아버지에게 귀중한 물건이므로 잘 보관해야 한다고 신신당부 했던 것이다.

그 건물은 옛날부터 현주엽의 부모가 살고 있었다. 1층은 슈퍼겸 살림집이었는데 아버지가 몇 년 전부터 치매를 앓다가 80세의 나이로 숨지자 그의 어머니는 혼자 살면서 여전히 슈퍼를 하고 있었다. 공사를 하는 동안 어머니는 군산에 사는 딸 집으로 잠시 옮겨가 있었다.

공사는 열흘 만에 간단히 끝났다.

그 비밀은 현주엽과 그 아버지만이 알고 있었는데 아버지는 죽었고 현주엽은 해외에 도피 중이었다. 그러므로 나머지 가족들은 그 비밀을 몰랐던 것이다.

현주엽이 태어나기 이전부터 낡은 초가집 옆에 200평 남짓한 텃밭이 있었는데 가족들은 이곳에 고구마나 채소를 심기도 했지만 주로 마늘을 심었다. 그래서 가족들은 마늘밭이라고 했다. 그의 부친은 퇴직을 한 후 몇백 년이나 된 당산나무가 서 있는 마을 입구로 새로 시멘트 포장도로가 생기면서 그 도로와 접해 있는 마늘밭에 건물을 지었던 것이다.

그날 오후 늦게 현주엽은 혼자서 내려왔다. 그가 왔을 때 집은 향기를 내뿜는 하얀 꽃들이 핀 아카시아 나무들이 죽 늘어선 동네 골목길은 아무도 없었고 텅 비어 있었다.

아버지와 아들은 미리 약속한 대로 신속하게 일을 처리했다. 그제서야 아버지가 한숨 돌리며 말했다.

"회사는 어떻게?"

현주엽이 말했다.

"아직은 괜찮아요. 그럭저럭 회전이 되고 있어요."

"다행이구나."

"비밀을 잘 지키세요."

"잘 알았다니까…… 어머닌 내일 돌아올 거다. 동네 할머니들과 온천에 관광 갔으니까. 네 어머니한테도 절대적으로 비밀로 하마."

"제가 당분간 못 올 겁니다. 누가 묻거든 10년이 넘게 연락이 안 된다고 하세요."

"뭐라고 하는 거야?"

그가 아버지를 쳐다보았고 작은 목소리로 겨우 말했다.

"아버지…… 저…… 올라가겠습니다."

아버지가 말했다.

"밤길에 운전 조심해라. 아이들도 많이 컸겠구나."

옥구 저수지에서 저녁 물안개가 피어올랐다. 전주 군산 간 고속화 국도를 달리는 대형 화물차의 폭포수처럼 쏟아지는 경적 소리가 들려왔다. 그는 동군산 IC에서 서해안 고속도로를 타고 서울로 올라갈 것이다.

절도범 김상천은 그러한 전후 사정을 알 리가 없었다. 그는 행여 꼬리를 잡힐까 봐 노심초사하면서 서울과 부산, 대구, 대전 등 대도시 금은방을 6개월 동안 암암리에 돌며 한 번에 금괴 몇 개씩을 현금으로 바꿨다. 그리고 크고 튼튼한 금고를 새로 사서 그 돈을 넣어 두었고 금고를 열 수 있는 비밀번호는 동거녀에게도 알려주지 않았다.

거액의 돈을 손에 쥔 김상천은 이제 지긋지긋한 회사를 그만두었다. 집을 아산만과 삽교천이 멀리 보이는 아산시에 있는 고층 아파트로 옮겼다. 금의환향한 것이다. 그때부터 그는 1억 원이 넘는 BMW 승용차를 타고 다녔다. 그리고 매일 술에 절어서 단골 술집에 처박혀 살았다. 아예 그 단골 술집 젊은 여주인과 동거하다시피 하였다.

그때 동거녀는 너무 속이 상하고 화가 난 나머지 술집으로 찾아가서 술집을 뒤엎고 대판 싸웠지만 소용이 없었다. 그래서 서울에 있는 육촌 오빠인 유승정에게 자초지종을 알렸다.

그녀가 말했다.

"오빠, 잘 계시지요? 통 연락도 못 드리고…… 죄송해요…… 그렇지요…… 그렇다니까요…… 이 인간이 날 배신해도 분수가 있어야지요. 올 구정에 그 양반 사주를 보았어요. 군산에서 아주 용하다는 점쟁이가 올해 운수대통할 거라고 했는데…… 영락없이……"

어느 날 유승정이 조폭으로 보이는 건장한 남자 둘을 데리고 아산으로 내려왔다. 김상천을 반죽음이 되도록 때리고 바다에 던져버리겠다고 위협을 하여 비밀번호를 알아내고 금고 안에 들어있던 90억 원을 빼앗았다.

그녀가 말했다.

"오빠…… 저에게도 돈 좀 주어야 할 거 아니에요?"

오빠가 말했다.

"그렇지. 이억 원을 줄게……"

그녀가 애원하는 눈빛으로 다시 말했다.

"너무 적지 않나요? 그걸 오빠 혼자 다 갖겠다고요? 좀 더 주면 안 될까요?"

그가 정색을 하며 훈계하듯 말했다.

"돈이 많다고 좋은 게 아니야. 돈이 많으면 인간이 타락하게 돼있어. 그 사람 좀 보라고 돈은 오빠에게 맡겨 놓았다고 생각하라고 그리고 필요할 때마다 연락을 해. 송금해 줄 거니까. 알았지?

내가 바쁘니까 지금 빨리 올라가야 해."

남대문 시장에서 거액의 자금이 이동했다는 첩보를 입수한 경찰이 변진장을 긴급체포했다.

변진장이 경찰서에서 진술했다.

"6개월쯤 됐나요? 유승정이 갑자기 전화를 했다니까요 70억 원을 몇 바퀴 돌려서 세탁할 수 있겠냐고 묻더라고요 그 사람과는 뭐 가까운 사이는 아니지만 어쨌거나 좀 알고 지냈지요 저야 뭐 솔직히 말해서 남대문 시장에서 시장 상인을 상대로 조무래기 조폭으로 시작했지만 지금은 아저씨라고 하면 이쪽 업계에서도 꽤 알려졌으니까요. 제가 '그런 건 일도 아니야. 손바닥 뒤집기라니까. 수수료를 두둑이 챙겨달라'고 말했지요.

그러고 나서 바로 김 여사님한테 연락했던 것입니다.

김 여사님 하면 이 바닥에선 모두 다 알아주지요. 남대문에서 환치기로 유명한 큰 손 아닙니까. 몇 번 만난 적이 있는데 대포폰을 10대나 굴리면서 통화가 끝나면 깨끗하게 기록을 다 지울 정도로 깔끔하게 처리하더라고요.

벌써 낌새를 알아채고 감쪽같이 숨어 버렸지요. 정보망이 쫙 깔려 있거든요. 아마 해외로 잠시 나갔을 거예요.

처음에는 70억 원이라니까 너무 큰 돈이라고 무척 놀라더군요. 무슨 범죄와 관련된 구린 돈이 아니냐고 걱정을 좀 하더구면요.

제가 설득했지요. '수사가 들어올 만큼 범죄와 관련된 건 아니에요. 처음엔 나도 놀랐거든요. 유승정이 말을 들어보니까 자신도 심부름꾼에 불과하다고 하면서…… 재벌 그룹의 실세 오너가 가지고 있는 자금이라고 했어요. 유승정은 홍콩으로 의류를 수출할 때 그 재벌 기업의 수출 창구를 이용한 적이 있기 때문에 잘 아는 사이라고 했어요. 그 돈을 해외 지점을 통해서 처리하자면 회사 회계장부에 올라가서 세무 당국에 노출될 수밖에 없으니까 이렇게 처리할 수밖에 없다고 하더라고요.'

유승정 역시 너무 거액이고 위험이 크다는 걸 인정했어요. 그 대신 수수료를 통상의 3배로 선금으로 주기로 한 겁니다.

어쨌든 돈은 홍콩으로 송금을 해서 중국 위안화로…… 달러로 제대로 세탁이 됐어요. 워낙 금액이 크다 보니까 시간이 많이 걸렸지요. 세탁된 돈도 유승정을 거쳐 그 재벌 오너에게 잘 들어갔으니까 일이 잘 끝난 셈 아닌가요?

그래서 유승정과 마카오, 홍콩, 필리핀, 베트남 등지로 돌면서 게임도 좀 하고 고급 술도 많이 마셨지요.

그뿐입니다. 저도 더 이상의 내막은 정확히는 모른다고요."

경찰은 유승정과 재벌 오너의 연결 고리를 찾기가 어려웠다. 마침내 자금의 이동 경로를 파악했다.

경찰이 조사한 바에 의하면 유승정은 한창일 때 동대문 평화시장에 봉제공장을 두고 원청회사에 납품을 하면서 남대문 시장에서는 여성의류 판매와 해외 수출을 하는 탄탄한 작은 회사를 운영한 적이 있었다. 변진장과 유승정은 그때부터 알고 지낸 것이다. 그러나 회사는 IMF 사태 때 원청회사가 도산하면서 연쇄 부도를 맞아 함께 도산하였다. 그는 몇 년간 노숙자와 다름없는 생활을 했고 언제부터인가 다시 남대문 시장으로 돌아와 옷 장사를 했다.

김여사는 처음에는 금액이 너무 커서 움찔했지만, 그러나 재벌 오너의 얌전한 돈이고 수수료가 3배라고 하니까 움직이기 시작했다는 것이다. 그러나 김여사는 이 바닥에서 잔뼈가 굵었지만 영 찜찜해서 홍콩의 거래처에게 협조를 부탁했다.

홍콩에 있는 거물 환치기 업자의 별명은 한국에서 홍콩 대부로 통했다. 대부는 흔쾌히 그까짓 거 사소한 거라고 하면서 승

낙하고 깔끔하게 처리해 주었다. 대부 역시 잘게 쪼개서 대포통장으로 송금된 돈을 몇 번 굴린 다음 잔심부름해주고 먹고사는 인출책 패거리를 통해 인출했던 것이다.

경찰은 유승정이 아직도 중국에 있는 것으로 파악하고 있었다.

필리핀 바탕가스 외곽의 사탕수수밭에서 머리에 총상을 입고 피살된 채 발견된 한국인 남녀 2명은 중국에서 필리핀으로 건너간 유승정과 그 내연녀인 것으로 밝혀졌다.

필리핀에서 발생한 한국인 남녀 피살사건의 피의자가 경찰에 붙잡혔다. 필리핀 현지인이 아니라 한국인이었다.

서울지방경찰청 국제범죄수사대는 필리핀에서 살인을 한 변진장을 전남 목포에서 긴급체포했다고 밝혔다. 몇 달 전 출국한 변진장은 필리핀에서 성명미상 남자를 만나 범행을 전후해서 함께 머물다 사건 발생 직후 며칠이 지나자 한국으로 돌아왔다.

필리핀 주재 한국 경찰인 코리안 데스크와 함께 한국에서 급파된 경찰은 필리핀 현지에서 변진장이 마닐라에서 리스한 SUV 자동차의 진행 경로를 찍은 폐쇄회로 TV를 확보했다.

변진장 등이 힐튼 호텔 로비를 서성이는 모습, 호텔을 출발해서 북쪽으로 앙헬레스로 가서 유승정과 여자를 납치해서 태우고 국도를 통해 남쪽으로 내려가는 모습, 바탕가스에 도착해서 샛길로 빠지는 모습이 고스란히 찍혀있다. 차 안에서 몇 개의 지문도 채취했다. 그리고 수십 통의 통화기록을 분석해서 변진상을 섬서했고 마침내 그가 범행 일체를 자백한 것이다.

그러나 필리핀 경찰은 이번 사건의 공범으로 추정되는 성명 미상 30대 남성을 검거하려 했으나 그는 이미 잠적한 상태였다.

차는 구도시의 포장도로를 벗어나서 자동차 한 대가 겨우 지나갈 수 있는 울퉁불퉁한 비포장 샛길로 들어서서 한참을 더 달렸다. 곳곳에 웅덩이가 패어 있고 길가에는 벌채한 목재가 쌓여 있다. 차는 밀려드는 황혼빛에 차츰 제 고유의 녹색 색깔을 잃어가는 열대 우림의 고무나무가 촘촘하게 우거진 낮은 언덕길을 내려왔다. 인적은 전혀 없었다. 숲속 나무의 우듬지에서 새들이 지저귀는 소리 이외에는 아무 소리도 들리지 않았다.

마침내 목적지에 도착한 것이다. 어른 키 이상으로 자란 사탕수수들이 하늘거리며 아득히 멀리 쭉 늘어서 있다. 열대의 후끈거리는 열기는 엷어지고 있다. 석양의 하늘을 배경으로 풍경 전체의 윤곽이 뚜렷해졌다. 유승정과 여자는 사탕수수밭의 가운데 경계선을 이루는 도랑에 꿇어앉아 있다. 킬러는 차가운 눈으로 냉정하게 희생자들을 바라보고 있다.

유승정은 총구가 눈앞에 어른거리자 그제서야 깊은 몽상에서 깨어난 듯 했다. 유승정이 눈알을 이리저리 굴리기 시작했다. 여자는 이게 모두 유승정 탓이라는 듯 그를 흘겨보았고, 제발 목숨만은 살려달라고 애원했다.

유승정이 그때 느릿느릿 말했다. 돈은 가지고 있는 거 다 주겠다고…… 그까짓 것…… 바카라가 워낙 빨리 돌아가니까…… 난 이제 알거지가 되었다고…… 이 여자는 쓰레기이지, 내 돈을 그렇게 많이 빨아먹고도 홀라당 다 먹으려고 여기까지 쫓아왔으니까…… 증거가 남으면 안 되니까 이 여자를 쏘는 게 좋을 거요…… 남자들끼리 이야기하자고…… 라고 말했던 것이다.

그러나 이미 늦었다. 그보다는 그 말에 킬러의 심사가 뒤틀려 버렸다. 그가 신경질적으로 폭소를 터뜨리며 방아쇠를 당겼다.

그 일은 그렇게 끝나버렸다.

그는 열흘 넘게 구속되어 있다.

변진장이 경찰서 조사실에서 진술했다.

"유승정이 나를 핫바지 취급한 거예요. 완전히 소설을 쓴 것이지요. 그 때문에 외국환거래법 위반으로 몇 달을 살았어요. 집행유예를 받고 나왔지요.

돈을 내놓으라고 했지요. 20억을…… 경찰 조사에서 그 돈이 마늘밭에서 나온 돈인지 알았거든요. 나는 그 돈 때문에 처벌을 받았으니까 권리가 있다고 주장한 것이지요.

그런데 푼돈밖에 안 되는 돈을 주겠다고 버티면서 딱 잡아떼더라고요. 환전한 돈을 카지노에 숨겨 놓고 있다는 걸 알고 있었는데 말입니다. 제가 이쪽에서 잔뼈가 굵었는데 홍콩 쪽에 루트가 있으니까 이것저것 확인을 했어요…… 그랬다구요."

형사가 말했다. "좀 더 자세히…… 구체적으로 말하라고."

"그 여자가 소개해준 것이겠죠. 그 술집에 드나들던 카지노 에이전트나 정킷방 업자들과 친하게 지냈으니까요.

단골 술집 마담이었거든요. 그때 잘 나갔지요. 논현동에 있는 소위 덴프로 룸살롱의 얼굴마담 아니었습니까.

거긴 양주 한 병에 100만 원을 받고 룸이 가장 싼 게 300만 원 이상이니까요. 그놈은 돈이 생기자마자 거기 단골이 돼서 물 쓰듯이 쓴 것이지요. 국내에서 벌써 그 여자를 꼬시려고 10억을 내던졌어요. 그리고 홍콩에서 환전 절차가 무사히 끝나자 나중에 여자는 이곳을 정리하고 해외로 빠져나간 거예요.

이러한 사실은 제가 필리핀으로 출국하기 전에 강남 쪽 사람들을 만나서 알아낸 것입니다."

"그런데 말이야. 그 킬러는 누구야?"

"그 사람은 필리핀 국적이에요. 튀기라고 할 수 있습니다. 거꾸로예요. 그러니까 어머니가 한국 사람이고 아버지가 필리핀 사람이란 말입니다. 한국말은 조금 해요. 맨날 '마사랍 코리안'이라고 해요. 그게 한국인은 맛있는 사람들이란 뜻이죠.

그쪽 이름은 앙리킴이었는데 진짜 이름은 저도 모릅니다. 마닐라 호텔에서 정킷방을 운영하는 목포OB파의 졸개가 돈을 주니까 소개해 주었지요."

"어떤 놈이었어?"

"미남으로 생겼지요. 그러나 더럽게 성질이 급해요. 여자 이야기에 벌컥 화를 낸 것이지요. 그리고 말릴 틈도 없이 당겨 버렸어요.

맹세할 수 있습니다. 전 살인과는 관계없어요. 돈을 받아내는 것이 목적이었단 말입니다."

"필리핀에는 칠천칠백 개나 되는 섬이 있다는데…… 다시 말하면 숨어있지 왜 나왔어?"

"그 냉혹한 킬러가 저도 죽일 거라고 직감했었지요. 그래서 필리핀을 빠져나온 것입니다."

"유승정이 말이야. 총 앞에서도……?"

"그 비열한 인간은 오직 돈밖에 몰랐지요. 사람보다 돈이 더 중하다고 생각했습니다. 돈에 그렇게 환장했으니까 자기 목숨과 바꾼 것이지요. 모든 일에는 때가 있는 법인데…… 지독한 놈이에요. 그놈은 죽어도 할 말이 없을 거예요."

천장의 우윳빛 불빛은 흐릿하다. 사방이 회색인 몇 평 남짓한 지하 조사실은 썰렁했다. 피의자신문조서를 작성하는 젊은 형사와 반장, 변진장이 정사각형 철제 탁자를 사이에 두고 정면으로 마주보고 앉아 있다.

강력반 반장인 경감이 말했다.

"왜 거짓말 탐지기 조사를 거부했을까? 우리는 동의하지 않으면 억지로 할 수는 없지. 뭔가 숨기고 있는 게 있으니까 자신이 없었겠지. 그렇지 않은가?"

"전 불안증에 시달리고 있지요. 그런 상태에서 그걸 하면…… 그 이상한 기계를 어떻게 믿을 수 있는가요? 그리고 검사관인들 인간인데 어떻게 그를 신뢰할 수 있어요. 얼마든지 조작이 가능한 게 아닌가요."

"그렇단 말이지."

"저를 믿어 주세요. 전부 말씀 드렸잖아요."

"전부 털어놨단 말이지?"

"다시 말씀드리지만…… 저는 어쩔 수가 없었어요. 유승정이 때문에 킬러가 화가 난 거예요."

"필리핀 경찰이 부패했다고는 하지만 수사는 제대로 했더라고."

"무슨 말씀인가요?"

"권총의 출처를 밝혀냈거든."

"총은 저하고는 관계없는 일 아닌가요?"

"우리가 당신 말을 곧이곧대로 믿을 만큼 어리숙하진 않지. 백번 양보해도 당신은 킬러가 당길 것을 충분히 예상할 수 있었어. 그러니까 미필적 고의가 있었단 말이지.

그러나 어쩔 수 없이 함께 당긴 거지."

"무슨 말씀인지……?"

"시치미 좀 그만 떼시지. 지겹단 말이야. 우리의 인내심에도 한계가 있는 거지.

이 사건의 실체적 진실은 이런 거야. 앙헬레스에서 강제적으로 마취제를 주사로 주입했어. 그리고 그 킬러의 패거리들의 도움을 받아 밤새 술에 취해 제대로 서지도 못하는 사람들인 척 부축해서 헤롱헤롱하는 남녀를 차에 태웠지.

길을 잘 아는 킬러가 운전을 했고 당신은 뒷자리에서 침을 흘리며 잠들어 있는 남녀를 지켜보고 있었지. 그때 당신은 무슨 생각을 했을까? 그 여잔 평생 얼굴 하나로 먹고 살았거든. 여전히 요염한 얼굴을 바라보면서 자극을 받았을 거라고. 그렇지 않냐? 네 거시기가……

앙헬레스 남쪽으로 바탕가스까지 7시간인지 8시간인지 과속으로 내려오면서 중간 지점인 케손시티의 주유소에서 기름을 넣었지. 그리고 주유소에 딸린 맥도날드에서 햄버거를 먹었고 사탕수수밭에 도착하니까 남녀가 깨어나기 시작했어.

유승정은 능구렁이이고 깐죽거리는 스타일이니까 그자는 총 앞에서도 제 버릇 개 못 주고 주절주절거렸겠지. 말을 빙빙 돌리면서 말이야. 카지노에서 돈을 전부 잃고 말았다고 했다가, 여자가 다 가지고 갔다고 했다가, 가진 게 그것밖에 없으니까 조금만 줄 수 있다고 했겠지. 그러자 성질 급한 킬러가 당겨 버렸고 당신도 그것에 촉발되어 거의 동시에 당긴 거지.

필리핀 경찰이 부검을 했는데 사체에 박힌 총알을 빼냈고 몸에서 마취제 성분을 검출했지.

그런데 말이야. 각기 다른 종류의 총알이 나왔단 말이야. 그게 무얼 의미할까? 종류가 다른 권총이 두 자루 있었다는 거지."

"제가…… 그걸 어떻게 알겠습니까?"

"끝까지 오리발이군. 그래봤자 소용없어. 증거가 다 있으니까. 당신은 주머니에 쏙 들어가는 작은 총으로 쐈고 킬러는 구경이 큰 리볼버로 쏜 거야.

코리안 데스크가 필리핀 경찰을 잘 설득해서 협조를 구한 거지. 한국인들끼리 범죄는 필리핀 경찰이 강 건너 불 보듯이 시큰둥하거든. 필리핀에는 100만 장이 넘는 불법 총기가 돌아다닌다고 하니까 총기 수사에는 일가견이 있다고 봐야겠지."

변진장의 안색이 핏기 하나 없이 창백해졌다. 눈동자에는 지치고 피로하고 자포자기한 기색이 역력했다.

"마지막으로 더 할 말이 있는가? 말해보시지. 여기에 다 기록해 줄 테니."

"……"

"피의자를 강도살인죄의 공모공동정범 의견으로 검찰에 송치할 거야. 우리 손을 떠나는 거지. 나머지 할 말은 검사한테 하라구."

"변호사를 선임하겠습니다."

"어련하시겠어. 그렇게 해보시지. 그런데 요즈음은 전관예우가 예전 같지 않거든. 비싼 돈 주고 변호사 사 봐야 별 볼일 없단 말이지…… 차라리 국선으로 하는 게…… 이 정도만 말해줄 수 있지."

현주엽은 전관예우를 받는 거물 변호사를 선임했지만 특정경제범죄 가중처벌 등에 관한 법률 제3조 (사기죄의 가중처벌), 제4조 (재산 국외도피의 죄), 유사수신행위의 규제에 관한 법률 위반죄, 외국환거래법 위반, 여권법 위반 등 경합범으로 유기징역의 상한선인 25년을 선고받았고, 상고하였으나 대법원의 상고 기각 판결로 형이 확정되었다.

문화재보호법 제92조

문화재보호법 제92조

그날 한남동 언덕길에 강바람이 세게 불었다.

한남동의 언덕 꼭대기에 있는 붉은 타일 지붕을 얹은 단독주택이다. 대문의 콘크리트 기둥에는 徐經石이라는 낡은 나무 문패가 걸려있다.

거실의 천장에는 검은색 전등갓이 씌워진 백색 등이 달려있고 커다란 책상 위에는 아직도 켜있는 컴퓨터 화면이 눈을 깜빡이며 졸고 있으며 많은 고서적들이 어지럽게 쌓여있는데 (책들은 탁자, 의자, 방바닥 구석, 창턱에도 쌓여있다.) 마시다 만 커피잔에는 커피 찌꺼기가 눌어붙어 있다. 5단 책장에는 수백 개는 됨직한 작은 모조품 불상들이 꽉 들어차있고 거실 여기저기에는 목각 인형과 백자와 청자, 고대의 빗살무늬와 번개무늬 토기들이 널려있고 육각형 유리병에는 쥐 수염으로 만든 붓과 연필이 빼곡히 꽂혀있다. 한쪽에는 어려운 한자를 일필휘지로 휘몰아 쓴 한지들이 겹쳐있고 벽에는 태피스트리로 짠 거대한 탱화가 걸려있다.

덧창이 열려있는 창문으로 차가운 회색 달빛이 부서지고 있다.

현자처럼 보이는 명예 교수는 늙어가면서 몸이 오그라들었고 등은 약간 굽었다. 완전히 백발이었고 얼굴에는 세월이 남긴 깊은 주름이 자글자글하다. 헐렁한 옷차림을 하고 있고 발에는 낡은 슬리퍼를 신고 있다. 말을 할 때마다 노교수의 입에서는 위장병이 걸려서 나오는 역한 입 냄새가 났다.

"교수님…… 아니면 박물관장님, 대학 부총장님, 국립문화재 연구소 소장님, 고고학계의 원로 학자님 등등 어떻게 호칭을 해야만 할까요?"

"그건 모두 옛날 일이지 지금은 아무것도 아니라네. 젊은이 마음 내키는 대로 부르게나"

"여전히 건강해 보이는데요."

"여보게 …… 늙으면 아무것도 소용이 없다네. 여자들이 먼저 떠나지. 영장류 중 1년 내내 발정을 할 수 있는 게 인간이니까, 그래서 '호모 섹슈얼리스'라고 하는 거야."

"그러면, 교수님은 젊어서 미남에다 키도 훤칠했으니까 이 여자에서 저 여자로 미친 듯이 쫓아다녔단 말씀인가요"

"그렇다네. 나는 심미주의자이거나 유미주의자이겠지. 진짜 예술품 감정가인 거지. 이 세상에서 어느 여자도 같을 수 없다네. 지금 관능적 쾌락을 말하고 있다는 것을 이해해주게. 여자 수만큼이나 다양하다니까. 흥분도 다르고 그래서 매번 더 자극적이라네. 새로운 여자를 만나는 것은 다른 육체, 다른 숨소리, 다른 몸짓을 만나는 것이니 얼마나 짜릿하겠는가.

걸리는 여자마다 모두 ……. 때론 여자를 굴복시키려고 여자의 약점을 잡고 늘어지기도 했지. 그러니까 여자는 정복이나 수집의 대상인 거지. 여자는 아름다움을 상징하니까. 나는 아름다움의 수집가라고 할 수 있겠지.

그런데 말일세…… 아주 어려서부터 무슨 이유인지는 모르겠지만 불안증에 몹시 시달렸다네. 내가 여자에게 요구하는 것은 이 불안증을 달래주는 것이라네. 여자의 푹신한 육체는 아주 아늑하거든. 그래서 여자가 필요한 것이지, 그렇다네. 그러나 지금은 이 처참한 몰골을 보게나. 늙으면 별수 없지. 그러니까 여자들은 기겁을 하고 다 도망갔다네.

그나저나 이걸 좀 풀어주면 안되겠나. 몸을 옥죄니 숨이 차구만. 손목이라도 풀어주게나. 담배가 피고 싶네. 내가 지금 어디로 도망갈 수 있다고 생각하나."

"그렇지요. 담배는 피워야겠지요."

노교수의 콧구멍에서 희미하게 빠져나온 두 줄기 담배 연기가 허공 속으로 흩어졌다. 노교수는 받침 접시에 중간쯤 피다만 담배를 비벼 끄더니 새로 한 개비를 꺼내서 불을 붙인다.

"교수님 말입니다, 저는 이따위 도자기 몇 개를 빼앗으러 찾아온 게 아니지요. 저도 쥐구멍에 쨍하고 볕 뜰 날 있어야 하지 않겠습니까. 제게는 한 번이라도 행복했던 시절이 있었는지 의심스럽습니다."

노교수는 오랜 침묵이 흐른 뒤 조금은 진정된 목소리로 말한다.

"그럼, 도대체 뭘 원하는 거?"

"진짜가 있지요, 진짜…… . 잘 아실 텐데요."

"무슨 말인지 도통 모르겠구먼."

"왜 이러세요? 다 알고 왔단 말입니다. 제가 강도와 절도 전과가 5범이고 감방에서 10년 이상 썩었지요. 그때 교도소 감방 동료가 이야기했단 말입니다.

말씀드리자면 그분은 내 남자 애인이었어요. 뼛속까지 게이였거든요. 다시 말씀드리자면, 제가 여자였고 그분이 남자 역할을 했지요.

그런데 감방에서 원인 불명의 병으로 골골 앓더니만 갑자기 죽었지요. 38살의 한창 나이에 말입니다. 그때 교도소 돌팔이 의사는 소화제만 처방했고요. 죽자마자 교도소는 연고자가 없다는 이유로 즉시 화장을 해버렸어요. 뭔가 모르지만 뒤가 구렸던 것이지요. 그런데 그분이 죽기 직전에, 그제서야 나에게 비밀리에 털어놨지요."

"뭘, 털어놨다고?"

"교수님이 1983년인가 부여에서 청룡사지 발굴 사업을 감독하면서 그 발굴 작업을 현장에서 지휘한 적이 있지 않습니까. 그렇지요? 이 사진들 좀 보세요. 그 당시 신문에 대대적으로 보도됐지요."

"그건 맞는 말이네. 그때 내가 국립문화재연구소 소장으로 있으면서 그 작업을 지휘했었지. 신라가 백제를 침공한 후 그 절을 깡그리 불태워 버렸는데 그때 처음 본격적으로 발굴 작업을 시작한 것이지. 그런데 아주 큰 성과를 얻었다네. 백제사를 새로 써야 할 만큼 대단한 성과였지.

많은 유물이 출토되었으니까, 무엇보다도 소문만 무성하던 청룡사의 규모와 가람 배치를 규명하였는데 경주 황룡사 터와 맞먹을 만큼 컸던 거야.

내가 그 작업을 책임지고 지휘하게 된 것을 큰 자랑으로 여기고 있네. 가문의 영광이었고 대단한 명예였지. 그 작업이 끝난 후 국가 훈장도 받았다네."

"그런데 말입니다. 그 당시 교수님은 은밀하게 엄청난 범죄를 저질렀지요. 쥐도 새도 모르게 말입니다. 안 그런가요? 고고학계의 원로 학자로서 양심의 가책이 느껴지지 않으신가요?"

"무슨 말을 하고 있는지 모르겠네. 뭔가 오해가 있는 게 분명한데……. 그건 오해야, 오해라고."

"끝까지 오리발 내미는군요. 제가 가시 철조망이 겹겹이 쳐진 집으로 어떻게 넘어왔겠습니까. CCTV는 미리 돌려 놓았지만 말입니다. 왜 그렇게 철통같이 해놨지요?"

"마누라가 몇 년 전에 죽고 나서는 혼자 살기가 너무 무서웠다네. 불면증과 수면장애에 시달리고 있지. 그러니까 술을 마시지 않으면 제대로 잠을 잘 수가 없는 거야."

"사모님이 돌아가신 게 천만다행이겠군요. 이 험한 꼴 안 보고 돌아가셨으니까. 그런데 여전히 절 속이고 있군요. 엉뚱한 말씀 그만하시지요. 그게 그 물건 때문 아닙니까?"

"우리 집 보물은 그 도자기들이네. 그래 봬도 고려시대 비색

청자이고 이조시대 분청사기라네, 진품이라고 그게 전부야. 이 왕 담을 넘어 왔으니 그것들을 가져가게나. 잘 팔면 1억은 받을 수 있을 것이네. 도둑놈이야 빈털터리에다가 기댈 곳 하나 없겠지. 그러니까 담을 넘어온 게 아닌가."

"전 1억짜리는 필요 없지요. 그까짓 거는 좀도둑이나 주시지요. 전 그게 필요합니다. 어디다 숨겨놨지요? 집안 어디에?"

"난 모르는 일이네. 쓸데없는 소리하지 말게. 나는 마누라가 죽고 난 후 종교를 바꿨네. 지금은 성당에 나가고 있지. 나는 성경 말씀이나 십계명을 완전히 믿고 있지는 않지만…… 하나님은 거짓말하는 것을 지독히 싫어한다네. 그러니까 천당에 갈 수 없는 거지."

교수의 창백한 얼굴에 옅은 홍조가 어리다 사라졌다. 그러고 보니 거실에는 개정판 성경책과 성가집, 놋쇠로 만들어진 성물들이 불교의 성물들과 혼재되어 있는 상태로 묘한 대조를 이루고 있다. 노교수는 정신을 바짝 차리고 집중해서 정확하게 알아들으려고 애를 쓰고 있다.

"정 그러시다면 할 수 없군요. 비상한 수단을 쓰는 수밖에. 이 칼을 쓴다는 말입니다. 예리한 칼날이 이리저리 쑤시면 견디기 힘들 텐데요"

"제발 칼을 치워주게. 나는 마누라가 죽은 후 혼자 살면서 몸이 너무 부실하다네. 내가 지금까지 목숨을 부지하며 살고 있는 게 신기하지. 꼭 살아야만 하는 이유가 있거든. 전 세계에 흩어져 있는 모든 불상에 대한 상세한 도록을 만드는 일이라네. 그건 전문가 중에서 전문가인 나밖에 할 사람이 없지.

이 작업을 위해 자료 수집차 인도와 중국, 일본, 티벳, 태국, 심지어 그리스까지 여러 차례 다녀왔다네. 내가 이미 불교 고고학과 불상에 관한 수많은 논문과 저서를 발표했지만 필생의 역작이 될 걸세. 컬러 도록은 2000쪽이 넘을 거라네.

지금도 이 힘든 몸을 이끌고 일주일에 두 번씩 연구소에 나가 그 연구를 이끌고 있다네. 재벌 기업의 문화복지재단이 막대한 자금을 지원한 덕택에 가능한 일이었네. 재벌도 가끔 좋은 일은 한다네.

하지만 기억상실증이나 치매에 걸리기 전에, 죽기 전에 반드시 끝마쳐야 하지. 그래서 그 희귀한 도록이 이 세상에 나올 때까지는 내가 살아있어야 한다네. 지나간 과거의 시간이 아무리 소중하다고 한들 현재 이 순간만큼일 수는 없는 거라네. 이해하겠는가?"

"그렇지만…… 그 도록에 그 귀중한 물건만은 빠져야 하니 정말 안타깝군요."

그는 손수건을 꺼내서 땀이 흐르는 얼굴을 닦고, 목덜미와 손등을 닦았다. 그리고 다시 퀴퀴한 노인 냄새가 나는 거실을 돌아보았다. 그는 독한 술을 몇 모금 꿀꺽꿀꺽 삼켰고 심한 기침이 나왔다. 맹렬한 술기운이 척추뼈를 타고 온몸에 흐른다. 두툼한 낡은 회색 카펫이 깔려있는 바닥으로 술병을 내리치자 유리 파편이 튕긴다.

"교수님의 천인공노할 범죄 사실을 알게 되면 그래도 재단에서 자금을 계속 지원하게 될까요. 당장 손을 끊겠지요. 그러면 필생의 역작은 불가능한 것 아닙니까.

저에게도 필생의 작업이 있지요. 바로 그 물건 말입니다. 제가 공자님 앞에서 문자 쓰는 격입니다만……. 잘 아시다시피 우리나라에는 국보 제78호로 지정된 금동 반가사유상이 있는데 일본에는 역시 일본 국보인 주구사가 소장하고 있는 목조 반가사유상이 있지요. 미륵보살님이 깊은 사색에 잠겨서 은은한 미소를 흘리고 있는 것이지요. 그런데 오른손 손가락을 뺨에 댄 채로 오른쪽 다리를 왼쪽 무릎 위에 올린 모습이 서로 닮았다는 말입니다. 그 무렵 백제 불교가 일본에 건너가면서 그 원형의 도형이 함께 일본에 전해졌다고 하더군요.

그러니까 말입니다. 백제에는 이미 몇십 년 전에 이들 반가사유상의 원형인 청동 반가사유상이 있었고 그게 신라와 일본으로 각기 전해졌고 그 원형을 본떠서 확대해 만든 것이 일본 국보라는 것이지요. 다시 말하자면 그 물건은 원형이라는 말입니다. 훨씬 정교하고 섬세한 것이지요.

교수님이 백제 불교가 일본으로 이동한 경로에 관해 쓴 어떤 책에서 그렇게 읽었습니다. 그러면서 그 청동 반가유상을 여태까지 발견하지 못한 것은 너무 안타까운 일이라고 했더군요.

그게 청룡사지 발굴 당시 교수님이 꺼냈고 그것만은 쉬쉬하면서 감쪽같이 숨기신 거죠. 그걸 제 연인은 혼자서 알고 있던 것입니다. 그 당시 송기태가 기억나십니까? 그때는 아마 27살쯤 되는 팔팔한 나이였겠지요."

"글쎄 말일세. 언제적 일인데…… 가물가물하군."

"교수님은 거짓말을 할 때마다 티가 나는걸 모르시겠습니까? 얼굴이 달아오른다구요."

"너무 지레 짐작하지 말게나."

"그 사람은 발굴 현장에서 대형 크레인의 기사로 일했습니다. 그가 30톤 무게의 목탑 터 심초석을 대형 크레인으로 들어 올린 것이지요. 그때 교수님 혼자서 심초석 밑으로 들어가서 유물이 묻혀있는지 여부를 샅샅이 훑었다고 하더군요.

심초석 안에는 교수님 예상대로 적심석이 설치되어 있었고 무엇보다도 놀라운 것은 전혀 예상치 못했던 청동거울과 청동 그릇 그리고 금동귀걸이, 백제 항아리 등 수천여 점의 유물이 한꺼번에 쏟아져 나왔다는 것입니다.

그러나 교수님은 딱 하나 그 물건만은 숨겨놓은 채 다른 유물들은 전부 공개하였지요.

이 사진을 좀 봐 주세요.

그때 교수님 자세가 다소 엉거주춤하지요. 그게 그 물건을 숨기는 모습이었지요. 제 연인은 그걸 크레인의 운전석에서 내려다본 것이지요. 그때 백제 불상이 나올 거라고 기대했는데 나오지 않아서 알게 모르게 의아해한 사람이 있었다고 하더군요."

송기태는 그때 군산에 있는 항만 공사를 전문으로 하는 건설회사에서 크레인 기사로 일했다.

어느 날 그가 털어놨다. 그날 밤 동거녀와 밤늦게까지 술을 마시다가 끝내 거친 말들이 오고갔는데, 그 여자가 '용서 좋아하시네. 남자 구실도 못하는 주제에…… 넌 호모라고…… 진짜 호모. 병신같은게.'라고 말했고, 그가 화가 나서 술병을 바닥에 던져 박살을 내고 나서 여자의 뺨을 서너 차례 세게 때렸다. 그리고 '니 지금 죽기 싫으면 당장 짐싸가지고 나가'라고 소리쳤다. 여자가 갑자기 부엌에서 식칼을 들고 나와 발악을 하며 위협했다. 그가 여자의 손목을 낚아채서 칼을 빼앗아 그녀의 눈을 겨냥해 허공에 휘두르다 어느 순간 목 부위 경동맥을 찔렀다. 붉은 피가 바닥에 흥건히 흘러내렸다.

검사는 살인을 강하게 의심하였다.

개업한 지 불과 몇 개월밖에 안된 부장검사 출신의 변호사가 상해치사로 마무리하였고, 그는 5년형을 선고받았던 것이다.

그가 말했었다. '글쎄, 진실을 말하자면 그건 살인이었을 거야. 정확히 겨냥했거든. 그 여자가 죽도록 미웠으니까. 다른 남자가 생겼다고 의심하고 있었던 참이야.'

"허허…… 그렇게 되었지. 그 보물은 국보급 중에서도 국보급이 되겠지. 가격으로 치자면 수백억 원이 될 것이라네. 아마 가격을 산정할 수 없을지도 모르겠네. 그렇지. 일본 쪽에서는 더욱 환장하겠지. 자기들 국보의 원형이니까.

내가 그때 눈이 멀어가지고…… 그걸 보는 순간 내 눈을 한동안 의심했지. 그래서 감쪽같이 처리하였다네. 그건 아무도 모르게 나 혼자서만 감상해야 했어. 너무 아름다웠으니까 말일세. 백제 금속공예기술의 극치였던 거야. 모방품은 도저히 따를 수 없는 원형의 아름다움이었으니…….

아무리 창조적 모방 혹은 절대적 모방이라도 원형에는 조금 못 미치는 법이니까. 나는 극히 미세한 그 차이를 알아볼 수 있었다네. 그 차이를…… 그 아름다움을…….

나는 자신을 합리화하고 자신을 지키기 위해서 거짓말을 하기 시작하였는데 스스로에게 하는 거짓말만큼 강력한 거짓말은 없다네. 안타깝게도 나는 계속 자신을 속여야만 했지."

"도둑질한 물건의 존재에 대해 여태 입도 뻥긋하지 않았나요? 엉겁결에라도 말이지요. 아니면 잠꼬대도 하지 않았나요? 사모님도 모르고 있었던가요?"

"여자의 입은 믿을 수가 없다네. 그건 그렇고, 마누라한테도 체면은 차려야 하지 않겠나. 그러니 그걸 어떻게 이야기할 수 있었겠어. 거짓말을 주워섬길 수도 없고 사실대로 말할 수도 없었다네."

"오랫동안 혼자서만 그걸 감상하셨군요. 전 국민이 보아야 할 것을 말입니다. 죽고 난 후에 어쩔 셈인가요?"

"내 무덤 속으로 함께 들어가야 하지 않겠나."

"그걸 내놓으시면 비상한 수단을 쓸 필요가 없겠지요. 입을 열게 하려면 잔인한 고문도 마다하지 않을 겁니다. 총은 없지만, 예리한 칼과 염산이 가득 들어있는 병은 가지고 있지요

어차피 내놓지 않고는 못 배길 겁니다. 여부가 있겠습니까.

저는 그게 국보인지 뭔지는 전혀 관심이 없어요. 오직 돈 문제이지요. 지금쯤은 안락한 생활을 하고 싶습니다. 그러자면 충분한 돈이 필요하지요. 그런데 아무리 궁리를 해봐도 큰돈을 벌

길은 이것밖에 없지요."

"그러나 그건 안 될 걸세. 차라리 그 칼로 내 가슴을 찔러도 말일세. 어림없는 소리 하지 말게. 차라리 이 집에 불을 질러서 함께 타버리겠네. 불은 인간이 발견한 가장 훌륭한 정화제라네."

"저기 검은색 커다란 금고가 있군요. 금고는 불에 안 탈 텐데요."

"금고에는 보관하지 않았다네. 그건 어리석은 일이지."

"늙은 노인네들의 아집과 옹고집은 정말 불쾌하지요. 저는 교수님을 죽이고 싶진 않군요. 필생의 역작을 완성할 기회를 드리고 싶군요. 그 대신 이 모든 사실을 세상에 폭로하겠습니다. 그건 간단하지요. 그 자세한 내용을 정리해서 신문사에 팩스로 보내면 되거든요. 그러면 기자들이 특종을 하기 위해서 득달같이 집으로, 연구소로 달려오겠지요.

모든 사실이 까발려지면 교수님은 뭐가 되겠어요? 평생 쌓아온 명예는 땅에 떨어지고 결국 감방에 가서 몇 년 살다가 죽어서 나오겠지요. 그 물건 역시 국가가 압수해 갈 것이고요.

나같이 미천한 사람도 감방은 살 곳이 못 되더군요. 그런데 10년을 넘게 살았죠. 그 절망의 좁은 공간 속으로 다시는 들어가고 싶지 않네요. 하여간에 빨리 선택을 하십시오. 더 이상 시간이 없습니다. 밤이 깊었습니다."

노교수 얼굴에 분노와 살기가 어렸다. 노교수는 벽에 걸린 괘종시계를 잠깐 바라보았다. 밤 11시를 가리키고 있다. 그를 차갑게 쏘아보다가 다시 표정을 누그러뜨린다. 노교수는 의자에 묶여있는 몸을 꿈틀거렸다. 하얗게 센 굵고 긴 눈썹을 씰룩거리며 깊이 숨을 들이마시며 억울함을 삼키고 있다.

"현명하게 판단하시기 바랍니다. 타협이 필요하지요. 물건을 저에게 건네면 명예도 보장해 드리고 평생의 역작도 보장해 드리지요."

"그래, 그렇군. 자네 말이 맞는 거 같군. 도둑놈 말이 맞을 때도 있군. 지금 진퇴양난이라고 할 수 있군. 그대가 나를 그렇게 만들고 있다구. 날 함정에 빠뜨리고 그걸 즐기고 있는 거야.

그동안 참으로 많은 악몽을 꾸었다네. 이 순간 수치심과 함께 깊은 회환을 느낀다네. 모든 것을 잃을 수는 없지 않겠는가.

보물을 가지고 조용히 사라지는 거야. 약속을 지키게. 절대로 비밀을 지키는 걸세. 그대의 그 잘난 애인이 발굴 현장에서 감쪽같이 숨기다가 죽기 직전에 그대에게 넘긴 걸세. 그렇게 정리하자고.

자넨 여기 오지 않았어. 앞으로도 만날 일이 없을 거야. 결코 나를 알지 못하는 거지, 안 그런가?

마지막으로 부탁을 하나 해야겠네. 그걸 일본으로 밀반출하지는 말게나."

"그렇고 말고요. 그렇게 하면 만고의 역적이 되겠지요."

그는 노교수에게 연민의 정을 느꼈다. 그는 미륵보살의 옅은 미소를 보는 순간 온몸이 축축하게 땀이 배어 나오는 것을 느낄 수가 있었고 너무 감격한 나머지 눈에 하염없이 눈물이 차오르는 것을 느낄 수 있었다.

지난 육개월여를 돌이켜보았다. 그는 그때 잠시 우두커니 서서 생생하게 기억을 되새겼다.

나는 치밀한 계획을 실천에 옮기기 위해 자세한 방법과 절차에 온 신경을 집중했었다. 등기부 등본을 보니 깨끗했다. 단 한 번도 근저당권을 설정한 적이 없었던 것이다. 노교수는 30년 전에 이 집을 구입하였고, 이후 이사를 간 적이 없다.

나는 그 물건이 이 집 안에 있다고 확신할 수 있었다.

여러 차례 충분한 간격을 두고 우연히 지나가는 행인 행세를 하며 집 주변을 샅샅이 답사했고, 밤 10시쯤이면 그곳 꼭대기 언덕길은 인적이 뜸하다는 사실을 알았다. 그리고 구식 CCTV의 카메라는 나사를 풀어서 그 방향을 반대로 조절하면 그만이었고, 담쟁이덩굴이 뒤덮인 담벼락 위에 겹겹이 둘러쳐진 철조망은 집 뒤쪽의 녹이 슨 철조망 위에 고무 매트를 걸치면 타고 넘어갈 수 있고, 노교수의 외출과 귀가 시간을 정확히 체크했다.

노교수는 파출부를 두고 있지 않았고 세탁소에 세탁물을 맡기는 일도 없었고 다만 동네 슈퍼마켓에서 정기적으로 음식재료를 배달시켰을 뿐이고 외출할 때는 반드시 모범택시를 이용하였다.

그가 연구소 건물을 드나들 때 그의 거동을 관찰했다.

그는 백발인 머리가 빗질을 하지 않아서 헝클어진 채 늘어져 있었고, 깊은 주름이 진 얼굴은 고집 세게 보이는 두툼한 입술만이 돋보였다. 그를 여러 차례 관찰한 후에는 꿈속에서도 그 얼굴이 정확하게 떠올랐다.

한번은 택배기사 행세를 하기로 하고 초인종을 길게 눌렀고, 날카로운 초인종 소리가 문밖에까지 들렸으나 노교수는 일절 반응을 보이지 않았다. 그때는 오후 5시쯤으로 그가 집으로 들어간 것을 확인하고 그렇게 했는데도 전혀 반응이 없었던 것이다.

나는 그 무렵 불교와 불상, 고고학에 관한 몇 권의 책과 발굴 당시 신문기사와 발굴에 대한 최종 보고서를 국립도서관에서 읽었고, 가끔 죽은 연인을 그리워하며 짜릿했던 그 시절을 회상하였다.

그리고 자신에게 수없이 되뇌었다. 절호의 기회야⋯⋯ 절호. 일생일대 단 한 번 있는, 아니 100년에 한 번 있을까 말까 한 기회야. 그러니까 침착해야 되는 거야. 침착, 침착해야 된다고.

마지막으로 출소한 후 깨끗하게 손을 씻었다. 그러나 지금은 어쩔 수 없는 거야. 이게 마지막이야, 나 자신에게 약속하는데 정말 마지막이 될 거야.

그 무렵 불면증 때문에 고통을 받고 있으면서도 신경안정제로 여기고 그렇게 마셔대던 술을 단 한 모금도 마시지 않았다.

그러나 노교수는 경찰을 불러 신고하지 못할 것이다.

내가 그를 죽일 수 있을까. 이 단도로 그의 심장을 푹푹 찌를 수 있을까. 그럴 순 없을 것이다. 내가 무슨 자격으로 사형을 집행할 수 있겠는가.

그를 거듭 설득하고 단지 위협만 할 것이다.

평생 학자로만 살았으니 아무리 황소고집이라고 해도 의외로 단순할지도 모른다. 그날 밤에는 술을 마셔야만 할 것이다.

그 팽팽한 긴장감을 술 없이 어찌 견딜 수 있겠는가. 나의 강도 행각 역시 협박만 있었지 그 이상으로 폭행은 없었지 않은가. 위협에 넘어가지 않고 끝까지 버티면 난 포기하고 철수했다. 그게 나의 한계였다.

그는 한남동 입구 공영 주차장에 차를 세웠다. 그리고 검은 가방을 꺼냈는데 그 가방 속에는 튼튼한 가는 밧줄과 예리하게 벼린 군용 단도, 염산이 든 병 그리고 술병이 들어있었다. 세탁소와 슈퍼마켓, 약국, 부동산 등 몇몇 가게를 지나자 길이 좌우로 갈라졌다. 그는 단국대학교 뒤쪽 단층 붉은 벽돌집과 옥상이 평평한 2층 주택이 양쪽으로 늘어선 경사가 진 시멘트 포장을 한 좁은 도로를 따라 올라갔다. 골목에는 사람이 없었다. 가로등에서 희미하고 노란 불빛이 흘러내린다. 막다르고 아늑한 언덕 밑에 이르렀다.

그가 짧게 탄성을 질렀다.

"오, 이런! 이걸 마침내 내 손 안에 넣게 되다니. 맙소사, 하나님 맙소사. 저는 교회에 나가지는 않지만 지금 이 순간 하나님이 저의 입속으로 찾아오셨네요 여부가 있겠습니까.

고맙습니다…….

제가 밧줄을 풀어드리면 가볍게 몸을 푸시고 물을 많이 드십시오. 저는 이만 가보겠습니다."

김진만 변호사의 사무실은 법원 정면 교대역 대로변에 말쑥하게 신축한 건물의 10층에 자리 잡고 있었다. 탁 트인 전망이 좋았다.

발소리가 울리지 않는 두툼한 고급 양탄자 위로 벽에서부터 은은한 램프 불빛이 흘러내렸다.

그는 그때보다 살이 많이 쪘고 부드러운 까만 머리카락은 희끗희끗 해졌으며 자기는 변함없이 정확한 사람임을 과시하려는 듯 무테 안경 속에서 상대방의 눈을 뚫어질 듯 쳐다보았다. 그의 단단한 목소리가 끊임없이 고급스럽게 장식한 변호사실 안에 울려 퍼졌다. 그는 어려운 법률 용어를 섞어 쓰면서 같은 이야기를 자꾸만 되풀이하였다. 선임비 명목으로 터무니없이 많은 돈을 받았기 때문일 것이다.

"나한테서 옛날에 재판을 받은 적이 있다고? 그런가? 이름을 가르쳐 줄 수 있겠나."

"기억할지 모르겠습니다만은, 김영철입니다. 그게 강도사건이었지요."

"그렇지, 그렇군. 지금 나이가 40대 초반이거나 중반이 되겠구만."

"맞습니다. 그렇게 되었습니다. 세월이 많이 흘렀지요."

"그래, 그렇다네. 내가 벌써 60대 중반이 되었으니까."

"판사님…… 아니네요. 지금은 변호사시지요. 변호사라는 호칭이 귀에 익으셨습니까?"

"…… 그렇다네. 개업한 지가 3년이 넘었으니. 그런데 내가 개업한지는 어떻게 알았나.”

“그걸 왜 모르겠습니까. 신문이란 신문에 죄다 개업 광고를 때렸지 않습니까. 화려한 법조 경력을 뽐내면서 말이지요. 옛날 감방에서 들은 이야기인데 그거 있잖습니까, 연수원 출신들 말입니다. 걔들은 그렇게 비싼 돌출 광고는 언감생심이라고 하더군요.

그때 방 식구들이 모두들 입을 삐죽거렸지요. 판사할 때는 정의의 사도처럼 기세등등하더니만 변호사 개업하자마자 이제는 돈에 혈안이 되어 날뛴다고 말이지요. 물론, 변호사님의 경우는 다르겠습니다만은……”

“그야 어쩔 수 없는 일이라네. 돈이 필요하니까 돈을 벌어야 한다네. 돈이란 많을수록 좋은거지. 그나저나 브로커를 쓸 수도 없고 안 쓸 수도 없고……”

“그러면 변호사님이라고 부르겠습니다. 변호사님은 고등법원 부장판사, 지방법원 법원장, 고등법원 법원장 등 법원 고위직을 두루 거치셨는데 대법관만 빠졌습니다. 관운이 거기까지였던 모양입니다.”

“하지만 정말 억울하다네. 대법관이라는 게 순전히 정치적인 거지. 그걸 알아야만 하네. 지방색이 문제야. 서로 나눠먹기를 해야하니까. 그래서 내가 희생양이 된 거라네. 내가 실력이 없어서가 아니라는 말일세.”

“여부가 있겠습니까. 그렇겠지요. 그 대신 일찍 개업해서 전관예우 덕을 톡톡히 봤을 거 아닙니까?”

"솔직히 말해서 그렇다네. 그것은 사법부의 위대한 전통이고 지금은 하나의 관습법이 되었다네. 많이들 봐주더구먼. 그래서 아파트도 옮기고 했지. 그런데 갑자기 웬일인가? 용건이라도 있는 건가?"

"그때가 까마득한 옛날 일이지만 엊그제 일 같군요. 제가 그때 재판을 받았는데 상당히 약하게 때려주셨지요. 그래서 지금도 그 은혜를 잊지 못하고 있습니다.

국선 변호사는 면회 한 번 오지 않고 정말 불성실했지요. 고작 한다는 게 마지막에 딱 한 마디, '관대한 처벌을 바랍니다.' 라고 했지요. 그런데도 판사님께서 잘 봐주신 거지요. 가장 약한 3년형을 때리셨는데 감방 안에서는 모두들 당연히 5년쯤 예상했거든요.

그때 어떤 판사는 형이 세기로 소문이 나 있었지요. 그러니까 감방 식구들은 모두 무서워하기도 하고 싫어했지요. 솔직히 말하면, 증오했다고 할 수 있겠지요. 공공의 적이었으니까요. 그래서 엄청나게 험한 욕을 퍼부었지요. 그 판사가 들었어야 하는데 말입니다.

그런데 정말 용건이 있어 왔습니다. 변호사님을 정식으로 선임해서 법률자문을 받을 일이 생겼지요. 선임비는 원하시는 대로 드리겠습니다. 이걸 자세히 말씀드리기 전에 먼저 꼭 비밀을 지켜주겠다는 약속부터 해 주셔야겠습니다."

변호사가 잠깐 동안 눈빛에 혐오감을 담고 응시했다. 이내 미소를 지었고 혐오감은 사라진 듯했다. 그가 고개를 까딱거렸다.

옛날 기억을 더듬고 있던 것이다.

"그건 염려 말게나. 고객의 비밀을 지키는 것은 변호사의 참된 의무이니까. 그렇겠지. 잘 왔어요. 내가 아니면 누가 해결해 주겠어. 옛날 그 강도사건의 피고인이었단 말이지.

돌고 돌아서 피고인이 결국은 고객이 되었네. 인연이야, 대단한 인연이라니까.

어쨌거나 중형을 선고받은 피고인이 복수하려고 찾아온 게 아니어서 천만다행이군. 그러고 보니 생각이 나는군그래. 그때 당신은 정상 참작의 여지가 충분했거든.

뭐냐하면 당신은 아주 젊은 나이이니까 물불을 가리지 않고 무슨 짓이든 했을 텐데…… 그런데 협박은 했지만 폭력을 행사하진 않았어. 그때 거실에 혼자 있던 젊고 예쁜 여자에게 손도 대지 않고…… 절제력이 대단했었지. 그 때문이었어."

"감사합니다. 정말 감사합니다."

"그런데, 물건이란 게? 대단한 보물이란 말이지?"

"지당한 말씀입니다. 그러나 값이 얼마나 나갈지는 저도 모르지요. 전문가가 아니니까요. 그게 아마 2000년 10월 중순쯤인지, 말경인지, 하여간에 가을쯤이었습니다.

지금도 기억나는데…… 그날 밤 회색 달빛이 엷은 구름 속에서 비현실적인 분위기를 자아냈습니다. 그리고 밤늦게 차가운 가을비가 내렸지요…….

제가 배운 게 도둑질인데 딱 한 번만 하기로 하고 갔었지요. 그리고 그 후론 정말 착하게 살았습니다. 믿어주십시오.

그런데 그 교수님 댁에 골동품이 많다는 소문을 들었거든요 제가 인사동 쪽에서 일하면서 우연히 들은 것이지요 전 그렇게 값나가는 귀중품인 줄은 몰랐지만…… 어쩐지 함부로 내놓고 팔 수는 없었습니다. 그래서 무작정 기다렸습니다.

그러니까…… 10년이 훨씬 넘게 집에 숨겨두고 있으면서 정말 애지중지하였지요. 그 교수님에게서 배운 대로 아무도 모르게 집 천장 대들보에다 비밀 공간을 만들어가지고 오동나무 상자에 방습제를 넣어서 함께 보관하였지요.

그래서 저는 아파트에서 살지를 못했습니다. 영문을 모르는 여자가 아파트로 이사 가자고 성화를 부려도 말입니다. 제가 그랬지요 사람이란 땅을 딛고 살아야만 건강하게 오래 산다고 우겼지요"

"15년이라…… 용케도…… 오랫동안 기다렸군. 그 인내심을 칭찬할 만하다고"

"저도 사실 팔고 싶지가 않습니다. 헤아릴 길이 없는 신비한 미소는…… 그게 아마 인간의 미소가 아니라 신의 미소이겠지요 사람을 꽁꽁 얼어붙게 만들고 그리고 아주 천천히 녹여주지요 그러면 마음이 아주 편안해집니다.

죽을 때까지 곁에 두고 싶었지요. 그 노교수님의 애틋한 심정이 이해가 된다니까요

그러나 더 이상은…… 제가 지금 경제적으로 너무 어렵거든요 한계 상황이라고 할 수 있습니다. 이 나이에 또다시 칼을 들고 담을 넘을 수는 없지 않겠습니까?"

"글쎄 말이야…… 이렇게 말할 수도 있을 거야. 10년 전에 인사동 뒷골목에 있었던 허름한 골동품 가게에서 모조품으로 알고 싼값을 주고 구입했다고 할 수도 있겠지. 그러면 선의취득이 되니까. 그리고 지금 그 가게는 행방불명이 되었다고 할 수도 있고 말이야.

그러나 경찰의 조사과정에서 어설프게 그 골동품 가게를 말했다가는 들통이 날 수도 있겠지. 결국 꼬리가 잡히는 거야. 조심하라고, 말 조심을……

그날 한남동에 있는 그 교수의 자택에 침입한 일은 이미 15년이 지났으니 특수강도죄의 공소시효가 막 끝났다네. 그 교수라면 나도 잘 알고 있지. 고고학계의 유명한 원로 교수이니까.

그 교수는 몇 년 전에 한강 다리에서 차가운 물 속으로 떨어져 자살했었지. 아무런 유서를 남기지 않고서 말이야. 신문에 그렇게 났더라고. 자신의 역저가 발간되고 나서 외롭게 혼자 살다가 신변을 비관한 나머지 유서도 남기지 않고 자살했다고 했지.

그러니까 당신이 입을 다물고 있기만 한다면 강도죄가 밝혀질 리가 없지 않겠나. 그리고 당신 애인이었던 사람은 그 당시 절도죄를 지었는데 그로부터 그 물건을 나중에 취득했다고 가정해도 장물취득죄의 공소시효는 7년밖에 되지 않는데 그 역시 이미 지났지. 공소시효 때문에 무사하게 될 거야.

검찰사건사무규칙에 의하면 검사는 공소권 없음을 이유로 불기소처분을 해야 하거든. 만약 검사가 이를 간과하고 기소하면 이번에는 법원이 면소 판결을 선고하게 되어 있네.

오랫동안 잘도 숨겼구먼. 자신 있게 공개적으로 경매에 출품하게나. 그리고 당당하게 정식 감정을 받게. 그걸 사적으로 몰래 팔려고 하면 일은 더욱 꼬이고 잘못될 확률이 많지.

도대체 주인을 찾기가 힘들 거라네. 국보급 보물이니 언론에서 알게 될 테고 이러쿵저러쿵 말이 많겠지만, 이왕지사 이렇게 된 거 얼굴에 철판을 깔고 뻔뻔해지게."

"지당하신 말씀입니다. 정말 감사합니다. 경매가 무사히 끝나기만 하면 두둑한 성공보수금도 드려야겠지요…… 그렇지만 그 교수님의 사건은 정말 안됐군요."

"이렇게 몇 마디 해주고 나서 법률자문이라는 명목으로 돈을 받을 수는 없다네. 내가 자문해준 것은 어차피 공소시효가 끝났기 때문이라네. 이걸로 끝일세. 다시는 이런 일로 찾아오지 말게나."

사복을 입은 늙은 형사는 아무런 감정도 드러내지 않은 채 지극히 사무적으로 말했다.

"서울경찰청 지능범죄수사대 소속 경찰입니다. 김영철씨, 당신을 체포합니다. 언제든지 변호사의 조력을 받을 수 있고, 불리할 경우 말을 안 할 수도 있습니다. 아시겠습니까?"

그는 너무 당황해서 입이 쩍 벌어지면서 말을 더듬거렸다.

"무슨 일인가요? 뭔가 오해가…… 틀림없이 오해가……."

"그동안 그 귀중한 보물은 어디에 있었는가요? 그러니까 어디에다 보관했느냐는 것입니다."

"그야 제가 꼭꼭 숨겨 놓았지요. 너무 귀한 물건이니까요. 국보급 아닙니까."

"그렇군요. 피의자는 두 달 전에 고미술품 경매에 귀중한 물건을 내놓았습니다. 이제야 이 세상에 처음으로 얼굴을 보인 셈이군요. 주최 측에서 감정 결과 진품으로 판정이 되었습니다. 그런데 주최 측이 그만 너무 놀란 것이지요. 이런 국보급 귀중품이 갑자기 나온 것이 이상하다고 하면서 문화재청에 보고를 하였고 결국 수사를 의뢰하였지요. 경매가는 몇백억 원을 호가할 거라고 하더군요."

"그렇지요. 몇백억 원이 되겠지요. 지금이 2016년 2월 말이란 말입니다. 제가 15년여를 넘게 이날을 기다려온 게 아닙니까. 기다린 보람이 있군요. 제 앞날이 훤합니다. 평생 돈 걱정 않고 살게 되었으니. 그 귀중품은 부여의 청원사지 발굴 작업 당시 나온 진품이 틀림없지요.

어떤 경우이든 다 지나갔단 말입니다. 경찰 나으리들 공소시효가 모두 지나갔단 말입니다. 그러니 죄가 없습니다.

그 점에 대해서는 법원장 출신 유명한 변호사에게 이미 법률 자문을 받았지요. 물론 공소시효가 무엇인지는 잘들 아시겠지요. 그렇지 않습니까?"

그 형사는 이제 입가에 차가운 미소를 지으며 빈정거렸다.

"공소시효 좋아하시네. 그렇게 말할 줄 이미 알고 있었지. 문화재보호법 제92조에 의한 은닉죄를 적용한 거야. 은닉죄는 아직 공소시효가 끝나지 않았다는 말이지. 강도죄처럼 3년 이상의 유기징역이니까 꽤 중형감이라고 할 수 있겠네.

그러니까 공소시효가 10년이라고 그리고 은닉죄의 공소시효는 피의자가 경매 출품을 의뢰한 그날부터 기산한다고 하더군. 내가 뭘 알겠어. 우리 변호사가 꼼꼼하게 검토한 후 그렇게 말한 거야. 많은 돈을 주고 법률자문을 받았다는데 허사가 되어서 어쩌지. 그 유명하다는 거물 변호사가 누구인지 모르겠지만 92조를 깜박한 모양이군.

그리고 그 보물은 압수되어 국가 소유로 넘어갈 거야. 당신이 억울해할 것은 아니지. 원래부터 국가 소유니까."

그는 가쁜 숨을 몰아쉬며 몸을 부르르 떨었다. 얼굴은 긴장했고, 무척 피곤해 보였다.

"……"

"경찰서로 가서 조사를 받으라구. 다 자세히 밝혀지겠지. 조사해 보니까 오래됐긴 했지만 전과가 꽤 있더라고 이제는 개과천선하고 손을 씻은 줄 알았는데 그 버릇 어디 가겠어. 우리가 모르는 게 몇 건 더 있을지도 모르지. 다 털어놓으라고, 속이 시원하게……."

봄이 멀지 않았다.

늦겨울의 여린 해가 서쪽으로 지면서 어둠이 찾아오기 직전 짧은 순간 황혼녘이 찾아왔다. 형사가 수갑을 채웠고 경찰차에 태웠다. 경찰 호송차가 출발했다.

강물은 흐른다

강물은 흐른다

강물은 지금도 흐르고 앞으로도 영원히 흐를 것이다
— 워즈워스

　이브라함은 사하라 사막의 원주민인 투아레그족 청년이다. 사막에 가족을 남겨두고 지옥을 탈출하여 천신만고 끝에 프랑스로 온 것이다. 그는 마르세유에 와서 몇 년쯤 지나서야 그 여관에서 청소부로 자리 잡고 일하게 되었다. (정확하게 말하자면 1991년 봄이었다. 그가 프랑스에 온 지는 벌써 3년 반이 지났고 몇 년째 가뭄이 들어 폐허가 된 타만라세트의 고향 마을을 떠난 지는 5년쯤 되었을 때이다.) 알제리파 선배가 물려준 자리였다.

　이브라함은 밀입국자나 이주 노동자들, 알코올 중독자들이 주로 투숙하는 그 여관에서 장기 투숙하고 있던 늙고 고독한 사람을 어떤 운명처럼 만나게 되었다.

　그의 프랑스 이름은 그냥 자크라고 불렀다. 어린 시절 베트남에서 어머니가 불렀던 베트남 이름이 따로 있었다고 했다. 이브라힘은 그 당시 너무나 외로웠으니까…… 그와는 금방 친구가 될 수 있었다. 나중에 알게 되겠지만 오히려 스승이라고, 위대한 스승이라고 해야 될 것이다. 아니면 아버지였을지도 모른다.

하여간에 그는 전혀 까다롭지 않은 사람이었다.

그 노인은 키가 작으면서 깡말랐고, 그러나 얼굴은 주름살이 너무 많았으며 첫 전투 때 파편에 튀긴 흙먼지가 얼굴을 때리면서 생긴 안면경련이 있었다.

그는 매월 첫 주의 월요일이면 꼬박꼬박 한 달분 방세를 미리 지불하였기 때문에, 또 그가 점잖고 신사적이고 방을 깨끗하게 사용한다는 이유로, 평소 무덤덤한 여관 주인도 가끔 밤이면 온 여관을 울리는 그의 지독한 기침 소리에도 불구하고 그에 대하여 늘 칭찬을 아끼지 않았다. 그 돈은 그가 전쟁에 참전하여 서부전선의 뫼즈 강 전투에서 독일군과 싸웠기 때문에 프랑스 정부에서 주는 무슨 군인연금과 할머니에게서 유산으로 받은 약간의 신탁기금에서 매달 나오는 것이었다.

그는 매일 규칙적으로 모로코 출신의 늙은 여주인이 경영하는, 바다가 바라다보이는 생 장 요새 부근에 있는 제마엘프나 카페에 출근해서, 그러니까 아침 9시부터 오후 9시 경까지 (가끔은 일찍 또는 늦게까지) 창가의 테이블 하나를 차지하고 꼼짝달싹하지 않고 앉아있었다. 그는 언제나 그 여관에서 멀리 떨어져 있는 그 카페까지 걸어가서 그 자리만을 계속 지킬 뿐이었다.

무얼 생각하고 있는지? 어두운 기억 저편으로 사라져가는 잃어버린 세월을? 또는 장소들과 이미지들을?

참담한 전쟁의 기억? 뫼즈 강을? 독일의 수용소를? 투르빌이나 생라자르 역을? 죽음의 해안을? 탕헤르나 케이프타운? 아프리카를? (그는 도대체 아프리카에서 얼마 동안이나 있었을까? 아니면 헤매었는가? 어느 도시를? 밀림을? 사막을? 뭘 하면서?) 그리고 잠시 멈췄던 이곳저곳을? 강물을?

그리고 그 카페에서 수프와 전채 요리, 또는 메인 요리만 먹으며 간단한 식사를 하고 밤이 되면 치즈를 안주로 하여 싱글몰트위스키 몇 잔을 스트레이트로 들이켰다. 그러나 가끔 기분이 내키면 적포도주 한 병을 비우기도 했다. 잘 모르기는 하지만 그가 정기적으로 만나는 사람은 거의 없었고 무슨 사교 모임이나 클럽에 참석하는 일은 생각조차 할 수 없었다. 마르세유에서 연중 열리는 축제와 사육제에 참여하거나 음악회, 전시회, 극장에 가는 일도 없었다. 그는 삶의 경계선에서 안개처럼 부유했으니까 인간 혐오증과 인간에 대한 두려움 때문에 사람들과 지나치게 내밀한 관계를 맺고 싶어 하지 않았다. 그냥 가벼운 목례나 눈인사만 할 수 있는 관계를 원했다. 그러니간 이브라함만이 예외였다.

그가 훨씬 훗날에 그 날의 전투 상황을 자세히 이야기했었다. 그 해 (1940년) 이른 봄 그에게는 첫 전투의 경험이었다.

성능이 좋은 독일 전투기가 새하얀 은빛 궤적을 그리며 낮게

날면서 기관총을 난사하였고 그 흙먼지가 강하게 그의 얼굴을 때렸다. 그는 얼굴에 심한 통증이 왔고 몸이 아주 가벼워지는 것을 느끼면서 그대로 질척질척한 땅바닥 진창에 처박히고 말았다. 그때 운이 나쁘게도 얼굴이 주근깨로 덮여있던 알자스 출신 병사의 머리가 총탄에 맞아 사라졌고, 머리가 붙어있었던 목구멍에서 검붉은 피가 콸콸 넘쳐흘렀다. 곧 포탄이 분노한 듯 쉴 새 없이 날아들어 굉음을 내며 폭발하면서 아무 거리낌 없이 사람과 말들을 죽였다. 주위에는 신원을 파악할 수 있을 정도로 온전한 시신이 별로 없었다. 그리고 콩 볶는 듯한 독일군 소총 소리와 박격포 소리가 귓전을 때렸다.

그 해 초여름, 그때 전투는 미친 듯이 격렬하였지만 독일군에 일방적으로 유리하게 진행되었고 프랑스군은 지리멸렬하여 허둥대다 맥없이 패배하였다. 독일의 탱크들은 너무나 쉽게 마지노선을, 뫼즈 강을, 마른 강을, 센 강을 차례로 돌파해 버렸다. 그리고 철저히 유린된 후 점령되어 독일 군대라는 쇠사슬에 묶여있는 프랑스 그들은 옷깃에 은빛 배지가 번쩍이는 초록색 제복을 입고 반짝반짝 광이 빛나는 장화를 신었다. 번들거리는 붉은 얼굴은 말끔하게 면도를 하였다. 건장한 체구를 지닌 사내들이 히틀러 찬가를 휘파람으로 불어대고 제국군인 특유의 절도와 권위를 뽐내며 파리 거리를 활보했다.

그리고 페탱. 늙은이. 고집불통. 음험한 인간. 베르됭의 영웅이 돌아왔다. 페탱이여, 프랑스를 구하소서. 북부 점령지와 남부 자유지역. 패배와 배신, 배신자. 연대와 저항.

　자크가 말했었다. "그 해 5월의 마지막 전투 후, 나는 오랫동
안 일종의 히스테리 상태에 빠져있었던 거야. 더 이상 보고 싶
지 않았지. 심리적 실명에 빠져서 줄곧 눈을 뜨고 있으면서 이
세상에 대해 눈을 감아버린 거지. 세상이 흐릿하게나마 다시 보
이기 시작한 것은 수용소에서 한참이 지나서였어. 독일 군의관
이 심리 치료를 해주었거든. 그는 전쟁이란 다 그런 것이라고,
당연하게 여기라고, 그건 네 잘못이 아니라고 위로해 주었지.
그때 군의관이 치료제라고 몰래 갖다 주는 독한 술을 마셨지.
잊기 위해 마시고 또 마셨지. 눈은 돌아왔어. 술이 약이었던 거
야. 그는 날 그냥 타타르인 또는 동양인이라고 불렀어. 그는 아
시아 쪽에 거의 무한정 매력을 느끼고 전쟁이 끝나면 장기간
여행을 떠나고 싶어 했지. 몇 년쯤. '그건 내가 이 전쟁에서 살
아남아야만 가능하겠지만.' 그러나 그는 러시아 전선으로 전출
되어 갔고 스탈린그라드 전투에서 죽었어."

　그는 만날 독한 술에 취해 있었고, 가끔 콜록콜록 심하게 기
침을 하였으며, 때로는 혼자서 무언가 중얼거리기도 하였다. 그
래도 그에게서는 따뜻한 체온을 느낄 수 있었고 유일하게 사람
의 냄새가 났다.

　이브라함이 말했다.

　"그 시절에 그에게서 프랑스어도 정식으로 배우고…… 문명
세계에 대하여 다른 많은 것도 알게 되었지. 그는 소르본 대학

중퇴생이었거든. 강제징집 되었기 때문에 중퇴할 수밖에 없었다고 했어. 그는 처음에는 너무 외로운 나머지 말동무가 필요해서 나에게 프랑스어를 열심히 가르친 거야. 난 이미 알제 시절부터 조금씩 배우고 있었으니까 더욱 빠르게 터득하여 그를 기쁘게 해주었지. 그는 아시아계 유색인종이었으니까, 같은 유색인종인 나에게 일종의 동병상련의 감정을 느꼈을 거야.

그러나, 그는 그때, 터무니없게도 날품팔이에 불과한 나에게 책을 많이 읽으라고, 막무가내로 강요했어. 그것도 읽기 어려운 책을. 내가 말했었지. '그게 가능하기나 한가요 나는 아프리카에서 왔는데, 사막의 족속인 투아레그란 말이에요 아랍어 책도 그렇고 프랑스어 책도 그렇지요. 책이란 죄다 너무 어려워요 어렵게 시작해서 어렵게 끝나거든요.' 그가 말했었지. '글이란 기호이니까 이 세상의 암호문인 거야. 그러니 어려울 수밖에. 나에게도, 누구에게도 시인들도 자기 시를 잘 모르고 비평가들도 모르기는 마찬가지인 거야. 그렇지만 넌 읽어야만 하지. 그래야만 이 세상의 수수께끼를 알게 되고, 스스로 생각하는 법을, 스스로 선택하는 힘을 기를 수 있는 거야. 그리고, 증오가……… 아프리카인의 끓어오르는 증오가 완화될 수 있는 거야. 그러나 진실을 말해야겠지. 힘들게 가르쳐야만 할 진짜 이유가 있는 거야. 그건 나를 위한 거겠지. 신을 이해할 수 있는 말 상대가 필요하지. 지금까지 아무에게도 하지 못했던 말들이 있으니까. 말들이…… 죽기 전에 한 번쯤 쏟아낼 수 있어야 할 거야. 뭐 안 해도 상관없기는 하지만. 그걸 꼭…… 말할 필요가 있을까?

신은 이미 죽었다고, 또는 신은 존재하지 않는다고.'

세상에 아버지들은 다 똑같은 거야. 아버지는 모세인 거지. 계명이 많으니까. 그런 거야. 아들에게 늘 강요를 하지. 먼저 뭘 반드시 하라고, 공부하라고, 뭘 읽으라고, 신을 믿으라고 하지. 또는 뭘 하지 말라고, 술을 마시지 말라고, 신을 믿지 말라고 하지.

사실 나는 생전 처음 보는 그 문자와 그 신기한 지식에 너무 목말라 있었으니까, 강렬한 욕망이 있었으니까, 그리고 프랑스에서 살아가자면 반드시 알아야 했으니까. 그렇게 해서 많이 읽고, 또 읽고, 지식을 흡수했던 거야. 덕분에 책을 열심히 읽는 습관이 들었지."

매일, 조금씩 독서를 늘려가면서, 이브라힘은 처음으로 자신을 답답하게 조이고 있는 속박 같은 낡은 껍데기로부터 벗어날 수 있었고, 책을 읽을 때마다 이 세계에 대해 더욱더 많은 생각을 떠올렸고, 자신에 대해 더 많이 생각하고 이야기하는 방법을 터득하게 되었다.

자크가 말했었다.

"프랑스가 식민지 통치를 하였던 시절, 아직 전쟁이 발발하기 훨씬 전 일인데, 내가 어렸을 적에 베트남에서 프랑스로 건너온 지가 이미 60년이 넘었어. 그런데 베트남 언어는 까마득하게 잊어버렸지. 기억 속에 구멍이 뚫려서 빠져 달아나 버린 것이겠지. 아무래도 생각이 나질 않는 거야. 지금은 내 베트남 이름까지도 말이야. 한 번 가슴 속에서 지워져버린 고향에 대한 기억은 아무리 해도…… 결코 멈추지 않고 유유히 흐르던 강물 이 외에는 생각나는 게 아무것도 없지."

그는, 젊은 시절 프랑스 상사 회사의 사이공 지사에서 평직원으로 근무하였던 투르빌 출신의 아버지와 베트남 출신 어머니 사이에서 태어나서, 어린 시절을 메콩 강 하류 삼각주에 위치한 빈롱의 외갓집에서 8살 때까지 살았다.

그 후 투르빌로 갔다.

투르빌은 센 강이 지친 여행을 끝내고 영불 해협의 바다와 만나는 곳에 자리 잡고 있는 작은 항구 도시이다. 강 하구의 오른쪽에 투르빌이, 왼쪽에는 도빌이 있다. 그때는 파리 생라자르 역에서 기차로 서너 시간이면 도착할 수 있었다. 그는 베트남에서 프랑스로 건너온 직후 투르빌 외곽 어촌에 있는 할머니 집에 맡겨져 몇 년간을 산 일이 있었다. 그곳은 햇볕이 은은하고 강렬하였다. 그 햇빛은 인상파 그림에서나 볼 수 있는 빛깔들을 쏟아냈다. 그리고 은빛 파도가 햇빛에 유난히 번쩍거리는 바다가 아름다웠다. 밀물 때면 고물에 삼각돛을 단 작은 어선들이 통통거리며 텅 비어있는 긴 해안선을 뒤로 하고 바다로 나갔다.

할머니는 억세게 일했다. 투르빌의 부두 어시장에 길게 늘어선 생선 좌판에서 어부들이 갓 잡아온 펄떡이는 생선을 팔았다. 할머니 몸에는 생선 냄새가 짙게 배어 있었다. 그러나 외로운 할머니는 손자에게 한없이 인자했다. 투르빌에서의 어린 시절은 할머니가 있었기 때문에 참으로 행복했다. 지금 돌이켜보면 그 시절이 그의 생에서 최고의 나날들이었다. 그가 투르빌의 기차역에서 기차에 오를 때 할머니와 자크는 헤어지기 싫어서 손을 잡고 오랫동안 눈물을 뚝뚝 흘렸다.

그는 그 후 가난한 노동자 계급의 자식들과 버림받은 아이들, 사생아들이 주로 가는 파리 근교의 기숙학교에 입학하기 위해 아버지 집으로 가야 했다. 그때 아버지는 남부 벨기에 출신의 여자와 결혼하였고 파리의 본사에서 근무하고 있었다. (그때 이후, 그를 자식으로 인정하지 않고 내팽개치다시피 했던 아버지와는 그나마 인연이 완전히 끊겼다.) 그는 가톨릭 신부들이 운영하는 반군대식 기숙학교에서 6년 동안 기숙사 생활을 하였다.

"너는 말이지…… 아시아계 혼혈아가 프랑스 육군에서 군대 생활을 하는 것이 어떤 것인지 상상도 못할 거야. 다른 사병들과는 한 식탁에 앉지도 못하였지. 군대에서도 여전히 유색인종에 대한 인종차별이 심했어…… 유럽에는 유색인종에 대한 뿌리 깊은 멸시가……. 오랫동안, 아마 중세의 십자군 전쟁 때부터 존재하였을 거야. 지금도 그렇고 나치는 그래도 유대인을 불량 인간으로 인정하고 대량 살육을 감행하였지만 아시아 사람은 아예 원숭이 취급을 했어.

나의 인생에서는 두 사람의 정신적 지주가 있었던 거야. 모두 할머니들이지. 나의 어머니의 어머니인 베트남의 외할머니와 내 아버지의 어머니인 투르빌의 할머니. 그러나 난 미혼모에게서 태어났지. 내가 사이공 항구에서 마르세유 행 배에 오를 때 할머니가 오랫동안 손을 흔들어주었거든. 할머니의 가냘픈 손만은 언제든지 기억할 수 있지. 그리고 내가 기숙학교에 입학하기 위해 투르빌 역에서 기차에 오를 때 할머니는 내 손을 잡고 말했었지. '두려워해서는 안 되는 거야. 세상은 무섭지 않단다. 그러니까, 절대로…… 넌 너무 여리니까. 내가 널 위해서 밤마다 여호와 주님께 기도를 할 거니까. 주님께서 돌봐주실 거야.'

하지만 내가 전쟁이 끝난 후 투르빌에 갔을 때 할머니는 공동묘지에 계셨어. 1944년 6월의 노르망디 상륙작전 당시 심한 폭격에 충격을 받고 돌아가셨던 거야. 나의 유일한 안식처였던 할머니가 돌아가신 것을 안 때로부터 나는 다시 완전히 무너져 내렸지. 가까스로 버틸 수 있었는데, 전쟁은 모든 걸 산산조각으로 만들어 버린 거지.

공기 중의 먼지처럼 바람에 날려서 부유했던 거야. 모든 게 희미했으니까 나는 늘 내가 지금 혹시 꿈을 꾸고 있는 것은 아닌지, 스스로에게 묻곤 했었지. 그러나 모든 곳이 잠시 동안 머무르기만 하면 충분했지. 어차피 그곳에는 아는 사람이 아무도 없었으니까, 내가 전화라도 걸어볼 만한 사람은 없었으니까, 그 무엇이라도 진지하게 나를 붙잡는 게 하나도 없었으니까. 나는 가끔 누가 내게 말을 건네주었으면 하고 간절히 바라기도 했었지. 그러고 나서 나는 미련 없이 또 다른 도피처로 떠났던 거야. 항상 수배자가 되어 도망치는 기분이었어. 나는 아프리카 끝까지, 죽음의 해안인 세인트헬레나 만까지 내려갔지. 모로코의 탕헤르에서 거기까지 가는데 십 년이 넘게 걸렸지만. 그러나 그곳에서 죽지는 못했어. 하지만 어쩐 일인지 아시아 쪽으로는 가고 싶지 않았지. 무척 망설이다가 끝내 가질 않았던 거야. 케이프타운에서 싱가포르로 가는 배에 승선했다가 출발 직전 결국 내리고 말았지. 싱가포르와 사이공은 매우 가깝거든. 그래서 두려웠던 거야.

그렇지…… 지독한 방랑자처럼 정처 없이 이곳저곳을 떠돌아다녔지. 나는 결코 그 어느 곳에도 도달하지 못하였거든. 나는 이렇게 늙어가고 있으면서도 아직 진정한 삶을 살아보지 못했고, 모든 장소를 그저 잠깐 스쳐 지나가는 어설픈 나그네라는 생각이 들지. 어쨌거나 마지막이 마르세유였어. 그래도 이곳에서 꽤 오랫동안 정착했던 것 같아. 몇 년 동안이나. 그 뚜렷한 이유는 잘 모르겠어. 남쪽에 있는 항구이기 때문일까. 그 방이 편안했기 때문일까. 하여간에 그 방에서는 오랜 불면증에서 벗어나 잠을 잘 수 있었지. 전쟁이 끝난 후 처음으로 맛보는 틀에 박힌 삶 때문일지도 모르지. 틀림없이 나이가 들었지. 늙으면 어쩔 수 없는 거지. 지금 생각해보니 그때 파리를 떠나면서부터 계속해서 북쪽이 아니라 남쪽으로 내려갔던 거야. 파리를 떠날 때 멀리 더 멀리 남쪽 해안 쪽으로 가고 싶었거든. 남쪽이란 말은 언제나 나에게 감동을 주는 거야."

그를 알고 나서 일 년쯤이나 이 년쯤, 아니면 삼 년쯤 지났을까. 비가 추적추적 끈질기게 내리는 어느 봄날 초저녁에 이브라함이 그의 방에 갔을 때 자크가 술에 반쯤 취한 채로 무언가 중얼거리다가 불쑥 말하였다.

그의 기억 속에는 그 전쟁이 남긴 깊은 고통의 흔적이 여전히 남아있다. 그는 그의 의지와 관계없이 전쟁에 휘말렸다. 그는 평생 동안 그 전쟁이 남긴 공포로부터 벗어날 수 없었을까? 그때는 그가 인생에서 가장 예민하고 상처받기 쉬운 시기였다. 그는 그 당시 바칼로레아에 합격하고 대학에서 문학을 전공할 때였다. 그는 문학 서적을 전문으로 하는 인쇄소에서 파트타임으로 교정보는 일을 하면서 생라자르 역 근처 호텔의 레스토랑에서 열리는 문학 모임에 자주 갔었다.

생라자르 역에서 출발한 기차들은 노르망디 쪽 지방행이거나 파리 근교 교외 지역으로 떠났다. 그러나 역 부근의 이 지역은 파리에서 하층민이 가장 많이 모여 사는 동네였고 그 모임에는 그 지역 무명의 가난한 시인과 비평가들, 연극이나 독립영화 제작에 관계하는 제작자나 감독들이 모여서 밤늦게까지 독한 럼주를 마시며 자작시를 낭독하고 토론도 하였다. 자크 역시 프랑스 현대문학에 심취해서 매일 같이 (공식적으로 발표하지도 못할) 시들을 끄적이고 있었고, 가끔 그의 차례가 오면 그 시들을 낭독하기도 했다. (그러나 그 모임은 곧 사라졌다. 독일군이 파리를 점령하고 나서 1940년 6월 휴전이 되었을 무렵 그 레스토랑은 독일군의 선전부대인 프로파간다 슈타펠에 징발되었을 뿐만 아니라 그때 모였던 사람은 군에 입대하거나 일부는 남쪽으로 떠났기 때문이다.)

지금 돌이켜 보면 전쟁이 일어나기 전 그 시절은 그의 인생에 있어서 행복하지도 그렇다고 불행하지도 않았던 그런대로 무난했던 시절이었다.

그때 자크는 그 모임에서 그녀를 만났다. 그녀는 우아한 모습의 반쯤 잿빛이 도는 금발이었고 러시아식 억양으로 프랑스어를 말했다. 그 해 가을, 플라타너스 나무의 낙엽이 떨어져 바람에 날리는, 멀리 센 강에서 피어오른 밤안개와 축축한 냉기가 퍼져있는 그 동네의 완만하게 경사진 언덕길을 그녀의 그 길고 섬세한 손가락들이 꼼지락거리는 손을 잡고 걸으며 끊임없이 속삭였고 마침내는 그녀의 아파트 문 앞에서 헤어져야 했다. 그때마다 그는 그녀를 껴안고 키스를 하고 싶다는 미친 듯한 욕망에 시달렸다.

그가 서부전선으로 떠나는 군용열차에, 지옥행 열차에 올라탔을 때 (그때는 아직 폭풍전야의 고요함 같은 시기, 앉아서 하는 전쟁 혹은 가짜 전쟁의 시기였다.) 출발을 알리는 파리 리용역 역무원의 요란한 호루라기 소리가 아직도 귀에 생생하다.

그리고 그 해 5월, 아르덴 숲 남쪽의 뫼즈 강 전선에서 있었던 마지막 전투. 독일군 장거리 곡사포의 포탄이 작렬할 때의 그 고막을 찢는 듯한 폭발음, 독일의 급강하 폭격기인 융커스 Ju 87이 퍼붓는 230킬로그램짜리 대형 폭탄이 폭발하는 소리, 박격포 소리, 히틀러의 전기톱이라고 불리던 MG42 기관총의 독특한 발사음, 막대 수류탄이 터지는 소리, 독일군 팬저 기갑부대의 탱크가 내는 소름끼치는 굉음, 비명, 신음, 고함, 욕설, 분노와 공포의 절규, 기도 소리, 아우성 등이 살아있는 동안 내내 귀에 생생하였던 것이다.

마을은 텅 비어있다. 집들은 폭격으로 거의 부서졌고 마을 사람들은 철수했다. 어른들은 등에 봇짐을 지고 손수레와 유모차에는 갓난애들과 자질구레한 살림살이를 싣고 정처 없이 남쪽으로 떠났다. 보병 연대가 주둔하면서부터 친숙해졌던 숲과 언덕, 작은 강들이 잠시 정적에 휩싸여 평화롭다. 태양이 비스듬히 지고 있다. 어스름한 저녁이 다가온다. 차갑고 날카로운 바람이 봄꽃들이 만발해 있고 자작나무들이 우거져있는 들판을 지나간다. 그 바람이 모든 희망과 절망, 부질없는 상상마저 죽은 나뭇잎인 것처럼 모두 허공으로 날려 보낸다. 간헐적으로 조명탄이 터지며 빛이 펼쳐진다. 철모들이 희미한 달빛에 반사되어 빛나고 있다.

그들은 고립되어 있다. 그곳에 있는 모든 군인들은 프랑스가 이 전쟁에서 패배할 것이라는 것을 자명한 사실로 받아들이고 있었다. 며칠 전부터 독일 장거리 곡사포는 저 멀리 그 모습을 숨긴 채 집중포화를 퍼붓고, 급강하 폭격기가 아무런 제지도 받지 않고 심심풀이로 아군 진지에 폭탄을 투하한다. 탱크의 굉음이 점점 가까이에서 들려오고 있다.

그는 단념했다. 그를 오랫동안 짓눌렀던 무서운 공포심과 불안감은 그 순간 사라졌다. 그는 울지 않는다. '곧, 날이 밝자마자 독일 보병 부대가 마지막으로 결정적인 일격을 가하겠지. 그러면, 부대는 살아남을 수 없을 거야. 우리는 무사히 빠져나갈 수 없을 것이다. 풍비박산이 되겠지. 공동묘지가 기다리고 있는 거지. 거기가 나의 마지막 안식처가 될 거거든. — 자크 장 프

랑수아. 21세. 베트남 빈롱 출신. 29보병연대 소속. 1940년 5월 31일 사망.'

그의 눈은 며칠째 잠을 자지 못해 붉게 충혈되어 있고, 안면 경련이 심하게 일어나고 손등에는 생채기가 나서 피가 흐르고 있다. 그는 기진맥진하고 허기가 져 몽롱하다. 그제 저녁부터 꼬박 이틀 동안 아무것도 먹지 못했다. 수통에 물도 거의 바닥이 났다. 모든 게 안개처럼 흐릿할 뿐이다. 그는 생각했다. '나는 프랑스에서 어차피 잉여 인간으로 살아야 했으니. 프랑스는 날 받아 준 적이 없었다. 나는 언제나 이방인 아니면 아시아에서 온 뜨내기 여행자에 불과했다. 인종적 차별을 뚫고 나아갈 수 없었다. 그랬으니 미래에 대한 확고한 계획이 있을 리 없었다. 시나 평론, 서평 같은 글을 쓰겠다는 막연한 희망 이외에는.'

그리고, 빈롱에서 눈물을 훔치던 어머니가, 등이 굽은 할머니가, 티베트 분지에서부터 꿈길처럼 아득하게 흘러 흘러서 마침내 강의 하구 삼각주에 다다른 메콩 강의 유장한 강물이, 투르빌과 생선 냄새에 찌든 할머니가, 마지막으로 원고들 뭉치가 연거푸 파노라마처럼 지나갔다.

자크는 그때, 격렬한 마지막 전투가 벌어지기 바로 직전 그 참을 수 없을 만큼 긴장된 순간에 생각했다.

'그러나 이 순간 추억이 무슨 소용이 있겠는가. 아무것도 아니야. 그래, 그런 거야. 나는 이미 죽은 거다. 그러나 나는 아무도 죽일 수 없는 거다. 나는 인간을 향해 총을 쏘지 않을 거고 수류탄도 던지지 않을 거야. 그건 정말 불가능한 일이야. 그건 엄중하고 치명적인 대죄이니까. 지금은 이 지상에서 최후의 평화스런 순간이지. 마지막 순간이 될 거야. 그런 거지 뭐.'

그해 5월의 뫼즈 강 전투 때 부대는 괴멸되었는데 나는 어떻게 살아남을 수 있었는가? (사실 그 전투에서 죽기를 바랐는데 말이다. 자신은 살아서 인간의 삶을 누릴 특권이 없는데. 다른 동료 병사들이 자신 때문에 죽었다는 죄책감을 느꼈다. 죄인이 된 심정이었다.)

독일 드레스덴 수용소에서 5년간의 혹독한 포로생활을 추억처럼 회상할 수 있을까? 드레스덴 교외에 있는 시멘트 벽돌로 지은 돼지우리에서 아프리카인 포로들과 지낸 세월을. 1945년 2월 13일 드레스덴의 대학살을. 그날 수용소를 엄습했던 공습경보 사이렌을. 날아다니는 화려한 불꽃과 화재폭풍을. 연옥. 지옥. 그때 중년 여자가 계속해서 춤을 췄다. 그리고 울부짖었다. '우리 집 잘도 탄다! 잘도 탄다!'

그러나 전쟁이 끝나갈 막바지 무렵에는 포로수용소에 있던 유색인종 포로들은 대부분 굶주림과 학대, 폭격으로 죽고 없었다.

1945년 5월 독일의 패망으로 전쟁이 끝났다. 그는 자유의 몸이 되었다. 수년 동안의 해묵은 피로와 분노와 공포 때문에 몹시 지쳐있다. 영양실조로 아래 이가 세 개인가 네 개가 빠져있었고 넝마를 두른 몸은 막대기처럼 마른 채로 자주 심하게 구역질을 하고 기침을 콜록거렸다.

그는 언제나 혼자였다. 여자도 친구도 없었다. 집도 없었고 고향도 없었다. 그러므로 집에 대한 향수는 애당초부터 없었다. 전쟁은 끝났지만 어디로 간단 말인가. 다만 그의 머릿속에서는 할머니에게 가야 한다는 생각뿐이었다. 그러려면 파리에서 투르빌로 가야 한다. 우선 파리로 가야 했다.

석방된 포로들을 태운 파리행 화물 열차는 천천히 출발했다. 기차는 끊임없이 덜커덕거리며 느릿느릿 달렸고 간혹 간이역에 멈춰서서 진이 빠질 정도로 오랫동안 정차했다. 기차가 다시 출발하면서 야간 폭격으로 파괴되어 폐허가 된 창고들과 작업장을 지나고 한적한 농촌의 비옥한 밭과 외딴 농장과 짙푸른 숲과 호수와 계곡들을 지나쳤다. 그는 장엄하게 펼쳐지는 독일 동부지방의 풍경을 뚫어지게 바라본다.

그는 프랑스로 돌아왔다.

프랑스에서 1940년 6월은 악몽의 계절, 잔인한 계절이었지만 1945년 6월은 승리의 계절, 빛나는 계절이었다. 전쟁에 지친 남루한 차림의 사람들이 거리로 쏟아져 나왔다. 그는 리옹 역에서 기차에서 내릴 때 오랫동안 병석에서 누워 있다가 완쾌되어 퇴원하는 환자처럼 가뿐한 느낌이 들었다.

그러나 그는 다시 되돌아본다. 내가 왜 살아남아 있는가? 나는 살육으로 얼룩진 그날의 전투에서 내가 살아남은 사실을 도저히 이해할 수 없다. 신의 가호 혹은 운명의 장난? 나는 그 위대한 유일신에게 전쟁 전에는 너무 두려워 그 이름조차 부를 수 없었는데, 전선에서는 처음에는 욕설을 퍼붓고 저주하였는데, 그리고 마침내 버렸는데…… 그 참혹한 전쟁의 기억들이 저절로 지워질 수 있을까? 나는 전쟁이 남긴 상처를 마침내 치유하고 보통 사람들이 누리는 일상적인 삶 속으로 그럭저럭 복귀할 수 있을 것인가? 내가 지금 안식처 또는 피난처를? 지금 나의 인생행로를 어떻게 예단할 수 있겠는가?

하지만 세월이 흐를수록 오히려 모든 장면들이 더욱 또렷해졌다. 매캐한 화약 냄새와 살과 뼈가 타는 냄새, 죽음의 악취가 항상 코끝에 맴돌았다. 한 달에도 몇 번씩 그 끔찍한 전투장면들이 꿈속에 나타났다.

부대의 괴멸과 항복.

그 부대는 완전히 와해되었다. 항복 아니면, 그 직전에 탈출만이 차선의 방법으로 여겨졌다. 그때는 사병들에게 가혹했던 가학적인 특무상사가 앞장을 섰고 자신의 안위에 골몰하는 거들먹거리는 몇몇 장교들이 뒤따랐다. 그들은 탈출을 아주 가볍게 여긴 듯하다. 그래서 겨우 살아남은 일부는 뫼즈 강을 따라 남쪽으로 탈출하였지만 나머지는 항복했었다. 종전 후에 밝혀진 사실이지만 그때 탈출했던 장교와 병사들 전원은 랑그르 근처 뫼즈 강 지류에서 독일군 수색부대에 의해 사살되었다.

(그는 1940년 6월 휴전협정 조인 직전에 포로로 잡혀있기 때문에) 부대원 100여명과 함께 독일로 강제 이송되었다. 그러나 5년 동안 포로수용소 생활의 쓰라린 경험이 그를 평생 동안 짓눌렀다. 역시 인종차별, 아시아의 원숭이. 가혹한 강제 노동, 배고픔, 수면 부족, 추위, 폭력과 학대, 만행.

그는 종전 후 프랑스로 돌아왔지만 결혼도 할 수 없었고 변변한 직업도 가질 수 없었다. 그렇다고 베트남으로 돌아갈 수도 없었다. 그때는 프랑스와 베트남이 한창 전쟁을 하고 있었기 때문이다. 그는 스스로 반은 베트남 사람이고 나머지 반은 정확히 프랑스 사람이라고 믿고 있었다.

그의 방은 3층 남쪽 코너에 있는 작은 방이다. 자기 방. 영혼이 안식을 취하는 방. 어머니의 자궁, 요나가 머물렀던 고래의 배 속, 튀빙겐 탑 속 지하에 있는 횔덜린의 방 같은 어둠침침한 작은 방. 그 방은 수도승의 방과 같다. 그가 알코올 의존증임에도 불구하고 얼룩이나 티끌 하나 보이지 않을 만큼 스스로 정돈하기 때문에 지나치게 깨끗하였다. 한쪽 구석에는 항상 깔끔하게 정리된 일인용 침대, 반대 구석에는 간이 주방이 있고, 원고 뭉치와 무엇인지 깨알같이 쓴 노트, 초고와 최종 원고, 메모, 편지 등이 가득 들어있는 두 개의 나무 상자가 탁자 옆에 가지런히 놓여있다. 그리고 벽면에 붙은 선반에는 작은 위스키 술병들과 여러 종류의 약병과 함께 주로 문학과 철학에 관한 손때 묻은 수십 권의 책들이 차곡차곡 쌓여 있다. 그래서 그 작은 공간은 너무 비좁았지만 한없이 아늑하였다.

물론 그 책들은 몇 권의 중세 이탈리아어로 된 필사본과 그리스어 책을 빼면 희귀한 판본들이 아니다. 흔하디흔한 보급판 문고본에 불과했다. 그러나 그가 그 책들을 지금 읽고 있는 것 같지는 않았다. 다만 늘 무언가를 골똘히 생각하고 있었다.

그가 언젠가 말했었다. "그 전쟁 이후 더는 한 줄도 책을 읽지 않았어. 단 한 줄도. 난 어차피 외톨이여서 닥치는 대로 읽는 책 벌레였는데 말이지. 그만 독서의 즐거움을 잃고 말았지. 그러나 삶의 소금이고 삶의 유일한 빛이었던 것, 손때 묻은 것을 그냥 버리지는 못하였지. 나에게는 어떤 종류이든 책은 성서인 거야. 그래서 이 방은 지성소인 거지. 책을 버린다는 것은, 또는 헌책방에 팔아버리는 것은 어쩐지 옳지 않은 일로 여겨졌던 거야."

하지만 누렇게 바랜 흰색 벽면에는 아무것도 걸려있지도 붙어있지도 않았다. 거기에 그가 좋아하는 반 고흐의 복제한 그림 몇 점이나 가족사진, 투르빌의 자연 풍경 사진, 할머니의 초상화 등이 걸려있어야 하지 않을까.

그날은 하루 종일 지중해 쪽 먼 바다에서부터 계절풍이 불어왔다. 작은 창문을 통해서 석양의 여린 빛이 여과되어 비스듬히 들어온다. 그러나 검은 구름이 창문에 그늘을 드리우며 구 항구의 바다 쪽으로 떠나가고 있었다. 이내 밤이 찾아왔다. 그리고 가는 빗줄기가 지붕을 때리는 소리를 들었다. 그들은 도시의 소음을 잠재우며 규칙적으로 떨어지는 빗소리를 듣는 것이 좋았다.

이브라함이 말했다.

"그가 만날 날 붙잡고 잔소리를 하였지. 꼭, 우리 아버지처럼…… '나처럼 알코올 중독이 되고 싶으면 얼마든지 마셔도 괜찮을 거야'라고 말했지. 절대 술을 입에 대지 말라고…… 자신은 어쩔 수 없이 마실 수밖에 없다고 하였어. 도대체 아무런 희망이 없다고 하였어. 그는 한때 모든 것을 망각하기 위해, 필름이 완전히 끊기고 아무것도 기억하지 못해 통제 불능의 상태, 완전히 미쳐버리거나 알코올성 발작을 일으켜 차라리 정신병원에 입원키 위해 마구 들이켰지만, 그때마다 도대체 정신이 말짱하였다고 하였어. 그러나 그는 언제부터인가 술을 줄이기 시작했지. 옛날에 비하면 많이 줄이고 절제를 하였던 거야. 하지만 완전히 끊지는 못하였지. 어떻게 그게 가능하겠어. 술은 일종의 신경안정제였으니깐.

나 역시 생활이 안정돼 가면서 그의 충고에 따라 술을 점차 줄일 수 있었지. 그렇지, 완전히 끊는 것은 불가능했지만 줄이기는 했지. 그런데 그놈의 술 때문에 알제 시절에도 형과는 무척이나 말다툼을 했거든. 형은 지독한 이슬람 근본주의자인 거야.

하여간에…… 지금까지 나의 유일한 스승이었어. 나를 자기 운명의 주인으로 깨닫게 해주었고, 현재의 순간을 온전히 음미할 수 있도록 이끌어 주었지. 그 현자는 나의 내면에 웅크리고 있는 깊은 마음의 상처를 스스로의 힘으로 치유할 수 있는 방법을 가르쳐준 거야."

자크는 그때 이브라함이 어려운 책들을 읽을 수 있게 정성껏 도와주었다. 그는 어려운 단어와 문장을 쉽게 설명해 주었던 것이다. 이브라함은 그 무렵 말라르메, 베를렌, 아폴리네르, 플로베르, 프루스트, 카뮈, 모디아노, 클레지오를 읽었다. 특히 카뮈의 책을 많이 읽었다. 그는 몇 년 동안 무서운 집중력을 가지고 소설을, 시를, 다른 책들을 무더기로 읽었다. 아무리 읽어도 반의 반쯤밖에 이해하지 못하였지만. 하지만 다른 사람들보다, 그당시 프랑스의 정형화된 얼치기 대학생들보다도 더 많이 읽었고, 그들보다 인생 경험이 훨씬 풍부하였다. 그러나 정작 그 자신은 그런 사실을 알지 못했다.

그는 언제든지 이브라함을 반갑게 맞아 주었다. 그리고 무슨 이야기든지 기꺼이 들어준다. 그래서 시간 나는 대로 자크와 함께 에스프레소를 또는 가끔 맥주를 마시면서 끊임없이 이야기를 나누었다. (이브라함은 자크에게 언제든지 기댈 수 있었다. 그가 아버지 역할을 자임하였으니까. 아버지에 대한 어떤 갈망을 충족시켜주는 사람. 저 세상으로 간 아버지를 대신하는 아버지.) 그러나 주로 밤 시간에 만날 수밖에 없었다. 이브라함은 낮이면 무슨 일이든지 일을 해야 했으니까.

가끔 그들은 신의 존재와 인간의 영혼에 대해서 토론을 하였다. 그때는 이브라함은 듣는 쪽이었다. 그들은 어떤 날은 토론에 몰입한 나머지 밤을 꼬박 새면서까지 많은 이야기를 나눴다. 그는 영혼의 불멸성에 대하여 말했고, 육체의 죽음은 무의미하다고 말했으며, 또한 영혼의 불멸과는 차원이 다른 불교의 윤회와 환생, 수레바퀴에 대해 설명했다. 그는 전쟁 전에는, 불교 국가인 베트남에서 할머니를 따라 먼 거리를 걸어서 천주교 성당을 다녔던 아주 어린 시절부터 열렬한 예수 그리스도 숭배자이었지만, 투르빌에서도 할머니의 손을 잡고 교회를 열심히 다녔지만 (그의 할머니들은 오직 하나님밖에 몰랐으니까 참으로 진정한 기독교도이었다), 그 지독한 기숙학교 시절에도 한 번도 신을 의심해 본 적이 없었지만, 전쟁 중에 그 신을 버릴 수밖에 없었다고 고백하였다.

"그 참혹한 전쟁을 겪으면서 말이야…… 그 무익한 전쟁은 피와 고함소리 속에서 모든 것을 망가뜨렸지. 인간의 삶, 사랑, 고뇌, 영혼, 죄악까지도 완전히 파괴해 버렸고, 마침내 신의 존재까지……"

이번에는 스카치위스키 몇 잔을 스트레이트로 들이키고 나서 약간 취했고 목구멍에서 감정이 실려 있지 않아 높고 낮은 목소리가 복잡하게 얽혀있지 않은 탁하고 부드러운 소리가 흘러나왔다. 그는 치밀어 올라오는 가래를 꿀꺽 삼켰다.

그가 계속해서 말하였다. "미래의 불확실성과 절망의 늪에 빠진 인간들이 할 수 있는 일이 무어가 있겠어. 자신이 믿는 신께 애타게 구원을 찾는 거겠지. 나는 히믈러가 '나는 하위 종족인 모든 유대인들을 지구상에서 멸절시키겠다는 결정을 내렸다.'라고 선언했을 때, 그리고 유대인들이 죽음의 강제수용소에서 곧 죽을 운명이라는 것을 깨달았을 때 그들의 위대한 신 야훼를 찾았는지, 지금도 궁금하지.

그녀는 러시아에서 이주해온 러시아계 유대인이었어.

유대인들은 그들의 신 때문에 그 비극적 고통을 당한 거지. 바로 그 신 때문에. 신은 유대인이 불경하다는 이유 때문인지 유대인들에게 재앙을 내려 큰 고통을 준 것 같지만…… 유대인들이 어떻게든지 그렇게 행동하도록 조종한 건 바로 그 신이었어. 자신의 힘과 능력을 과시하기 위해서 말이야. 그 신은 위선자이고 허영심이 강하고 자만심이 가득한 거야.

지금 어쩐지 그녀의 이름을 부르고 싶지는 않고만. 가슴이 먹먹해질 거니까. 그냥 M이라고 하겠어. M은 전쟁 초기 돈을 주고 신분 세탁을 해서 그 당시 유대인 문제 전담 경찰들의 추적을 따돌렸지만…… 1942년 봄에 생라자르 역 대합실에서 그녀를 미행했던 자들에게 잡히고 말았어. 사실은 그 모임의 누가 밀고를 한 거였어. 독일군의 파리 점령 후 친독의용대의 대원이 된 자칭 초현실주의 시인이 말이야. 그 인간은 그 시절 그녀를 보살펴준다는 핑계로 그녀의 아파트를 번질나게 들락거렸고 몇 번씩이나 짓밟고 그것도 모자라서 회유와 협박을 해서 가지고 있던 얼마간의 돈과 금붙이를 갈취하고 나서 그들의 ss나부랭이에게 불어버렸던 거야. 합스부르크 제국의 귀족 출신 행세를 하였던 허풍쟁이였으니까 무슨 공명심 때문이었을 거야. 그자는 종전 후 체포되기 직전 자살하였지. 하지만 그녀는 유대인 임시 수용소를 걸쳐 결국 아우슈비츠로 이송되었어."

그녀와의 관계는 매우 고통스러웠다. 그는 난생 처음 열정적으로 사랑에 빠졌다. 하지만 자신의 감정을 솔직하게 고백할 용기는 없었다. 그녀는 아름다운 백인 여성이었고 자신은 아시아계 유색 인종이라는 자괴감 때문이었다. 그러나 그녀는 죽었다. 1943년 1월 24일 눈이 내리는 추운 겨울날 아침. 파리 로맹빌.

프랑스 각지에서 체포되어 원래 가축 수송열차였던 '31000번' 기차에 실려 아우슈비츠로 끌려간 여성 230명 중에 그녀가 끼어있었고 29개월 간의 수용소 생활이 끝나고 살아 돌아온 49명 중에 그녀는 끼어있지 않았다.

폴란드 오시비엥침.

아우슈비츠 절멸 수용소 Kz Auschwitz. 세계의 항문 Auus Mundi. 가스실과 소각로를 갖춘 대규모 학살 공장.

최종 해결책. 특별 처리. 치클론 B 가스 일산화탄소

Schutz Staffel (SS)

Arbeit Macht Frei (노동이 자유케 하리라)

아우슈비츠는 폭력적이고 비열했다. 그러므로 삶의 의욕은 사라졌고 삶의 목적을 잃은 채 다가오는 죽음을 향해 체념했다. 아우슈비츠에서 사람들은 죽지 않았다. 다만 가스실에서 시체들이 대량으로 생산되었을 뿐이다.

"나는 그때 아우슈비츠에서 유대인들이 다 죽었다고 생각했으니까 그녀는 유대인의 최후 세대가 되는 줄로 알았었지. 내가 파리로 돌아온 후 제일 먼저 그녀를 수소문하던 중에 그 사실을 알게 되었던 거야. 그 후 나는 파리를 떠났고 다시는 파리에 돌아가지 않았지."

"그런데, 신의 구원이란 게 인간의 죽음과 관계가 있어. 인간이 언제, 어떻게 죽을지를 결정하는 것은 신의 몫이거든. 그때 우리 쪽도 적들도 같은 신을 믿고 있었으니까 같은 신을 향해 서로 울부짖었어. '주님이시여, 여호와여, 저의 영혼을 구하여주소서. 영혼을 죽음에서 구하여주소서. 불의 세계를 퍼부어 주세요. 어서 빨리 불을 내리소서. 저들을 죽게 하소서. 몰살시켜 주세요. 저들이 죽어야만 제가 살 수 있습니다. 주님이시여, 예수 그리스도여 구해주세요. 오, 저를 죽음의 구렁텅이에서 구해주소서.'

그러나, 하나님인들 어떻게 할 수 있었겠어. 그때 신은 기가 막혀서 죽을 수밖에 없었어. 그랬으니 하나님의 목소리는 결코 들리지 않았어. 그들도 못 들었을 거야. 나는 그때 신은 존재하지 않는다고 확신을 하게 되었지. 미망과 환상에서 깨어난 거였어. 그 후 더 이상 어떠한 형식이든 기도를 하지 않았지. 그랬더니, 오히려 마음에 평화가 찾아왔어. 이 무의미한 전쟁에서 죽어도 상관없다는 생각이 들었지. 삶에 대한 집착이 신에 집착하게 된 동기인 것을 마침내 깨달은 거였어.

지금은 참으로 기적의 시대이거든. 반세기 동안이나 유럽에서 전쟁이 일어나지 않았단 말이지. 왜 그런지 그 이유를 알겠어? 지난 전쟁에서 신이 죽었으니까 이제야 평화가 찾아온 거야. 그러니까 1차 전쟁에서 신은 상당한 내상을 입었지만 그렇게 심각하지는 않아서 죽지는 않았는데 2차 전쟁에서 확실하게 죽은 거지. 2차 전쟁은 신을 확실하게 죽이기 위해 확인 사살까지 하였던 거야. 그러나 알라신은 지난 전쟁에 참전하지 아니하였으니까 아직 살아있을지도 모르겠어. 하지만 네가 알라신께 구원을 요청할 필요가 있을까? 그 신은 너에게 전혀 도움이 되지 않을 텐데. 이슬람의 천국은 널 기다리지 않을 거야. 처음부터 천국이 없었거나 아니면 이미 망가졌겠지. 네 아버지가 그 고난을 겪고 죽으면서 신을 버리지 않았는지 궁금하구나?"

그러고 보니, 새삼스럽게 살펴보았지만 방안에는 그가 성서라고 지칭한 소중한 책들 이외에는 작은 십자가나 성모상 같은 성물, 성경책, 개인적인 토템 등이 하나도 보이지 않았다. 성당이건 교회이건 간에 그런 곳에 다니는 흔적이 없었던 것이다.

그때, 새벽의 여명이 검은 밤의 여운과 함께 작은 창을 통해 스며들었다. 밤이 흐트러지고 있다. 새벽 공기가 냉랭하고, 눅진하다. 검고 하얀 포석이 깔린 뒷골목의 눈에 익은 거리 풍경이 밤의 어둠과 정적, 추상적 분위기에서 풀려나면서 제 모습을 드러냈다. 그것이 안도감을 안겨준다. 그 밤은 명철한 예지가 빛나고 추상적 개념과 의미가 충만한 밤이었다.

이브라함이 말했다.

"나는 한동안 자크의 방에 들어갈 수가 없었던 거야. 아침에 깨어나면서부터 오늘은 꼭 들러야 한다고 다짐을 했으면서도 그게 몇 개월이나 되었지. 차츰차츰 내켜하지 않게 된 거지. 나에게는 그를 만나는 것을 두려워해야 할 이유가 있었던 거야. 그 무렵 다시 술집에 매일처럼 드나들고 마리화나를 피우고 있었거든. 뒷골목 아가씨들을 만나고.

왜 그렇게 술을 마셨겠어? 당신도 알겠지만 술에 취하면 굳은 혀가 풀리면서 꾹꾹 참았던 말을 할 수 있게 되거든. 하지만 나의 경우에는 나 자신에게만 말했지. 아주 작은 목소리로 웅얼거리는 거지. 그렇지만 그때마다 무슨 말들을 했는지는 기억나지 않지.

자크가 알코올 중독의 후유증으로 마르세유 시립병원의 행려병자 병동에 입원했을 때에서야 문병을 갔었는데…… 그때는 혼자서 외롭게 죽어가고 있었지……

그는 날 그저 무덤덤하게 쳐다보고는 다시 눈을 감고 거칠게 숨을 몰아쉬었어. 죽음과의 싸움이 시작되었을 때부터 며칠 동안 내내 극심한 통증에 시달렸던 거야. 그러나 목숨을 부지하기 위해서 하는 연명치료는 단호하게 거부했어. 몰래 숨겨두었던 다량의 진통제를 한꺼번에 입에 털어 넣었다고"

이브라함은 임종자리를 지키면서 그를 위로하기 위해서 이번에는 그가 말을 많이 해야 했지만 그때 무슨 위로의 말을 할 수 있었겠는가. 그저 그의 손을 어루만지고 있었다. 그리고 울었다.

자크가 들릴락 말락 한 소리로 말했다. "내가 지금 죽어가면서 침대에 꼼짝 못하고 누워있으니까 오랫동안 잊혀졌던 일들이 기억나기 시작하는 거야. 어떤 영적 계시가 있었던 것처럼 말이야. 그 시절을 회상할 수 있을 때까지는 기다려주었으면 하지."

그는 죽어가는 바로 그 순간에 망각의 가장 깊은 곳으로부터 희미한 기억을 퍼 올렸다. 가장 먼저 열대의 몬순 계절이면 하늘에서 무섭게 쏟아지는 소나기와 강둑을 넘치듯 유유히 흐르는 강물이 생각났다. 그는 가끔 헛소리를 하였다. 그때는 베트남 할머니 집의 어린 시절로 되돌아가 있었다. 할머니는 그를 키엠이라고 불렀다. 그 이름이 메아리처럼 여운을 남긴다.

　건기의 무덥고 숨 막히는 듯한 열기가 수그러든 석양 무렵이었던가, 어쩌면 해가 막 떠오르는 아침 무렵이었는지도 모른다. 태양이 그때 거대한 붉은 점처럼 동쪽에서 솟아올랐는지, 서쪽으로 사라졌는지 확실치 않다. 그때 햇살은 빛이 바랜 것처럼 미적지근한 색조를 띠고 있었기 때문이다. 또 그날이 집안에서 제삿날 같은 무슨 특별한 날이었는지도 확실하게 기억나지 않는다. 열대 식물이 만발한 널따란 정원의 한쪽 모퉁이에서 할머니와 어머니가 나지막이 소곤거리고 있었다. 할머니가 자신에게 중얼거리는 것처럼 말했다. "어쨌거나, 프랑스로 보내야 할거야. 애비가 제 자식을 거부할 수는 없겠지. 똑똑한 아이니까 잘 적응할 수 있을 거야. 무슨 절차를 밟는데 1년쯤 걸린다고 하더구나. 내가 알아서 키엠을 보낼 테니까. 너는 그 사람을 따라서 당장 사이공으로 떠나야만 해." 그러나 어머니는 아무 말도 대꾸하지 않았다. 아마 침묵으로 긍정했는지도 모른다. 어머니는 분명히 울고 있었다. 그가 열대식물의 너른 잎 뒤에 숨어서 가느다란 햇살의 역광선 속에서 보았으니까. 어머니의 두 눈에 눈물이 가득 고였고 그 눈물은 이내 뺨을 타고 흘렀다.

　키엠은 8살 때 베트남을 떠난 후 지금 죽을 때까지 정처 없이 이곳저곳을 떠돌았다. 끝도 없이 헤맸던 것이다. 그리고 이제야, 그 영혼은 다시 옛 고향으로 돌아왔다. 영원히 잠들기 위해서. 그는 마지막 거친 숨을 몰아쉬면서 강폭이 바다처럼 넓어서 맞은 편 강둑이 안개에 싸여 보이지도 않았던 메콩 강 하류의 유장한 강줄기를 계속 떠올리고 있었다.

아주 짧은 순간. 그때, 이브라함이 침대 옆에 서 있을 때 아버지는 쇠약해서 뼈만 남은 앙상한 손으로 할 수 있는 한 힘껏 그의 손을 움켜잡았다. 이브라함은 무릎을 꿇고서 아버지의 얼굴에 입을 맞추었다. 그들은 아무 말도 하지 않았다.
판 쾅 키엠의 영혼은 메콩 강으로 무사히 돌아갔다.

메콩 강은 알고 있다네 강물은 깊어라 슬픔도 깊어라 강은 시시로 변하네 아침에 푸르던 그것이 저녁이면 핏빛으로 물드네

밀항

밀항 密航

복수는 꿀보다도 감미롭다.
— 호메로스

경기도 화성시 궁평항.

간척지에는 마을은 보이지 않고 갈대만 무성한 개활지가 넓게 펼쳐져 있다. 화성호에는 황혼녘이 되어 겨울 철새들이 군무를 추며 한가롭다. 일직선으로 곱게 뻗은 화옹방조제 도로에는 초겨울 오후 5시가 넘어서자 벌써 차량 통행이 뜸하다. 띄엄띄엄 자동차의 전조등 불빛이 보인다. 그 빛이 바다와 간척지로 공간을 둘로 갈랐다. 바다로부터 물안개가 피어오른다. 쓸쓸한 해안선의 창백한 색조 속에 건너편 미군 비행장과 포 사격장이 있는 매향리의 고온이포구가 아스라이 보였다.

그날은 첫눈이라고 하기에는 그저 싸락눈이 조금 내렸다. 그러나 눈은 땅에 내리자마자 녹아 사라졌다. 지금은 날씨가 완전히 개었다. 연안 근처에서 채낚기 어업을 하던 작은 어선들이 벌써 돌아오고 있다.

궁평항 뱃머리 쪽 외진 곳.

등산복 차림을 한 40대 초반의 남자가 시무룩한 표정으로 연신 담배를 피워대며 초조하게 서성거리고 있다. 자세히 보면 얼굴에 다크서클이 깊게 패여 있다. 가끔 멍멍하기 이를 데 없는 커다란 두 눈으로 바다 쪽이나 허공을 바라보았다. 누굴 기다리고 있는 것 같다. 틀림없다.

그때 때맞춰서 검은색 쏘나타 승용차가 도착했고 역시 낡은 등산복 차림의 남자가 초행길인 듯 주위를 두리번거리면서 운전석에서 내렸다. 기다리던 남자가 반갑게 90도 각도로 인사를 한다.

"회장님, 오시느라고 수고 많으셨습니다. 길은 안 막혔는지요"

"서해안고속도로 비봉나들목까지는 괜찮았지."

"초겨울인데도 겨울 같지도 않습니다. 그래도 바다는 쌀쌀할 겁니다. 바람이 많이 부니까요"

"추위를 느낄 겨를이 없다네. 내 형편이 지금……"

"날씨가 좋으니까…… 모든 게 잘 될 것 같습니다."

"그런데 말이야. 김 이사, 준비는 잘 된 거지. 착오가 있어서는 안 되는 거야. 마지막 기회이니까. 무슨 말인지 알겠어. 그리고…… 내가 떠난 후에도 절대적으로 기밀을 요하네.

이 일에 관한 한 무덤 속으로 들어갈 때까지 입을 꿰매고 있어야만 하지. 아무도 알아서는 안 되는 거야. 부디 신중하게. 그러면 말일세…… 얼마간 지나서…… 사람들은 건망증이 심하니까 제풀에 꺾여서 모두들 잊어버릴 거야. 영원한 망각…… 그게 필요한 거야."

"여부가 있겠습니까. 제가 누구입니까. 언제 회장님의 지시를 추호라도 어긴 적이 있었습니까."

"그건 그래. 나는 지금 김 이사밖에 없지. 난 이 일을 아무에게도 말 안 했지. 마누라 년도 안 믿으니까. 돌아가거든 마누라 뒤도 챙겨 봐야 할 거야, 눈치가 좀 이상하거든. 천하 사기꾼인 내 눈을 속일 수는 없겠지.

내게는 직관력과는 다른 제7의 감각이 있으니까. 내가 오랫동안 이것저것 신경 쓰느라고 발기부전이었다네. 돈을 뒤로 챙기고 있는데 말이야, 통장에 넣어두었던 돈을 몽땅 빼서 자기 비밀구좌로 옮겨 버렸더라고 나에게 더 이상 기대할 수는 없었을 테니까, 그 여자도 불안했겠지, 틀림없이 불안했을 거야.

나는 마누라까지 연루되어 위험에 처하는 것을 원하지 않았기 때문에 마음대로 하도록 내버려 두었던 거야. 물론 여자란 워낙 입을 나불거려서 도저히 믿을 게 못 되니까 마누라 역시 믿지 못하는 면이 있었던 거지."

"알겠습니다. 제가 은밀하게 철저히 조사하겠습니다……."

"이제부디 서울 쪽 이야기를 해보란 말이야. 아주 궁금하거든. 내가 잠적한 지가 몇 개월이나 되었으니까. 아무리 감쪽같이 은신과 도피를 한다고 해도 지겨운 일이야, 정말 지겹지.

평생 제일 많이 책을 읽었던 거야. 할 일이 뭐가 있겠어, 정말 미치도록 무료했으니까. 그러나 기나긴 기다림의 밤은 항상 불안한 법이거든. 가끔 악몽이라고 할 것까지는 아니지만 불길한 꿈을 꾸게 되지.

한번은 이상한 꿈을 꿨는데 옛날 우리 교회의 설교단 뒤쪽 나무 십자가에 예수님이 혀를 빼물고 목을 매달고 있는 거야. 그 바로 옆에서 유다가 음흉하게 웃고 있는데 이상하게도 예수님이나 유다 모두 어디서 많이 본 한국인처럼 생긴 거야. 내가 그놈의 꿈 때문에 식은땀을 흘렸었지."

"지금까지 잘 견뎌내셨습니다. 그리고 그 이상한 꿈은, 말씀드리기 죄송합니다만…… 개꿈이 틀림없습니다. 이제 마지막 관문만 남았군요. 열심히 기도하십시오. 회장님은 유명한 교회의 집사님 아니었던가요."

"옛날 일이야. 아주 옛날……"

"김 사장님은 동부지검 5호 검사실에서 조사를 받고 있습니다. 자신은 아무것도 모른다고 계속 잡아떼고 있답니다. 동부에서 막 옷을 벗은 부장검사 출신 변호사를 샀습니다."

"김 사장은 실제로 알고 있는 게 아무것도 없어. 출근도 거의 안 하고…… 회사 인감도 김 상무가 보관하고 있다가 분양 계약서에 도장을 찍었으니까."

"그건 그렇지요."

"그 친구 은행 지점장 출신이야. 그런데, 그러면 뭐해. 이것저것 손댔다가 퇴직금 다 까먹고 빚 갚으려고 아파트까지 날려버렸지. 그랬으니 알거지가 된 거야.

우리 아버지도 시골에서 농협에 다녔지만 은행원 출신이라는 게 도대체 순진하고 세상 물정 모르는 쪼다 병신들이라고

내가 월 500만원 주기로 하고 바지사장으로 내세운 거야. 그 사람 앞뒤 잴 것도 없었어. 굶어 죽을 판에 감지덕지했지. 그자는 돈 받은 만큼은 대가를 치러야 할 거야. 이 세상에 공짜가 어디 있어."

"늙은 사무장이 보석으로 바로 풀어주겠다고 장담하더니만 아무튼 보석이 안 되었습니다. 보석을 실제 신청하기는 한 것인지 알 수도 없습니다.

지금은 백 프로 집행유예로 풀어주겠다고 장담하고 있습니다."

"변호사 사무장 말은 믿을 게 못 되지. 그것들도 거의 사기꾼 수준이지. 걔들도 제 몫을 챙겨야 하니까, 아마 반은 뗄걸. 그런데 얼마나 준거야?"

"제가 집행유예 조건으로 5,000만원 줬습니다. 너무 불쌍해서 눈 딱 감고 줬습니다. 회장님…… 어쩌겠습니까."

"뭐야! 그 돈이 무슨 돈인데!"

이따금 두 사람은 서로를 쳐다보지 않고 바다 쪽으로 시선을 돌렸다. 저 멀리 정박등이 켜진 낡은 화물선이 보인다. 회장님이 주머니에서 알약을 꺼내 물도 없이 꿀꺽 삼켜버렸다. 김 이사도 그 약을 알고 있다. 회장님이 정기적으로 먹는 한약으로 만든 진통제 겸 두통약이었다. "이걸 몇 시간마다 삼켜야만 하네. 요즘에는 이 약 기운으로 살고 있는 셈이지. 난 강한 남자

227

는 못 되는 기야. 차라리 미친놈이라고 할 수 있을 거야." 그가 조금 움츠러들었다. 김 이사는 더 이상 회장님의 추궁을 피하려고 눈치를 살피며 재빨리 화제를 돌렸다.

"피해자들이 대책위원회라는 것을 만들어가지고 청와대와 국회 정무위원회, 대검찰청에 진정을 넣고, 일부는 계속 회사 사무실을 점거해서 농성 중에 있습니다.

신문에는 안 났습니다만…… 피해자들 일부가, 피해자들도 내부적으로는 강경파와 온건파가 갈려있는데 소수파인 강경파 쪽에서는 숨은 주범을 검거하지 못하고, 재산 추적도 지지부진하다고 해서 송파 경찰서장을 직무유기로 고소했습니다."

"멍청한 것들, 무슨 진정을 하고 그래, 쓸데없는 짓이야. 사무실도 그렇지, 사무실에 휴짓조각밖에 더 있어."

"그 사람들도 안타깝습니다. 모두들 무척 흥분해서 악을 쓰고 비명을 지르고 여자들은 서로 부둥켜안고 엉엉 울고 있었습니다. 너무, 너무 불쌍하지요."

회장님이 게슴츠레 눈을 뜨고 그를 시종일관 똑바로 바라보았다. 도전적인 태도로 콧잔등을 실룩거렸다. 갑자기 그가 낯설게 느껴지는 모양이다. 그가 누구인지 모르겠다는 듯이, 그의 평소 얼굴에서 다른 얼굴을 찾아낸 것처럼 말이다. 목소리가 갈라졌다.

"이 사람 왜 이래. 쓸데없는 소리를 하고 있어. 갑자기 휴머니스트가 된 거야, 때려치워, 때려치우라고 사기꾼은 그런 것에 눈을 딱 감아야 하고 뻔뻔스러워야 되는 거야.

다른 사람의 아픔 따위에는 신경 쓰지 않아야 된단 말이야. 그리고 말이야 냉철해야만 하지. 독사처럼 냉혈한이 되어야만 하는 거야. 적자생존이라는 정글의 법칙이 지배하는 이 험한 세상에 연민이나 동정은 금물인 거지.

그러니까 스스로 자책해서도 안 되고 혐오감을 느껴서도 안 되는 거야. 그리고 눈 하나 깜짝 않는 배짱이 있어야만 해.

암, 그렇고말고 사기에도 엄청난 노력이 필요해서 사람을 녹초로 만들어 버리지. 세상에 공짜가 어디 있어. 나는 그걸 예술의 경지까지 끌어 올려야만 한다고 믿고 있어…… 나는 사기술의 마술사, 사기술의 예술가가 되고 싶었던 거야."

"회장님 말씀은 너무나 지당하십니다. 그래서 존경합니다."

"그런데…… 사기는 대단한 게 아니야. 사기의 본질은 그저 거짓말일 뿐이지…… 좀 더 교묘하고 정교한 거짓말. 사기에는 필수적으로 거짓말이 들어가지.

거짓말 안하는 사람…… 누가 있어? 오직 인간만이 거짓말을 씨부렁거릴 줄 알기 때문에 거짓말은 인간의 본성인 거야. 다시 말하지만 기만과 거짓은 어쩔 수 없는 인간의 본성인 거지. 그걸 저명한 심리학자들이 과학적으로 밝혀냈지 않은가. 그러니까 나는 인간의 본성에 따른 행동을 한 거밖에 없다고 그걸 알아야지.

우리가 흔히 즐기는 포커가 있지 않은가. 포커란 게 이기려면 속임수가 절대적으로 필요하다네. 자네도 포커라면 사족을 못 쓰지 않은가."

"그렇지만 저는 포커해서 돈을 따본 적이 없지 않습니까. 회장님만…… 모든 패를 훤히 꿰뚫고 있으니까요"

"본론으로 다시 들어가자고. 인간은 원초적으로 그랬던 거야.

그래서 카인은 시기 질투하고, 거짓말을 하고, 배신을 하고, 사람을 죽이는 인간의 진정한 원형이라고 할 수 있지. 인간들 모두 만날 거짓말하며 살고 있다고.

예수님이 간음한 여자를 비난하던 사람들에게 '너희 가운데서 죄가 없는 사람이 있으면 먼저 이 여자에게 돌을 던져라'고 말했을 때 누가 돌을 던질 수 있었겠어.

뭐니 뭐니 해도 진짜 고수는 정치한다는 사람들이지.

바로 그거야. 문제는 거짓말에 속는 사람, 거짓말을 믿는 사람이 문제인 거야. 돈을 잃거나 손해를 보는 것은 단지 그 결과에 불과한 거라고.

그러니까 사기는 가해자와 피해자 모두가 문제가 있는 거야. 누가 속으라고 했냐 말이야. 아무리 그럴듯한 이야기로 현혹한다고 해도 정당한 대가보다 3배, 4배 훨씬 많은 이득을 주겠다고 하면…… 그건 틀림없는 사기라는 거지. 많은 피해자들이 사기꾼의 거짓말에 속기보다는 자기 마음속 욕심 때문에 사기를 당한단 말이지. 아무리 뻔한 속임수라도 피해자의 욕망과 만나면 엄청난 힘을 발휘하게 된다네.

그래서 사기꾼과 피해자는 서로 피터지게 머리싸움*을 하는 거라고. 봉이 김선달이 대동강 물을 4천 냥에 팔아먹었는데 그 돈이면 그때 황소 60마리를 살 수 있었거든. 당한 사람들이 바로 한양 상인들이었어. 어수룩한 평양 양반 속여서 쉽게 돈 벌 겠다고 욕심부리다 당한 거지. 세상에는 뛰는 놈 위에 나는 놈 있는 거라고.

인간들은 두 가지 유형이 있는데 아주 머리가 좋은 부류하고 반대로 머리가 나쁜 부류가 있는 거야. 머리가 좋으면 터무니없 는 욕망 때문에 눈이 뒤집혀서 자기 꾀에 넘어가는 거고, 반대 로 머리가 나쁘면 아주 어리석기 때문에 속아 넘어가는 거야."

"회장님은 정말 천재이십니다. 신이나 다름없지요. 주위에서 는 모두 그렇게 알고 있습니다. 모두가 혀를 내두르지요. 그 기 발한 상상력을 누가 따라갈 수 있겠습니까. 치밀한 기획과 조직 력은 말할 것도 없고 귀신같은 변신술은 최고이지요. 저는 도저 히 흉내조차 낼 수 없습니다."

"천재는 무슨…… 의지가 중요해. 사기도 목숨 걸고 해야만 성공하는 거야. 자네는 그저 충실하니까…… 그게 집사의 자질 이야.

모두들 알아서 다행이구만. 나를 당할 자는 이 세상에 아무도 없지. 그런데…… 누가 속으라고 했냐 말이야. 다시 말하지만 자업자득인 거지. 돈에 눈이 뒤집혀 가지고.

제주도 땅만 해도 그래…… 거기에서 함덕해수욕장은 보이지 도 않고…… 해변 조망이니 한라산 조망이니 했지만 조망은 무 슨…… 첩첩산중에 있는 급경사진 땅인데 그게 어떻게 개발이 가능하냔 말이야…… 개발 좋아하시네. 거기에 무슨 리조트, 호 텔을 짓고 27홀 골프장이 가능하냔 말이야. 도저히 허가가 날 수 없는 땅이야. 건설 자금을 어떻게 조달할 수 있느냐 말이야. 그 땅은 담보 가치도 없으니깐 은행에서 거들떠보지도 않지.

가령 말이야…… 개발 계획이 예정대로 시행된다고 가정하더라도 무슨 재주로 10년간 실투자금 대비 연 30, 50프로씩 고정 수익이 나올 수 있겠느냐는 말이야. 그러니까 투자를 결심하기 전에 한번 가서 제 눈으로 확인해 보면 되는데 말이지. 아니 그럴 필요도 없을 거야. 시청에 전화를 해서 개발 계획이 수립되어 있는지 확인해보면 되는 거야. 그러면…… 아무리 교묘하게 신문 광고를 때리고 투자 설명회를 개최해도 바로 알 수 있는 거야. 글로벌 1위 브랜드 파워인 세계적인 호텔 체인이 거기에 어떻게 합작투자를 할 수 있겠는지, 왜 의심을 해보지 않은 거야.

그러니 누굴 탓하겠어. 폭력의 세계에서는 두려움을 통해 권력을 행사하지만, 그러나 사기꾼은 어리석음을 이용해서 지배하는 거라고 피해자들은 어리석을 뿐이지, 정말 어리석지.

그러나 말이지, 나는 내 운명을 예감하고 있지. 내가 한때 신실한 교회 집사였는데 하느님에게 많이 실망했었지.

나자렛 예수의 일가인 예수 그리스도, 요셉 그리스도, 마리아 그리스도 등등 그리스도 집안의 어처구니없는 지독한 사기에 실망한 거야. 예수가 정액도 없이 그냥 태어났다는 거야.

나는 요한묵시록에서 말하는, 알파와 오메가 또는 인류의 종말론을 믿을 수 없는 거야. 그 마지막 성경은 아주 애매모호한 암시를 하고 있는데 그건 영락없는 사기이거든.

그러나 나의 종말은 알 수 있는 거야. 죄가 쌓이고 쌓여 하늘에 닿고, 하느님이 그 악행을 기억하시고…….

나는 결코 666이 될 수는 없어. 그건 아니지. 언젠가 그들한테 잡히면 내 모가지를 비틀어 버리겠지. 암전. 사기꾼의 말년이 좋을 수는 없을 거야. 그것만은 확실하지. 죽고 사는 것이 혀의 힘에 달렸나니, 혀를 쓰기 좋아하는 사기꾼은 혀의 악과를 먹으리라.

예상보다 훨씬 빨리 종말이 올지도 모르지. 헛되고 헛되며, 헛되고 헛되니, 모든 것이 헛되도다……"

"회장님! 갑자기 그렇게 말씀하시면…… 저는 두렵습니다."

"어쩐지 그런 예감이 든다네……"

"경찰 쪽 움직임은 어떻습니까? 제가 연락해도 그쪽에서 만나는 것을 피하고 있습니다."

"송파서 전담반 형사들이 연고지를 이 잡듯이 뒤지고 있는 모양인데 내가 그렇게 어리석은 인간은 아니지. 고향에 가본 지는 10년도 넘었고 내 주민등록지는 20개가 넘지만 전부 가짜야.

개들이 권총을 허리춤에 차고 있다는데 내가 도망치면 쏘려고 말이지. 난 현장에서 절대로 도망치지 않아, 현장에는 없을 테니까.

뛰는 놈 위에 나는 놈 있다고 했는데 내 꽁무니만 한참 뒤에서 쫓고 있는 거야. 감히 나를, 어림없는 일이지. 개들은 너무 멍청하고 무능해.

그런 애들한테 국민의 혈세로 월급을 주고 있으니 한심한 일이지. 나는 경찰 쪽에 확실한 정보망이 있는데, 그 자식들 내 돈 많이 울궈 먹었으니까, 코가 꿴 거지. 나를 비호하는 막강한 세력이 있지.

고위층은 내가 빨리 국외로 달아나 주길 바라는 거야. 아직 해경 쪽에는 수배령이 안 내려갔을 거야. 2, 3일 후에나. 그것들은 만날 뒷북만 치고 있지. 그래서 지금은 입출항 통제가 없는 거지. 지금이야말로 밀항의 찬스…… 절호의 찬스인 게지."

"회장님은 예전에도 몇 차례 수배를 받고 기소중지가 되었지만 실제 체포된 적이 없었지 않습니까."

"바지사장한테 떠넘기고 잠수를 탔지. 항상 허공 속으로 연기처럼 사라져버리는 거야. 그러나 날 흉내 낼 필요는 없겠지. 따라할 게 못 되는 거야. 결국 파멸이 있을 뿐이야."

지금은 대조기여서 밀물은 최고조에 달했다. 거대한 잿빛 장막이 해안선을 뒤덮었다. 간단없이 밀려드는 파도가 물마루를 훤히 드러낸 채 거칠게 철썩거리며 방파제를 때렸다. 황혼녘의 바다는 일몰이 가까워짐에 따라 붉게 물든다. 하얀 갈매기 몇 마리가 방파제 주위로 어슬렁거리며 날아다닌다. 모텔의 간판에 벌써 네온사인이 들어왔다. 그때 새벽에 먼 바다로 출항했던 남루한 어선들이 피곤에 찌든 어부들을 싣고 찢어진 깃발을 펄럭이며 그제서야 항구로 돌아오고 있다. 회장님이 그를 똑바로 쳐다본다.

"그럼, 자세히 이야기해봐."

"네, 그렇습니다. 저기…… 그러니까…… 배는 30분쯤 지나서 출항할 예정입니다. 이곳 어선이지요. 선원들은 전문 밀항꾼들이 아니라 순박한 어부들입니다.

궁평항에서만 평생 어부 생활을 했다고 했으니까…… 서해쪽 바다는 자기 손금 보는 것처럼 훤하겠지요.

가급적 선원들이 시키는 대로 하십시오. 그들도 성깔이 있으니까요. 이 가방에는 50만 달러가 들어있습니다. 그리고 중국돈 5만 위안은 별도로 드리겠습니다. 현지에서 당장 필요할 것입니다."

"그래, 잘했어. 자네는 역시 흠잡을 데 없는 훌륭한 집사이지. 언제든지 준비가 철저하거든."

"어선에는 자기들이 요구하는 것보다 2배나 많은 3천만 원을 줬습니다. 해경 경비선을 피해서 공해상으로 나가면 중국 쪽 배가 기다리고 있을 것입니다. 그리고 중국 쪽 바다에서 고기를 잡는 척 능청을 떨다가 칭다오 항에는 다음 날 밤늦게 도착할 예정입니다.

그러나 칭다오에 가시면 몸을 숨기십시오. 중국의 명산인 태산에는 오를 생각을 아예 하지 마십시오. 한국 관광객이 너무 많이 찾아옵니다. 회장님을 알아볼 수 있습니다.

그리고 이 여권을 잘 간수해야 할 것입니다. 가짜이기는 하지만 아주 정교하게 만들었기 때문에 아무도 눈치채지 못할 것입니다. 이상입니다."

"그렇군. 가짜 여권에 가짜 비자가 찍혀있다는 말이군. 그런데 그 넓은 중국에서도 결국 숨어서 지내야 한다는 거지."

"회장님…… 제게 알려줄 게 있을 것 같은데요."

"그렇지. 내 오피스텔의 금고 번호를 알려주겠어. 그 속에 만 원권 구권 화폐와 대포 통장이 150개쯤 들어있을 거야, 모두 합하면 20억 원이 넘겠지. 마지막 비자금인 거지.

그걸 중국 조선족 명의를 빌려 소액으로 쪼개서 송금하란 말이야. 무슨 말인지 알겠어."

"물론입니다……. 제가 누구입니까……."

"그렇지, 그렇고말고 송금이 종료되면 말이야 김 이사가 중국으로 와야만 하지. 수사상황과 회사의 파산처리, 재산정리 상황을 보고하라고 내가 잠깐 중국에 머물겠지만 다시 인도네시아 발리로 갈 수 있도록 절차를 밟아 주어야 할 거야.

자넨 몸이 자유스럽지 않나 말이야. 경찰 쪽에서는 자네가 누구인지 전혀 알 수 없지.

내가 자네 신분을 끝까지 숨겼거든. 자네가 정말이지 부럽군, 부러워. 자네의 자유가 지금 한없이 부러워. 그렇고말고"

"감사합니다. 정말 감사합니다……. 백골이 난망입니다. 물론입니다……. 잘 알겠습니다. 틀림없이 잘 처리할 것입니다……."

"좋아…… 좋다고 자네는 의리의 돌쇠라고…… 수호천사라고 할 수 있지."

"밖이 춥습니다. 차 안에서 기다리시지요. 제가 마지막 점검을 하고 신호를 보내겠습니다. 회장님이 떠나시면 차를 가지고 올라가겠습니다."

"수고했어, 수고가. 당분간 만날 수 없겠군. 잘 있으라고. 그런데 술을 작작 마시라구, 안 그래. 내가 상관할 바는 아니지만."

"회장님…… 안녕히 가십시오……."

회장님이 마지막으로 손을 내밀었다. 손에 힘이 하나도 없다. 그는 차가운 기운이 감도는 그 손을 몇 초 동안 힘껏 쥐었다 놓았다. 회장님이 돌아섰다. 김 이사는 희미한 어둠 속에서 회장님의 뒷모습을 언뜻 바라보았다. 구부정한 등이 많이 지쳐 보이고 초라해 보였다. 뒷모습은 진실하다. 앞모습은 꾸미거나 감출 수 있겠지만 뒷모습만은 속일 수 없기 때문이다.

* * *

"준비는 잘 되었나? 기름은 충분한가? 만반의 준비를 해야겠지."

"예, 예. 형님, 별것 아니지요. 엔진은 손을 좀 봤습니다. 부속을 여러 개 갈아 끼우고 기름칠도 했습니다. 너무 오랫동안 묶어놨더군요. 기름은 만땅으로 채웠지요. 비상용도 준비했구요. 그리고 심해낚시를 할 수 있는 외줄낚시 도구들, 낚싯밥은 크릴과 갯지렁이, 혹시나 해서 루어낚시를 위해 플러그를 준비했습니다."

"대충 준비를 한 것 같군. 그런데 너희들이 바다낚시, 그것도 밤낚시의 묘미를 알기나 해? 백령도가 그립군."

"일이 끝나고 돌아오는 길에 진짜 낚시를 해야 할 겁니다. 낚싯줄을 바다에 던져 놓고 기다리면서 마음의 충격을 진정시킬 필요가 있겠지요."

"오늘 밤 물때가 맞을 거니까 낚시 도구들을 다시 한번 점검하는 게 좋겠지. 낚싯줄은 튼튼한 거야? 간혹가다 큰 놈이 걸리면 그 녀석이 몸부림칠 때, 그럴 때에는 안 끊어져야 하니까 말이야.

낚싯대의 드래그를 끝까지 풀었다가 그 녀석이 힘이 완전히 빠지거든 천천히 조이라고"

"그렇지요, 정말 튼튼한 밧줄을 준비했어요. 다른 용도도 있으니까요. 그리고 뱃멀미 알약, 비상용 마취제 주사, 미국 제닝스사 22구경 J-22 권총과 탄환 3발이죠.

권총은 부산 감천항에서 러시아 선원한테 100불 주고 산 것이지요. 이 총이 만약의 경우 필요한 때가 있겠지요"

"총은 나와는 상관없는 일이야. 어쨌거나 너희는 화성 출신 어부인 거지. 그 작자한테는 그렇게 말했어.

언제나 미꾸라지처럼 빠져나가서 한 번도 처벌을 받지 않았으니까…… 그 살찐 미꾸라지도 이번만은 안 될걸."

"틀림없이 지시한 대로 해야겠지요. 물건은 어디에 있지요?"

"가방에 들어있어. 그걸 챙기라고. 그러면 우리 사이 계산은 깨끗이 끝나는 거야. 서로 연락을 해서는 안 되지. 위험한 일이지. 경찰이 눈치챌 수 있거든.

그러니까 대포폰을 사용해서도 안 돼. 임무가 끝나거든 그걸 바다에 던져 버리게. 나는 그 여자와 함께 당분간 나가 있을 거야. 불쌍한 여자야."

너무 갑작스러운 상황이었다. 사내는 연상의 여자 얼굴에 자기 얼굴을 밀착시켰다. 그리고 단번에 삽입하였다. 그녀는 쉰 목소리로 한두 번인가 아니면 몇 번인가 가벼운 비명인지 신음 소리인지를 토해냈다. 그리고 섹스를 하는 중에도 계속 변명 인지, 하소연인지 무슨 말을 하려고 혈떡였다.

"알겠습니다. 그렇게 해야겠지요."

"임무가 끝나고 항구로 돌아오거든 선주한테 배를 부두 그 자리에 묶어 놨다고 말하라고. 선주는 지금 심한 디스크 증세로 꼼짝없이 집에 누워 있거든.

너희들은 노련한 바다 낚시꾼이라고 했어. 밤낚시를 환장하 게 좋아하는. 임파도와 풍도 사이 바다까지 갔다 왔다고 말해. 그 근처가 연중 내내 농어, 우럭, 볼락 등이 잘 잡히는 바다낚 시의 명소이거든."

"그렇…… 그렇군요. 그 여자 분과 행복하게 사십시오. 우리 는 그 여자 분 얼굴도 모릅니다만."

"그래, 그래. 너희들에게 행운을 빈다."

* * *

그 남자는 50대 중반으로 키가 크기보다는 오히려 작은 키, 165센티미터 가량으로 보인다. 몇 개의 머리카락만 남아있는 대머리에 주름 제거 수술을 받은 사람처럼 매끈매끈하게 펴진 얼굴이 둥글넓적하다. 원래는 살집이 포동포동하였을 텐데 지금은 조금 야위었다. 그러나 친근하게 보이는 인상의 중년 남자였다. 왼쪽 다리를 약간 저는 것처럼 보인다. 심하게 다리를 절지는 않지만 분명 절름발이였다. 그는 변장하기 위해서인지 검은 테 안경을 썼는데 초조하게 썼다 벗었다를 반복하였다.

그는 배에서 풍기는 생선 썩은 냄새와 타르 냄새를 맡으며 코를 벌름거렸다. 갑판에는 찢어진 낡은 그물, 낚시 도구들, 통발, 부표, 갈고리, 꼬챙이, 장대, 밧줄, 크고 작은 플라스틱 통 등 어구들이 얽혀서 나뒹굴고 있다. 그가 발을 디딜 때마다 낡은 어선의 밑바닥이 삐걱거린다.

"회장님, 우리 회장님, 어서 오르십시오 기다리고 있었습니다."

"당신들 궁평리 어부들인 거지? 선장 이름이 이백만이라고 했던가? 잘 부탁해⋯⋯. 잘⋯⋯. 그런데, 바람이 불고 있어. 바다가 약간 거칠군그래."

"그렇습니다. 그렇고말고요. 저는 평생 서해 바다에서 어부로 살았습니다. 저 친구는 원래 고향이 고흥인데 어쩌다 보니까 여기까지 올라와서 뱃일을 하고 있지요

여기 이 친구는 처음에는 군산 쪽에서 잠수부 생활을 하였지요 물일을 하다가 가는 귀가 먹었어요 그러다가 잠수병이 무서워서 그만두고 배 조종을 한 지가 20년이 넘었습니다.

물론 정식 면허는 없습니다만, 그러나 눈 감고 헤엄쳐서 공해

상까지 갈 수 있겠지요. 조금도 염려하지 마십시오"

그는 말없이 조타기를 잡고 그저 무심한 눈초리로 바다 저쪽을 응시하고 있다. 반쯤 벗겨진 머리에 꼽추는 아니지만 등이 몹시 굽었다. 평생을 바다에서 산 그 바다 사나이의 몸에서 축축하고 비릿한 냄새, 진짜 바다 냄새가 풍겨 나왔다.

"그러니까, 안심이 되는군. 이 배의 키잡이는 잠수부 하다가 귀가 먹고 꼽추까지 될 뻔했군, 그래. 밀항 조직은 믿을 수가 없지. 돈 때문에 배신을 때린다고 하니까. 그래서 김 이사가 특별히 당신들한테 부탁을 한 거야."

"일기예보에 의하면, 요즈음 예보는 제법 믿을 만하지요 오늘 밤은 약간, 약간입니다만 바람이 불고 파도가 친다고 합니다.

뱃멀미가 걱정됩니다. 속이 편하게 이 멀미약을 드시지요 견딜 수만 있다면 안 들어도 우린 상관없습니다만……."

"글쎄, 선장이 시키는 대로 해야겠지."

선장은 꽁지머리를 뒤에서 묶고 검은색 군대식 모자를 쓰고 있다. 그러나 겉보기와 달리 냉철하고 차분한 사람이다. 이따금 크게 웃었다.

"분명히 말씀드리지만, 우리 임무는 공해상까지 가는 거고, 거기서 중국 배에 회장님을 옮겨 드리는 것입니다."

"음, 여부가 있겠나."

"그런데, 중국 배가 오지 않으면 어떡하죠 바다에 그냥 던져 버릴까요 그러면 회장님께서 직접 청도까지 헤엄쳐 가시겠습니까."

회장님은 기분이 상하여 노골적으로 불쾌한 표정을 지었다. 그러나 등골이 오싹한 농담이긴 하지만 단지 농담이라고 생각하며 부드럽게 말한다.

"그럴 리가 있나, 김 이사가 하는 일은 틀림없을 거야."

"그럼 출발합니다. 누추하고 냄새가 지독합니다만, 그러나 그 냄새는 뱃사람에게는 아늑한 고향 냄새 같지요

그래도 안으로 들어가시지요 약 기운 때문에 약간 졸릴 것입니다. 한 잠 주무셔도……"

* * *

냉기를 품은 두터운 대기층이 바닷가를 뒤덮고 있다. 어선은 녹슨 철근들이 비죽비죽 삐져나온 방파제의 끝 쪽 계류용 밧줄에 매달린 채 여전히 출렁거리고 있다. 정박해 있는 다른 어선 무리와는 상당히 거리를 두고 떨어져 있다. 230마력의 디젤 엔진을 단 5톤 목선 어선이다. 이제 제2희망호는 밧줄을 풀었다.

준비해라. 엔진을 돌려라. 우리는 출발한다. 이제 출발 시간이다.

부두의 조명등이 조는 듯 깜빡거리고 항구 밖 바다는 시커멓게 멍들어 더 이상 하늘과 구분이 되지 않는다. 부두는 깊은 어둠 속에 버림받은 듯이 남아있다. 디젤 엔진은 순조롭게 돌아가기 시작한다. 어선이 통통거리며 항구를 서서히 빠져나가 어둠

속으로 사라졌다. 곧바로 어선은 최고로 속도를 높였다. 배가 앞으로 쭉쭉 나아가면서 파도가 뱃전에 부딪히는 소리가 들렸다. 선미 쪽에서 항적은 어둠 속으로 곧바로 사라진다. 잠깐 동안 배가 파도에 흔들렸다.

몇 시간 후 풍도를 지나고 덕적군도의 남쪽인 울도 근처 바다에 이르렀다. 멀리 항해등을 환하게 밝힌 채 중국 쪽으로 향해 가고 있는 컨테이너선이 보였다. 그러나 망망대해에 가녀린 별빛만이 깜빡거리고 파도는 여전히 거칠게 일렁거렸다. 밤은 이미 내려앉았다.

2013년 12월 5일에서 6일로 넘어가는 날의 차갑고 투명한 밤.

밤은 암흑이고 미지의 세계이다.

"여봐, 깜빡 졸았더니 목이 마르군, 물 좀. 벌써 공해상인가. 중국 배는 도착한 거야. 그런데 너희들 왜 날 밧줄로 묶어 놨지. 뱃멀미를 걱정한 거겠지. 그 정도는 아니야. 어서 빨리 풀어줘. 왼쪽 다리가 쥐가 난 것 같기도 하고, 본래 성치 않은 다리인데 몹시 저린단 말이야."

그는 환하게 켜진 집어등 불빛 속에서 낙담한 표정으로 과장스럽게 웃는다. 이상한 낌새를 눈치챈 것일까. 뭔가 잘못되고 있다는 걸 동물의 감각처럼 직감했을까. 그는 습관인 것처럼 우둘투둘한 손톱을 물어뜯는다. 그리고 잠깐 딸꾹질을 했다. 그러고 나서 한 번쯤 결박을 풀려고 마지막 힘을 쏟아서 머리와 엉덩이를 비린내 나는 바닥에 부딪치며 버둥댄다.

배 밑바닥이 계속 삐걱거린다. 힘이 잔뜩 들어간 둥근 얼굴은 혈관이 팽창하여 붉어지고 눈은 튀어나올 것만 같다.

세 사람 중 두목인 사내.

그는 살기에 찬 빛을 가리듯 짙은 턱수염이 얼굴을 덮고 있고 여기저기 주머니가 지나치게 많이 달린 붉은색 등산 조끼를 입고 있다. 뭔가 비웃음이 어린 뚱한 표정이다. 팔짱을 끼고 입술을 실룩거리며 그 사내를 훑어본다. 그가 윗옷 주머니에서 담뱃갑을 꺼냈다. 몇 모금만 마신 후 구둣발로 담배꽁초를 신경질적으로 짓이긴다. 에이, 씨발. 그가 독주를 벌컥벌컥 들이켜고 나서 약간 쉰 듯한 목소리로 외쳤다.

"바로 여기야. 적당한 곳이지. 던질 준비를 해."

회장님은 그때 무슨 이야기를 하고 싶은 격렬한 강박 충동에 사로잡혔다.

"갑자기 왜 그래? 돈 때문이야, 벌써 돈 냄새를 맡은 거야? 빠르기도 하지. 그러면 이 가방을 가져가란 말이야. 50만 달러가 들어있거든.

그리고…… 살려줘…… 난 반드시 살아야만 되지. 내 인생이 너무 불쌍하잖아. 먹고 살려고, 잘 살아 보려고 평생 사기만 쳤는데 말이지. 그랬으니 평생 주위에 알려지지 않도록 나의 대부분을 베일로 감싼 채 살아온 거야. 아마 내 마누라도 나의 정체를 정확히 모를 거야. 그림자처럼 살아야 했던 불쌍한 인간인 거야."

"물론이고말고 네 놈은 불쌍한 놈이지. 정말 불쌍하다고 그 돈은 우리 돈이지. 더러운 개새끼야."

"회장님한테 무슨 말버릇이야."

"회장님 좋아하시네. 씨발 새끼! 천하에 없는 사기꾼 중에서 사기꾼 놈 새끼!"

"…………."

"우리가 누구인지 알겠어? 우리가 피해자 가족이라면 복수가 필요하겠지. 아니면 정의의 사도 또는 형벌을 집행하는 집행자인 거지. 돈은 그 다음 문제야."

"알겠어, 알겠어. 내가 이미 말했잖아, 속은 사람이 바보인 거야. 다단계 기획 부동산 말이야, 그게 내 마지막 작품이었고, 그러고 나서 깨끗이 손 털려고 했었거든. 일이 끝나면 최면술 같은 마법의 힘으로 망각을, 모든 것을 죄다 잊어버리려고 했지.

나는 일찍부터 건망증이나 기억상실증, 혹은 가벼운 치매 증상에 걸려서 추억이나 기억 따위는 없는 사람으로 노년을 살아가려고 했지. 50만 달러이면 충분하지 않겠어? 위자료와 이자까지 계산해도 충분한 거야. 난 일급 사기범으로 지명수배를 받아 쫓기는 마당에 너희를 강도나 공갈범으로 고발할 수도 없어. 너희들은 무사할 거야, 자유인 거야. 그러면 피장파장인 거지, 안 그래?"

"어림없는 소리를 하고 있군. 네가 대체 뭘 기대하고 있는지 궁금하군. 이 세상에서 제일 무거운 게 뭔지 알겠어? 죽은 남자야.

네놈은 밥 먹듯이 사기를 쳐봤겠지만 죽은 남자를 들어 본

적은 없었을 거야. 네 놈 모가지가 필요하지, 그래야만 아버지 원수를 갚을 수 있거든."

"날 죽여서…… 나 같은 불쌍한 놈 죽여서 어쩌겠다고 내가 마지막 남은 돈이 20억 원 있지. 태안 쪽에 숨겨둔 부동산도 있고 이 김희걸이가 100프로 보장을 하지. 그걸 몽땅 주겠어. 내가 김 이사한테 그렇게 지시할 거야."

"병신 육갑떨고 있네. 네 놈은 진짜 사기꾼이 못 되지. 가짜 이름이 열 개가 넘어도 말이지. 네 놈처럼 둔한 놈이 사기꾼인 게 이해가 되지 않지.

등잔 밑이 어둡다더니만, 김 이사가 20억 챙기고 네 마누라 와 함께 곧 외국으로 장기간 여행을 떠날 거야. 아마 안 돌아올 지도 모르지. 이미 모든 준비를 끝냈거든.

마누라가 먼저 김 이사를 유혹했다고 하더군. 김 이사는 모르 는 척 하면서 넘어간 거고"

"그럴 리가? 어떻게 그 충실한 종놈인 김재필이가? 단 한 번 도 이의 제기를 한 적이 없었는데. 제자들이 주님을 모시듯이 그는 날 주님처럼 모셨어."

"뛰는 놈 위에 나는 놈 있는 거 몰라? 아니면 김재필은 가룟 유다인 거야. 내가 카인의 숭배자라면 김재필은 유다를 숭배하 는 거겠지. 우린 백령도 부대에서 만났었지."

"…………"

* * *

그 희생 제물은 완전히 공포에 질린 얼굴로 그를 쳐다보았다. 그의 몸은 부들부들 격하게 떨고 눈은 공포에 짓눌려 희번덕거렸다. 그러나 그의 얼굴엔 고통이 묻어 있고 그 고통 속에 증오가 서려 있다. 자신의 궁핍했고, 힘겹고, 파란만장한 일생에 대한 증오가. 그리고 배신감 때문에 치를 떨었다. 믿는 도끼에 발등 찍힌다더니만. 사람들은 배반하기를 좋아하면서도 배반자를 증오한다.

그 사내가 자기에게서 눈을 떼지 않고 있다는 것을 알았다. 정말 묘한 불안감이 그를 감싼다. 온몸이 식은땀 때문에 흠뻑 젖어있는 것을 깨달았다. 그 순간 그는 타는 듯한 통증이 그의 가슴과 심장 속으로 퍼져 나가는 것을 느꼈다. 그의 눈에서 잠깐 눈물이 비쳤다. 그 눈물이 어느 사이엔가 그에게 마음의 평화를 가져다주었다.

바닷바람에 꽁지머리가 날렸다. 그는 다시 술 몇 모금을 꿀꺽 삼켜서 목구멍 깊숙이 털어 넣었다. 그리고 물병으로 수건을 적셔 그 사내의 갈라진 입술 사이에 물을 몇 방울 떨어뜨려 적셔주었다.

복수는 달콤할까.

나는 지금 엄청난 환희를 느끼고 있는 것일까.

나는 지금 종작없이 뛰쳐나오는 머릿속의 복잡한 생각을 논리적으로 연결시킬 수가 없다. 이 경우 대학의 논리학 강의는 전혀 도움이 되지 않는다. 나는 지금 살인에 대해 강렬한 쾌감을 음미하고 있는 것인가. 나는 냉혈한 살인마인가.

사기꾼도 인간이 아닌가. 인간이 인간을 죽일 수 있을까. 나는 지금 애써 그와 눈을 마주치지 않으려고 외면을 하고 있다. 나는 극단적인 혐오감을 나타내는 몸짓을 해서는 안 되리라. 나는 이 사람한테 개인적인 감정이 없다고 할 수는 없을 것이다. 분명히 있다. 내가 인간이란 게 수치스럽지. 나의 분노와 앙심, 복수의 일념은 나의 심신과 양심을 고갈시켜 버렸지.

그는 죽어야만 마땅하지. 전혀 구제할 길이 없는 그 수많은 피해자들을 생각해 보라고 그들이 흘린 눈물이 홍수처럼 한강으로 흘러들어 강물이 불어났지. 그를 살려두면 또다시 미꾸라지처럼 빠져나갈 거야. 부정한 수단으로 모아둔 막대한 자금을 풀어서 빠져나갈 거라고 유전무죄 무전유죄. 불기소 처분을 받거나 집행유예를 받겠지. 왜 법은 항상 우리 같은 약한 사람들을 편들지 않고 외면하는 걸까?

국가의 형벌제도를 도저히 이해할 수도, 믿을 수도 없다. 사람 사이에 중요한 것은 서로에 대한 믿음이지. 사기는 인간의 신뢰를 배신하는, 인간 정신을 농락하고 모욕하는 행위인 거지. 그건 인격을 모독하는 인격 살인인 거야. 그래서, 어떤 면에서는 특히 수많은 사람을 울리는 집단적인 사기는 강도, 살인보다 죄질이 훨씬 더 나쁘다고 할 수 있다. 입법자들이 사기를 강도나 살인보다 가볍게 처벌하도록 법전에 규정한 것은 실수한 거지. 그들은 집단 사기나 인격 살인의 개념을 정립할 수 없었던 거지. 이 사람은 당연히 사형을 받아야 하고, 그 형이 즉시 집행되어야만 한다. 그게 정의인 거다.

어린애 같은 판사 놈들은 중형 선고를 꺼리고, 꺼린 게 아니라 두려워하고, 국가는 인권 운운하면서 아예 사형집행을 하지 않는다. 그러니까 이 나라에는 가해자의 인권만 있고 피해자의 인권은 없는 거다. 내가 직접 사형을 선고하고 그 형을 지금 집행하는 거지. 우리 세 사람은 이미 합의를 하였고 그렇게 평결을 내린 거지. 나는 스스로 사형집행인이 되어 그를 제거할 수밖에 없는 거지. 일종의 자구책이라고 할 수도 있다.

그렇지만 상당히 오랫동안 신경이 극도로 날카로워져 있기 때문에 밤마다 악몽을 꾸게 될 거야. 그가 네게 총을 겨누겠지. 총소리가 들리겠지. 총소리가. 빵, 빵, 빵.

그리고 백상아리들이 피 냄새를 맡고 몰려들고 이것들이 이중주, 삼중주, 사중주 아니면 합창을 할 것인가.

그러니 내일은 새로운 하루가 시작된다고 생각하며 잠들 수가 없겠지. 밤이면 잠을 자기가 힘들 거야. 자리에 눕기 전에 방문과 창문을 꼭꼭 닫고 방이 확실하게 밀폐되어 있는지를 반드시 확인해야만 할 거야. 그러니까 이게 진짜 꿈인지 현실인지 분간할 수 없군.

내가 이 고통을 잊어버릴 수 있을 만큼 인내력이 있을까. 결국 죄의식과 피해의식 같은 거 때문에 다시 알코올 중독이나 엑스터시에 손을 내시 않을까. 매일 밤 무슨 꿈을 꾸는지 잠꼬대를 잘하고, 잠꼬대를 할 때는 너무 거칠고 불만에 가득 차서 툴툴거리는 목소리로 말하는 그 여자, 그 여자가 날 받아 줄까, 그래서 따뜻하게 안아줄까.

나에게 이 배의 이름처럼 제2희망이 있을 수 있을까. 내 인생은 어차피 실패작이었으니 돈은 더 이상 필요 없겠지. 두 사람에게 모두 줘 버릴 거야.

나는 신이 아니니까 무슨 일이 일어날지 알 수 없는 거야. 나는 지금 할 수 있는 일을 할 뿐이다.

그러나, 조금 낯선 상황이긴 하지만 오랫동안 기다렸지. 죄책감을 느껴서는 안 되는 거지. 지금 끝내야만 하지. 주저해서는 안 돼. 맹목적인 의지. 그러나 지금 목을 맨 채 일그러져 있던 아버지의 얼굴은 기억나지 않는군. 벌써 10여 년 전의 일……. 그때 군 제대를 기다리고 있었는데……. 아버지, 불쌍한 아버지.

그런데 총은 쏘지 않고 바다에 던져버려야 할 것이 아닌가. 아니야, 내 손으로 피를 보아야만 하는 거야. 총을 머리통에 갈기면 아주 통쾌한 만족감을 느낄 수 있을까. 나는 지금 총을 쏘고 싶어서 안달을 하지. 총을 쏘는 것은 위엄 있는 일이야. 그러나 정확히 과녁의 중심을 꿰뚫어야만 하지. 마지막 가는 길에 고통을 줄여줘야 할 것이 아닌가. 그게 인간의 자비라고 할 수 있을까.

그는 숨을 헐떡거리고 땀을 흘리고 묶인 채로 불편하게 고개를 흔들었다. 그럴 때마다 안면 근육이 파르르 떨렸다. 그는 호흡을 가다듬고 실눈을 떠 애처롭게 처형자를 쳐다본다. 오줌을 지린다. 뭐라고 중얼거린다. 무슨 말을 하고 싶은 것일까. 알 수 없다. 소리 없는 단말마의 비명일까. 그 중년의 사내는 이제는 눈물을 글썽이며 어깨를 들먹이고 있다. 그는 앞으로 닥칠 일을 직감하고 있었다. 추위가 온몸을 휘감았다. 그는 기진맥진한 채로 거의 움직이지 않았다. 지금 어쩔 수 없이 자신의 패배를 인정하고 있다.

그가 마지막 말을 남긴다. '신은 모든 곳에 계십니다.' 이제는 돌이킬 수 없을 것이다. 너무 빨리 닥쳐버린 운명, 아니면 숙명. 암전. 단념. 체념.

그가 감정을 감추지 않고 단도직입적으로 말했다.

"너무 걱정하지 마, 아주 편안하게 보내줄게. 나는 폭력은 질색이야. 지긋지긋하지. 특수부대에서 실컷 당했었지. 그래서, 나는 개자식은 아니니까, 네 놈에게 침을 뱉고, 짓이기고, 두들겨 패고, 때리지는 않겠어. 아무튼 폭력은 야만적이기 때문에 안 되는 거야. 그러나 칼이나 총은 별개야, 폭력이 아닌 거지, 사랑 혹은 증오.

그런데 이곳 바다는 이미 공해상이고 수심이 200미터가 넘는 깊은 곳이야. 알겠어? 지금 아무것도 보이는 게 없어. 이 망망 대해에 오직 우리뿐이라는 말이지. 그믐달이 이지러지고 있구먼. 꼭 한밤의 공동묘지같이 으스스해.

서해안 바다에서 제일 깊은 곳이고, 수온도 적당해서 육식 상어인 백상아리 떼의 본거지이고 산란장이라고 할 수 있으니 그것들이 얼마나 활개 치고 나니겠어.

나는 그 녀석들을 바다에서 본 적은 없고 어디더라, 대형 수족관에서 보았지. 영화 '조스'에 나오는 식인 상어가 바로 백상아리인 거지. 이빨이 칼날보다 더 날카로운 거야. 그 녀석들이

251

피 냄새를 맡고 덤벼들면 한 시간도 못 돼서 뼈까지 씹어 먹어 버릴 거야.

그러니까 네놈이 바다 밑바닥까지 내려갈 틈도 없는 거야. 산 채로 뜯어 먹히면 그때 의식은 살아 있는데, 그러면 얼마나 고통이 심하고 아프겠어. 우리는 늑대나 하이에나가 되고 싶지는 않지. 그것들은 먹잇감을 산채로 마구잡이로 뜯어 먹거든. 그래서는 안 되겠다고, 마지막 자비를 베풀어야겠다고, 마음을 고쳐먹었지. 네 놈을 아주 편하게 보내주고 싶은 거야."

* * *

바다는 칠흑처럼 캄캄하다. 아득히 먼 곳에서 야간 어로 작업을 하는 어선의 불빛이 아스라이 보인다. 그들은 엔진을 껐다. 배는 가벼운 바람에 삼각파도가 일며 방향이 틀어졌지만 다시 해류를 따라 남쪽으로 내려가며 너울에 약간씩 흔들린다.

연속적으로 발사된 3발의 총성이 파도 소리에 묻혀 버렸다. 피가 튀면서 물 위로 떨어졌다. 피 냄새를 맡은 상어들이 물장구를 치며 몰려들었다. 상어들이 첨벙거리며 서두르느라 서로 부딪치고 물을 마구 튀겨서 바닷물이 거품투성이가 되었다.

그들은 플라스틱 통으로 바닷물을 퍼 올려서 바닥에 떨어진 핏자국을 닦아냈다. 그런 후 배는 천천히 방향을 틀어 풍도 쪽을 향했다.

그런데, 몸집이 어마어마하게 큰 상어 한 마리가 어둠 속에서 수면을 뚫고 치솟더니만 멋지게 공중제비를 넘고는 물보라를 일으켰다. 그리고 바다 속으로 들어갔다 다시 나왔다. 그 백상아리의 모습은 정말 인상적이었다. 길이가 5, 6미터는 돼 보이고 그 길이라면 몸무게는 2톤은 될 것이다. 그러나 그 상어 주위에는 그보다는 작은 상어 네댓 마리가 유유히 헤엄치고 있었다. 그 중 한 마리가 번개처럼 덤벼들어 덥석 무는 순간 물살이 쫙 갈라졌다. 그리고 입에 문 채로 잠깐 동안 머리를 흔들더니 꿀꺽 삼켜버렸다. 그 상어에게는 그것은 그저 코끼리 입에 비스킷 한 조각 정도밖에 안 되었을 것이다.

다른 상어들이 이제 미쳐 날뛰기 시작했다. 분명히 피 냄새를 맡고 몰려들었는데 그들이 좋아하는 지방이 풍부한 먹잇감, 물개나 바다사자 같은 먹잇감이 없는 것이다. 그래서 화가 났다.

백상아리는 바다의 먹이사슬 중에서 최상층에 있는 육식동물이고 바다에 사는 가장 큰 놈이기 때문에 그에게는 적수가 없다. 천적이 없는 것이다. 그래서 포악하고 잔인하다. 일단 피 냄새를 맡으면 미친 듯이 물어뜯고 반드시 죽여야만 직성이 풀리는 것이다. 그것들은 엄청난 파괴력으로 수면에 떠 있는 것이면 뭐든지 공격할 수 있다. 그런데 지금은 잔뜩 신경질까지 나 있으니.

두목은 뱃전 밖으로 얼굴을 쑥 내밀고 코를 킁킁거렸다. 바다 냄새가 폐부를 찌른다. 그리고 그 거대한 상어에 넋을 잃었다. 그것의 위협을 간과한 채 그 녀석에게 잔뜩 매료된 것이다. 그러나 그것의 치명적인 위험을 깨달았을 때는 이미 늦었다. 미리 알았다고 해도 뾰족한 수는 없었으리라.

그 상어는 이제 배 주위를 유유히 헤엄치더니 그 거대한 힘을 과시하듯 그 낡은 배에 자신의 몸통을 살짝살짝 부딪친다. 소름끼치는 아가리는 완전히 감추고 말이다. 그리고 물속으로 잠시 들어가 시야에서 사라지더니 다시 불현듯 나타났다. 그러더니 갑자기 순식간에 그 꼬리를 채찍처럼 휘두르고 격렬하게 몸통을 흔들며 배에 충격을 가했다.

배가 몹시 흔들리고 조타수는 깜짝 놀라 몸의 균형을 잃고 쓰러지며 조타기를 놓쳐 버렸다. 배가 신음을 하며 요동을 치고 널빤지의 이음매들이 벌어지기 시작한다.

그놈은 분하고 화가 나서 미치겠다는 듯이 입을 쩍쩍 벌리고 꼬리로 물을 도리깨질하였다. 이번에는 배의 좌현을 겨냥하고 돌진해서 연신 자신의 거대한 대가리로 배를 충격해서 뒤흔들었다.

그 악마는 불가사의한 힘과 사악한 적의를 가지고 있었다.

배 안의 세 사람은 이 엄숙한 광경에 어쩔 줄 모르고 혼란에 빠졌다. 몸을 가누기조차 힘들었다. 두목의 눈에 핏발이 섰다.

"저 자식이 어쩌려고 저러나, 미쳐버렸는가. 전혀 예상치 못한 일이야. 저놈을 어떻게 한담? 저놈에게 대항할 길이 없는 거야. 끝났어, 끝났어. 하나님이 어쩌자고, 하나님……."

그 상어는 조금도 지치지 않았다. 격렬하게 부딪치기를 반복한다. 배가 어쩔 수 없이 그 백상어가 만들어낸 거센 조류에 밀려서 맥없이 빙글빙글 돌기 시작하며 작은 소용돌이를 만들었다. 낡은 목선이 압력을 이기지 못하고 삐걱거리더니 배의 이물 쪽부터 산산조각이 되어 부서지며 나무 조각들이 바다로 흩어졌다.

제 2인자

제 2인자

그는 언제나 내 앞에,
의연히 내 앞에 있었다.

접견 신청서

수감 번호 : 1522

피고인 : 유석근

죄명 : 사기, 배임, 횡령, 주식회사의 외부감사에 관한 법률
　　　위반죄 등

접견 일시 : 2012. 12. 3. 14:00

　　　　　　　　　　2012. 11. 30.

　　　　　　　　　　　　　변호사 유증원

서울구치소 귀중

12월 3일 월요일

변호사 : 회장님의 편지를 받았지요. 그러나 너무나 의외였습니다. 저는 현재 반쯤 은퇴한 상태이지요. 쓸데없이 소설 쓴다고 허둥대고 있지요. 그러니까 별 볼 일 없는 변호사라는 이야기입니다. 게다가 형사 사건을 맡아본 지가 까마득한 옛날이지요.

피고인 : 잠깐만…… 너무 서두르지 마시오. 내가 그런 사정을 어느 정도는 알고 있지 않겠소. 심사숙고했지요.

종친회 회장이 면회를 와서는 추천을 하더구먼. 촌수가 멀긴 하지만 조카뻘이 되지. 우리 조상들이 대대로 고흥에서 살다가 아버지 때 전주로 올라온 거라네.

그곳이 고향이 아니던가?

변호사 : 연세도 많으시고 집안의 아저씨뻘인데 말씀을 낮추시지요. 그리고 그룹의 회장님 아니십니까.

조상 대대로 고흥에 살았지요. 바닷가에서…… 그곳이 아주 머나먼 남쪽 끝이지요. 소록도가 근처에 있습니다.

피고인 : 말이라도 고맙구먼.

아주 옛날에…… 무슨 일 때문이었는지는 기억나지 않지만 아버지를 따라서 고흥에 갔다 온 적이 있다네. 아마 제각 준공식 때문이었을 거야.

할아버지 때까지는 고흥에서 살았다네. 대대로 호산에서 말일세. 아버지가 일찍 객지로 떠났어. 그래서 전주에서 정착했지.

변호사: 그렇군요. 그런데 말입니다. 이런 큰 사건이라면 대형 로펌에 맡겨야 하지 않겠습니까? 그런 곳에는 전관예우를 받는 검찰이나 법원 고위직 출신들이 즐비하지 않겠습니까.

피고인: 그렇겠지. 돈을 터무니없이 많이 요구하고 말이지. 전관예우라는 유구한 사법적 관습을 믿는 자들 말이야.

이왕 말이 나왔으니까, 그런 종류의 인간들과 한바탕 홍역을 치렀지. 이 사건이 알려지자마자 자천타천으로 거물 변호사들이 몰려드는 거야. 구속적부심에서 풀어준다, 보석으로 내보내 주겠다, 최소한 집행유예만은 장담한다고 하면서 말이야.

그리고 그들은 재판을 받을 때는 모자를 깊이 눌러쓰고 마스크를 쓰고 휠체어에 앉아 대단한 환자인 것처럼 해서 법정으로 들어가라고 코치를 했었

지. 자신들이 잘 아는, 진단서를 잘 써주는 아주 특
별한 병원도 소개해준다고 했어. 그게 재벌 회장들
의 공식이라고 하면서.

그러나 그렇게 돈에만 환장한 인간들은 도대체 믿
을 수가 없는 거야.

변호사: 돈이라면 사족을 못 쓰지요. 요즘 세상에 돈 싫어하
는 사람이…….

피고인: 그건 맞는 말이야. 솔직해서 좋군.

자본주의 사회란 황금만능주의이니까. 돈은 원하
는 대로 줄 수 있지. 어서 요구해보라고. 변호사들
은 황금의 노예가 아니던가. 난생 처음 보는 목돈
을 만지게 해줄 테니까.

나는 내 이야기를 끝까지 진지하게 들어주고 그걸
뼛속 깊이 이해하는 사람, 그런 변호사가 필요했던
거요. 나는 늘 대화할 사람을 목말라 했거든. 대화
할 상대가 있다는 것은 대단히 멋진 일 아니겠는
가. 그만큼 진심이 통하는 사람이 드물었다는 얘기
야.

그래서 말인데…… 자주, 그러니까 매일처럼 접견
을 와주면 고맙겠군. 감방 안은 너무 답답하다네.

그러니까, 발화자에게는 항상 진지한 청자가 필요

한 법이지.

그쪽도 사정은 마찬가지이겠지. 뭐니 뭐니 해도 독자가 절실히 필요했을 테니까. 당신도 독자가, 무슨 독자더라, 그렇지 당신의 소설을 뼛속 깊이 제대로 이해할 수 있는 모델 독자가 필요하다고, 실토하지 않았던가.

아시겠어? 유 변호사는 뭐랄까, 시쳇말로 괴짜라고 할 수 있겠지. 겉모습을 보면 아직 멀쩡하니까 반은퇴라는 말은 하지 마시오

내가 당신의 소설을 죄다 읽었어. 솔직히 말해서 여길 들어오기 전엔 이름조차 몰랐지만 이곳에는 지겹게 시간이 남아돌고 이상한 소문을 들었던 거야. 당신이 제법 작가인 척 한다는 거지. 자신을 구구하게 변명할 필요가 있었겠지.

그래서 '(변호사가) 왜 소설을 쓰는가.'라는 에세이를 썼던 거고. 당신은 능수능란하거든. 자신을 비하하는 것처럼 하면서도 은근히 과시하고 있는 거야. 유 변호사는 소설보다는 비평을 해야 하는 것 아닌가, 남을 비꼬는 데는 소질이 있는 것 같거든.

변호사 : 제가 무슨 쓸데없는 이야기라도 늘어놓았다고 생각하십니까? 무슨 오해가 있었던 거 아닌가요?

피고인 : 4·19 때는 문과대를 다니는 대학생이었지. 그러나 거리로 나선 적은 없었어. 그 험한 전쟁을 경험한 내가 그런 건 애들 장난처럼 우스워 보였거든. 그렇지만 그 시절에는 나도 문청이었다네. 전쟁의 후유증을 털어내기 위해서는 많이 읽으면서 잊어버려야 했으니까.

그러나 거기까지가 한계였다네. 내가 자신을 잘 알지 않겠나. 그런데 문학은 꼭 필요한 것이 아니라네. 문학에는 권력이 없어.

변호사 : 그러니까, 한때는 문학청년이었다구요?

피고인 : 그 정도로 하고 본론으로 넘어가자고

그건 아니지. 분명히 아니지만 거기에는 오싹한 경멸이 숨어있었거든. 그러나 유머 감각이 너무 부족했던 것만은 인정해야 할 거야.

다만 손으로 종이 위에 또박또박 쓰는 것만큼은 공감이 가지. 펜으로 종이 위에 글을 쓰는 것은 컴퓨터의 키보드를 치는 것 하고는 차원이 다른 거지. 컴퓨터 속 윈도는, 그건 가짜인 거야.

인간은 본질적으로 창문이 아니라 그 너머에 있는 걸, 그걸 실체라고 할 수도 있겠지, 그걸 보고 싶어하고 만지고 싶어 하는 거야. 실제로 무언가를 직접 쓰는 행위에는 심오한 철학적 배경이 있는 거지.

손으로 글씨를 쓰는 행위는 마음에 평안을 가져오고 잡념을 없애주고 스트레스를 잊게 만들고 쓰는 내용을 더 깊이 음미하게 해주는 거야. 그런데 글씨를 쓰다 보면 몰입하게 되고 그럼 결국 명상하는 효과와 같은 효과가 나오는 거지. 불경을 베껴 쓰는 사경寫經을 하게 되면 산란한 마음이 가라앉고 안정감이 생기는 것과 같은 거지.

변호사 : 좋은 게 좋다는 식의 비평은 하나마나지요. 그건 짜고 치는 고스톱처럼 죽도 밥도 아닌 것이지요. 하여간에 오늘은 여기까지만 하시지요. 제가 또 올 수 있을지 모르겠습니다.

그 이유를 편지로 알려주십시오. 이 정도 사건이라면 요즈음 양형기준으로는 아마 10년쯤은 살아야 할 거예요.

피고인 : ……그래, 그렇군. 나더러 감옥에서 죽으라는 얘기군. 그러나 내 이야기는 시작도 안 했는데 말이야. 그럼 언제쯤 다시? 그 인간에 대한 이야기를 …….

그는 언제나 제 일인자, 영원한 일인자, 독재자, 회장, 대표이사, 냉혹한 기업가, 탁월한 사업가, 분노조절 장애자, 비열한 인간. 그리스 신화에 나오는 키메라 같은 다중인격자, 로맨티시스트이거든. 어째 흥미롭지 않아?

변호사 : 저더러 그 사람 회고록을 대필하란 말씀인가요? 혹은 전기라도 쓰라는 말씀인가요?

피고인 : 전기? 회고록? 그건 과장과 왜곡, 미화, 우쭐대기, 잘난 체하기 등 온갖 수법을 다 동원한 전기 작가의 소설이야. 진짜 소설인데 쓰레기인 거지. 전부 불태워 버려야만 할 거야. 그런데 그 일인자는 이 사건에서 핵심인 거야. 암흑의 핵심.

12월 10일 월요일

변호사 : 편지는 잘 받았습니다. 간단히 쓰셨더군요. 그런데 잘 모르겠습니다. 재판 날짜는 아직 멀었지요. 엇그제 기소가 되었으니까요.

피고인 : 어쩔 수 없는 일이지……. 재판을 서둘러서 무슨 좋은 수가 생기겠어. 안 그런가? 그 재판장 형이 세다고 하더군. 곧 사표내고 개업한다는 소문도 있고
우리는 지금 약속을 한 거야. 소송위임계약이란 게

결국 약속이 아니고 무엇이겠어.

　나는 '인간의 초상'을 지금까지 열 번쯤 읽었고 이 재판이 끝날 쯤에는 그만큼 더 읽게 되겠지.

그래, 그렇지. 지금쯤 고백록이 필요했겠지. 그걸 쓰고 싶기도 하고 남기고 싶기도 했겠지. 누가 읽어 보든 안 읽어 보든 상관없이 오직 자신을 위해서 쓸 수밖에 없었겠지. 그러니까 당신은 솔직하게 말하고 있는 거야. 나 자신을 위해 그 소설을 썼습니다, 그래서 어쨌다는 것입니까, 그것 말고 달리 뭘 위해서 쓸 수 있었겠습니까, 독자를 위해 쓴다는 것이 무얼 의미하는 것인가요, 나는 독자가 원하는 게 무엇인지, 상상할 수가 없지요, 나는 사람들이 내 소설을 좋아한다거나 읽을 거라고는 믿지 않습니다, 그러니 싱싱한 구어체로 편하게 읽을 수 있게 쓸 수가 없는 것이지요.

그럼에도 불구하고…… 작가는 소설에 대한 오독에 화가 나지 않을까, 그런 거지, 어쩔 수 없다고, 그러기 마련이라고 자위할 수 있을까?

당신인들 자신의 작품 중에서 상당 부분을 해석하지 못하거나 잘못 해석하고 있을 거야. 그 소설은 그건 '기억의 초상'이고, 퇴행성관절염에 걸린 한 '인간의 초상'이라 할 수 있겠군. 그러니 제목을 바꿔야 하지 않겠어. 그 제목이 왜곡된 이미지를 만들고. 있으니까.

그러나 나는 우리나라 작가 중에서 유일하게 전쟁을 이해하는 작가라고 믿게 되었어. 전쟁의 양상은 매우 다양하지만 그 소설은 전쟁의 본질을 제대로 알고서 형상화한 거지. 그걸 나는 인정한다네.

죽음과 절망 말이야. 전쟁터에서는 패자는 죽어야 하고 승자는 절망할 수밖에 없으니까.

인간 실존의 비루함이란. 그리고 무신론의 문제가 있지. 전지전능한 신이 일찍부터 진짜 있었다면 그 비참한 전쟁들이 일어나지 않았을 거야.

변호사 : 왜, 갑자기 그 허접쓰레기 같은 소설을 읽고 있는지 이해가 안 가는군요. 읽을 만한 좋은 책들이 널려 있지 않습니까. 베스트셀러 말입니다.

피고인 : 베스트셀러라는 것들은 거의가 쓰레기라네.

그런데 독자가 아니라 작가가 스스로 쓰레기라고 말할 수 있는 거야. 자학이 심하군그래. 그런데 그건 독자를 모독하는 거지. 독자에게 쓰레기를 던지는 행위이니까.

변호사 : 잘 아시잖습니까. 전쟁은 결국 쓰레기지요. 인간쓰레기들이 저지른 비열한 짓이 아니겠어요. 그러니

그걸 쓴 소설 역시 쓰레기 같은 거 아니고 무엇이
겠습니까.

피고인: 　그러고 보니 당신의 대답 속에는 날카로운 질문이
숨어있군, 안 그런가?

책은 독자가 선택하는 거야. 그걸 당신이 간섭할
필요는 없겠지. 작품이란 작가의 자식이긴 하지만
어디 자식이라고 마음대로 할 수 있나, 제 인생이
있는데 말이야. 자식이란 게 부모 마음대로 안 된
다는 걸 깨달으면 아버지가 다 된 거야.

책은 작가를 떠나면서부터 작가의 소유물이 아닌
거야. 아직 누구도 단 한 단어도, 한 문장도 읽지
못했더라도 말이지. 책은 제멋대로 자기 길을 찾아
서 이 세상을 떠돌게 되는 거야.

그리고 말이야, 그건 내 이야기이기도 하지.

그런데 당신은 신경증이거나 강박증 환자임에 틀
림없을 거야. 텍스트를 시도 때도 없이 마구 고치
거든. 그건 지독한 동성애자인 영국 화가 프랜시스
베이컨의 버릇과 비슷한 거야. 그 양반은 작품을
갤러리에 내보냈다가도 도로 가져와서 계속 덧칠
을 하며 손을 보거나 때로는 그림의 전경에 들어있
는 형상을 지우기도 하거든.

그래서 가끔 결국에는 그림을 망쳐 버리지.

변호사 : 저는 그 화가를 잘 모르지요. 그러나 매사에 자신
감이 없을 수밖에 없지요. 저는 늦깎이였습니다.
만날 늦깎이인 거지요. 한 번도 선두에 서본 적이
없었지요.

제가 상대방과 이야기 하면서 자꾸 똑같은 말을
몇 번씩이나 되풀이하는 것도 그런 거지요.

작품에 대한 의혹이 끊임없이 고개를 쳐드는 거예
요. 그럴 때면 그걸 태워버려야 하는데 용기가 부
족해서 기어이 발표하고 말죠. 요즈음 인터넷에 올
리는 건 쉬우니까요.

이해관계가 맞아떨어지지요. 그쪽에서는 원고료를
주지 않아도 되니까, 선심 쓰는 척하면서 얼마든지
올려주겠다는 것이고, 저야 원고료는 둘째 치고 우
선 글을 실을 데가 한 군데도 없으니 울며 겨자 먹
기로 인터넷에 띄우는 거지요. 하지만 그러고 나서
무척 후회를 합니다.

피고인 : 그러니까 예술가들이 더 잘 만들려고 좀 더 노력을
기울이다가 원래의 특성을 모조리 잃어버리는 우
를 범하는 거지. 모든 것을 잃어버리게 되는 경우
가 되는 거지.

그건 결국 자살행위, 자기파괴 행위인 거지. 모든
게 지나치면 안 되는 거야. 균형이 문제인 거지.

변호사 : 그럴 수도 있겠군요. 그러나 잘 모르겠습니다. 그걸
        알았더라면 좀 더 나은 글을 쓸 수 있었겠지요.

12월 12일 수요일

겨울의 시작. 겨울의 짧은 해가 구치소의 퇴락한 회색 담벼락
에 긴 그림자를 드리웠다. 달콤한 혹은 쓸쓸한 슬픔.

12월 14일 금요일

피고인 : 오늘은 전쟁 이야기를 하고 싶군. 나도 6·25전쟁
        중에 학도병으로 참가했었지. 죽을 고비를 몇 번이
        나 겪고 나서 결국 운명론자가 되었으니까.
        나는 이 사태를 운명으로 받아들이고 있지.
        그런데 말이지, 유 변호사는 제법 죽음을 달관하고
        있는 것처럼 보이거든. 내가 '죽음에 대한 단상'을
        몇 번이고 잘 읽었거든. 당신은 월남전에서 죽음의
        순간을 제대로 체험한 것 같더군. 당신은 자살 예
        찬론자인가, 아니면 반대론자인가? 자살에 대해 아
        주 길게 썼더구먼. 당신도 나처럼 자살을 시도해
        본 적 있었던 거야?
        그런데 웬? 지랄병에 걸린 거야, 그 전쟁터에서 말
        이야. 싱겁지 않나? 차라리 베트콩의 총알이 가슴
        을 관통했는데 그래도 기적적으로 살아남은 것으
        로 각색했어야 했어.

271

우리가 역사적 사실을 믿어야만 하는 거야? 역사 책도 픽션이라고 할 수 없을까? 역사가들은 특정한 인물과 사실들을 선택해서 나름대로 정리하고, 나머지 인물들과 사실들은 잊히도록 방치하거나 망각 속으로 던져버리거든. 만약 역사가들이 역사책에서 제외했던 것들을 재고한다면 똑같은 역사가 다른 형태를 띠게 될 거야. 사실 역사는 수없이 다양한 방법으로 쓰일 수 있는 거지. 그렇기 때문에 역사에는 그 시대를 대변하지 못하고, 숨기고 억압하는 것이 숨어있는 거야.

역사가들은 1차 자료는 거의 보지 않아. 그래서 2차 자료, 3차 자료를 보게 되는데 어떤 것은 다른 자료의 내용을 그대로 베낀 것이고, 어떤 것은 남의 말을 경솔하게 옮긴 것이며, 어떤 것은 소문을 그대로 옮긴 것이고, 어떤 것은 1차 자료를 교묘하게 바꿔 놓았고, 어떤 것은 제멋대로 해석하고 그래서 어떤 것은 내용이 심하게 수정되었지. 신약성경을 보라고. 그러니까 개인의 역사도 마찬가지야. 어차피 역사는 왜곡과 과장, 미화, 상상력이 가미된 소설이니까.

변호사 : 아저씨께서 차라리 작가가 되었더라면……

그 소설은 베트남 전쟁에 대해 너무 조금, 그러면

서도 너무 많이 말을 한 것 같습니다. 지금 돌이켜 보면 말이지요, 그 전쟁을 말입니다.

전, 콱 죽어버리기 위해서 그곳에 자원해서 갔었는데 죽지를 못했던 거지요. 전투에서 적군의 총에 맞아 죽었더라면 그게 차라리 좋은 거죠.

그런데, 베트남에서 미국의 주도로 휴전이 성립된 직후 바로 월남은 패망했고 베트남은 통일이 되었지요. 얼마나 허망한 일인가요. 무엇 때문에 미국과 한국은 그런 부패하고 허약한 정권을 도우려고 참전했는지…… 왜, 젊은이들은 붉은 피를 쏟았단 말인가요, 쓸데없이. 어리석었다고밖에 말할 수 없겠지요.

역사의 아이러니라고 해야 할까요?

그 후 불과 17년이 지나서 더 기막힌 일이 벌어졌거든요. 전쟁 기간 중 철천지원수였던 미국과 베트남, 한국과 베트남은 1992년에 수교를 하였습니다. 지금 한국과 미국은 베트남의 가장 중요한 교역국임과 동시에 자본 투자국이 되었지요. 호치민 시— 그때는 사이공이라고 하였지요, 울림이 훨씬 좋지 않은가요? 멋있는 도시였지요—와 하노이 거리에는 한국인들이 수없이 걸어 다니고 베트남 처녀 수만 명이 한국으로 시집오는 세상이 되었다는 말입니다.

그러므로, 그 당시 참혹한 전쟁이 무슨 역사적 의미가 있었는가 말입니다.

전쟁의 무의미함이란 결국 모순에 불과한 것이지요. 논자들은 무어라고 씨부렁거릴까요? 한편의 난센스 코미디에 불과했다고 평가할까요? 인간은 어쩔 수 없이 어리석다고 할 것인가요? 그러니까 그 전쟁은 한 편의 서사시나 발라드는 아니라고 말하겠지요.

그 전쟁은 인간의 분노, 권태 또는 광기를 해소하기 위한 카타르시스로서 유희에 불과했던 것일까요. 그러므로 제가 참전했던 그 전쟁이 저에게 지금 무슨 중대한 의미를 가질 수 있었겠습니까?

인간의 어리석음은 인간 존재와 불가분의 관계에 있는 것이지요. 인간은 명석한 만큼 어리석다고 할 수 있습니다. 그것은 치유가 불가능한 인간의 본성이지요. 인간은 어떤 역사적 단계에서도 결코 그 어리석음에서 벗어날 수 없을 것입니다. 인간은 어리석기 때문에 신을 믿을 수밖에 없었을 것입니다. 그런데 왜 6·25 전쟁에 대해서는 말씀을 아끼시는가요? 불편한 진실을 말하기가 두려우신가요? 아버지 세대는 한국전쟁을, 우리 세대는 베트남전쟁을 각기 겪은 거 아닌가요. 전쟁의 본질이야 다를 수가 없겠지요. 그러나 지금 세대는 전쟁을 모르지

요

피고인 : 386세대라고 하던가, 걔들은 젖비린내 나는 꼬마들이지. 잘난 체는 얼마나 하던지. 그러니까 모두 저마다 잘 알고 있는 척 나서는데 질려버린 거야. 저마다 한 마디씩 씨부렁거리는데 나까지 나설 필요가 있겠어. 그들은 그 전쟁의 극히 일부만 알고 있는 거야. 그것도 피상적으로 말이야.

어쨌거나 그 전쟁은 김일성과 스탈린과 모택동이 모의한 합작품인데 그들에게는 한바탕 일종의 전쟁 게임에 불과했을 거야. 물론 김일성은 하수인에 불과했지만……

세상은 역시 불공평하지. 그 악당들은 모두 천벌을 받는 대신 천수를 누리고 죽었으니까. 그러니까 전지전능한 신은 없다고 봐야겠지.

당신의 견해가 옳은 거야. 전쟁은 신의 의지가 아니라 인간의 의지인 거야.

내가 16살 때 학도병으로 끌려갔지. 오죽했으면 5년 만에 제대해서 돌아오니까 키가 10센티미터나 더 자랐더라고. 그렇게 어린 녀석이었으니 얼마나 집이 그리웠겠어.

엄마도 너무 보고 싶고……

우린 군사훈련도 제대로 받지 못했고 겨우 방아쇠

당기는 법만 배워서 투입되었지.

낙동강 방어선 전투에서 우리 소대원 중에서 나 혼자 살아남고 다 죽었어. 군대에서 보병은 천덕꾸러기…… 프롤레타리아이지.

그러면 살아남은 자는 행복하고 선택받은 자로서 자부심을 느낄 수 있었을까. 그만두자고 나 혼자 살아남았다는 죄의식을 떨쳐 내는 데 반세기가 걸렸거든.

칠십을 넘어서면서부터 그게 점점 엷어지고 마침내 사라졌어.

변호사: 저의 경우에도 그랬었지요. 시간이 약이었지요. 시간이 도도한 강물처럼 흘러갔지요. 현실에 익숙해지고 일상생활에 익숙해졌지요.

그래서 문을 닫아걸고 문 안의 사적 세계에 안주할 수 있었던 것이지요. 그러나 여전히 제 마음 한구석에는 견고한 장벽이 존재해서 그곳으로는 타자가 들어올 수가 없었습니다.

12월 17일 월요일
12월 19일 수요일
12월 26일 수요일
12월 28일 금요일

1월 3일 목요일

피고인 : 벌써 해가 바뀌었어. 시간이 참 빠르지.

변호사 : 그렇지요 뭐. 강물처럼 도도히 흘러가는 세월을 어찌 멈출 수가 있겠습니까.

피고인 : 오늘은 제 일인자 이야기를 시작해야만 할 거야. 그를 빼놓고는 이 사건을 이해할 수 없거든. 그 잔인한 인간의 이름을 자네도 잘 알고 있겠지.

그 독재자는 절대적 권한을 갖고 있었어. 그랬으니 한 번 입에서 나온 명령은 어떤 경우에도 반드시 엄격하고도 철저히 임무수행을 하여야 했고, 명령을 받은 부하 직원은 지위 고하를 막론하고 어떤 핑계나 이유로도 그걸 피해갈 수 없었지.

하급자들을 지나치게 자유롭고 편안하게 대하면 존경심이 사라지고 방종이 자라나게 마련이라고 하면서, 아니, 더 정확하고 노골적으로 표현하자면, 언제나 명령 불복종, 기강 해이, 무질서로 끝나게 마련이라고 하였지.

일인자는 회사를 경영하면서 불불을 가리지 않았어.

필요하다면 금융기관이나 거래처에 뇌물을 바치는 것은 눈 하나 깜짝하지 않았지. 그는 뇌물을 줘도 아주 교묘하게 요령껏 했어. 뇌물의 액수에 비해 큰 효과를 거둘 수 있도록 말이야.

심리전의 대가인 거야.

그는 뇌물 받을 사람의 취미와 수요를 미리 파악해 맞춤형 뇌물을 제공했기 때문이야. 예컨대 발주처의 담당 본부장에게는 현금을 건넬 뿐만 아니라 본부장의 아들이 골프 프로 지망생이라는 것을 파악하고 아들의 레슨비와 해외 전지 훈련비를 골프 코치 계좌로 입금해서 대납하고 또 상임 감사에게는 퇴임 후 타고 다닐 고급 승용차를 제공하며, 담당 이사의 경우 딸이 수입차가 필요하다는 정보를 입수하고 독일 폴크스바겐의 승용차를 구입해서 제공하고, 담당 대리에게는 그가 자전거 마니아라는 사실을 알고는 500만원이 나가는 독일제 자전거를 선물하고, 또 다른 담당 팀장은 카 마니아이기 때문에 1,000만 원짜리 차량용 오디오를 설치해 줬지.

현금도 교묘하게 전달됐어. 뇌물 받을 사람의 아내나 친인척이 회사에서 일한 것처럼 위장해서 급여를 주는 수법이 사용됐지.

그리고 금융기관의 경우 은행장에게는 현금과 함께 벤츠나 아우디, 에쿠스 등 고가의 차를 부인용으로 제공하고 고급 골프채를 건넸지. 여신 담당 상무에게도 현금과 자동차, 골프채를 상납하고 여신 담당 팀장에게는 직원들을 시켜 가끔 현금을 주는 외에 수시로 유흥주점과 골프접대를 하였지.

그러나 수법이 하도 치밀하고 교묘해서 아무도 걸린 일이 없었어.

그는 어쩔 수 없이 노조를 인정하기는 했지만, 시대의 흐름이 그럴 수밖에 없었으니까, 그러나 단 한 번도 노조를 정식으로 인정한 적이 없었던 거야. 그는 온갖 협박과 회유, 탄압, 매수를 통해서 어용 노조를 만들고 그 노조를 마음대로 조정했던 거야.

변호사 :   그 정도였다구요?

피고인 :   그렇다네. 그의 성격은 참으로 묘한 데가 있는 거야. 한 번은 군 최고위 당국자가 큰 건을 수주할 수 있도록 편의를 제공할 수 있다고 하면서 먼저 대가를 요구했는데, 그러니까 그쪽에서 먼저 요구한 거지, 그는 일언지하에 딱 거절했지. 정말 큰 건이었는데 말이야. 그리고 중간에서 브로커 역할을 한 군 장성 출신의 담당 전무를 단칼에 잘라버렸지. 다른 때라면 그걸 따 내려고 더 큰 뇌물을 바칠 사람이거든. 그는 그런 사람이야. 천성적인 반

항아라고 할까.

그리고 은밀히 이루어지는 대기업의 횡포, 하청업체 쥐어짜기를 말하는 거야. 마른 수건 쥐어짜기라고 납품단가를 갑자기 확 낮추고, 중소기업이 애써 개발한 기술을 빼앗고, 뇌물을 요구하는 행위 따위는 하지 않았거든.

그의 기분은 참으로 예측하기가 어려웠지. 극과 극을 달렸으니까. 찬바람과 따뜻한 바람이 번갈아 불었어. 그러니까 우리들의 관계는 불안정해서 파국이 예정되어 있는 것처럼 보였지만 그래도 그는 항상 마지막 한계선을 넘지는 않았지.

그는 주력 분야에서는 덩치를 키우고 다른 분야로 문어발 확장도 서슴지 않았지.

어쨌거나 회사 경영에 있어서는 나와는 엄청나게 견해 차이가 있었지. 그러니 나는 완전히 소외되고 외톨이로 겉돌았지. 회사의 내밀한 경영상 기밀에는 접근이 아예 차단되어 있었어.

그는 자신감이 넘치는 독재자였기 때문에 기업의 의사결정에 결정적 영향을 미쳤던 거야. 과도하게 자신감이 넘치기 때문에 자꾸 인수 합병을 시도했는데, 물론 그 덕분에 회사가 성장하고 발전한 것은 인정해야겠지.

그러나 인수 합병의 경우 그와 나는 하늘과 땅 같

은 견해 차이가 있었던 거지. 나는 재무구조를 튼튼히 해서 내실을 우선적으로 기하자는 쪽이었고 그는 인수가 무산되면 다른 기업 인수를 계속적으로 추진했지. 그는 아주 적극적이었어, 나는 소극적이었고 나의 관심은 오직 기술 쪽이었어. 기술 개발에 전력하자는 거였지.

사실 그건 핑계인 거고 나는 너무 소심해서 잔뜩 겁을 집어먹은 거야. 부실 회사를 인수해서 동반 부실하게 되면 망한다고 생각했거든.

그러나 그는 전문가를 고문 변호사와 재무 담당자로 영입해서 오로지 인수 합병에 전력투구했지. 그걸 할 때도 치밀한 계산 하에 주고받기식으로 백기사를 적극 활용하여 경영권을 장악하거든. 처음에는 단순 투자 목적이라고 하면서 소액주주나 2대 주주로 출발하는 거야. 그러면서 야금야금 먹어 들어가는 거지. 경영권 분쟁이 생기면 우호적 주주인 백기사를 이용하는 거야.

변호사 : 그래도 잘도 버텨냈군요?

피고인 : ······이런저런 과정에서 나는 도저히 참을 수가 없어서 한 번 들이받은 거야. 영업, 인사, 재무 담당 이사 자리를 요구하고, 실질 주주명부를 아무 때나

열람할 수 있고, 비업무용 부동산은 매각할 것과 자사주의 매입과 소각을 제안하고, 회사 경영에 대해 내 지분만큼은 영향력을 행사하겠다는 뜻을 그에게 전달했지.

그러나 그는 제 1대 주주여서 주주총회를 마음대로 주물럭거릴 수 있었지. 그래 그는 수없이 일어난 증자 과정에서 자신의 지분을 나보다 배는 늘리고 나서 차명 주주에게 넘겼으니까. 이사들, 사외이사들 모두 자기 쪽 사람들이었고, 회사 경영을 좌지우지했기 때문에 나의 요구를 일언지하에 거절했어.

그때 날 어르고 달래고 협박도 서슴지 않았지. 그가 미친 듯이 화를 내더구먼. 그래서, 네가 경영을 하면 회사가 쭉쭉 빵빵 잘나갈 것 같아, 어리석은 자 같으니라고 기다려, 기다려 보라고 무슨 일이든 생기겠지. 그러니 우리는 불안한 동거 관계일 수밖에 없었어. 동업은 언제나 어려운 거고, 제 2인자는 항상 일인자 눈치를 살펴야 하니까 언제나 서럽지.

절대 권력자는 누구나 본능적으로 자기 다음 사람이 나오는 것을 싫어하거든.

그렇지만 2인자도 언제든지 빈틈을 노릴 수 있다네. 인간들은 모두 약점이 있으니까, 은인자중하면서 때를 기다리는 거지.

변호사 : 정말 흥미진진하군요. 그런 인물이었단 말이지요?
소설의 주인공으로 손색이 없지요. 그 사람의 성격
이 정말 궁금하군요?

피고인 : 그래, 정말 흥미진진한 사람이지. 그러나 정신병
자인지도 모르겠어. 틀림없다고.
그러니까…… 눈물을 잘 흘리고, 분노조절장애자
이고, 다중인격 장애자라고 할 수 있지. 잘 알겠지.
다중인격 장애는 해리성 장애의 하나인 거야. 가끔
그런 증세를 보였거든. 그의 자아는 늘 한결같지
않고 계속 변해가는 거야. 하나가 아니라 여럿으로,
복합적이고 분열적이고 모순적이었지. 그렇지, 그
렇고말고 다중 연기는 참으로 기가 막히게 현란했
거든.
냉혈동물이고 온혈동물이지. 흥분하면 말을 하면
서 손을 흔들어 대고 시도 때도 없이 감탄과 강조
를 남발하고 익살꾼, 만담꾼이었지. 하지만 냉정한
성격이었고 입은 대단히 무거웠지. 비밀을 남에게
털어놓는 일도 드물거니와 남의 비밀은 무덤까지
가져갈 사람이었거든. 그리스 신화에 나오는 키메
라인 거야.

그리고 두주불사하는 술고래이지. 술만 취하면 눈이 충혈되고 이유 없이 분노를 터트렸어. 고래고래 욕설을 퍼부었지. 나는 그가 그렇게 더러운 말을 많이 알고 있는 줄은 상상도 못했지만 어쨌거나 시간이 지나면서 익숙해지고 말았지. 그러나 확실하게 로맨티스트인 거야. 여자들을 무척 사랑했지. 모든 여자들을 사랑했으니까.

첫사랑 여인을 잊지 못했어. 그가 군대에서 제대하고 나서 불행한 결혼생활을 하고 있던 그 여자를 기어이 이혼시키고 결혼했던 거야.

그들에게는 외아들이 있어.

부부 모두 아이를 더 낳고 싶어 했지만 남자 쪽에 유전적인 문제가 있어서 매번 일찌감치 유산으로 끝나버렸어. 잇따른 유산의 스트레스 때문에 아름다웠던 여자는 지쳐버렸고 그 후 충격적일 만큼 뚱뚱해지고 약간의 조울증 증세를 나타내고 자주 히스테리를 부렸지. 그러나 내쳐지지는 않았지.

변호사 : 그렇게…… 대단한 인물이었군요 정말…… 흥미롭기도 하구요. 다음 월요일에 오겠습니다. 주말에 어디 다녀올 일이 있어서요 그때 다시 듣겠습니다.

1월 7일 월요일

피고인 : 여전히 그 날이 생각나는군. 너무 생생하게 말이지.
쾅. 쾅. 쾅. 쾅. 쾅.

그때 아군 포병대가 갈긴 105미리 오발탄들이 갑자기 쏟아졌지. 눈부신 섬광이 번쩍했지. 마치 번개가 치는 것과 아주 비슷했거든. 참호가 무너져 내리는 거야.

그때는 악전고투의 연속이었지. 이틀 밤낮을 먹지도 마시지도 자지도 못한 채 질척거리는 참호 안에 처박혀 있었는데 바깥으로 나가 배변을 할 수 없었지. 하늘이 뻥 뚫린 것처럼 하염없이 비가 쏟아졌으니까. 참호 안은 매캐한 화약 냄새, 시신 썩는 냄새에 뒤섞여 오랫동안 치우지 못한 지독한 분뇨 냄새가 진동했었지. 막바지 여름이었으니까.

그런데 적들도 별수 없었는지 슬금슬금 후퇴하기 시작하는 거야. 병사들이 우박처럼 쏟아지는 총알 세례에 픽픽 쓰러지니까.

나는 그때 고개를 땅에 처박고 내장에 남아있는 마지막 토사물이 될 것들을 쏟아내고 있었는데 저쪽에서 소대장이 무전기에 대고 미친 듯이 고함을 지르더라고.

"조준을 똑바로 반복한다. 조준을, 조준을. 생사람 잡지 말고, 생사람. 반복한다. 적들은 후퇴했다, 적들은. 이건 안 돼. 사람 살려. 씨발 새끼들."

다시 오발탄 한 발이, 마지막 오발탄이 소대장의
바로 머리 위쪽에서 작열하였고 소대장은 산산조
각이 되어 하늘로 올라갔지. 나 역시 온몸에 엄청
난 압력을 느끼며 튕겨져 나갔고 내장들이 붕 떠서
날아가는 느낌이 들었거든.

나는 살아서 야전병원으로 호송되었지. 막상 병원
에 있으니까 살고 싶더라고 그래서 '죽어서는 안
돼.' '죽으면 안 되지.' 하고 혼자 계속 중얼거렸어.
그러나 오랫동안 기억상실, 두통, 발작, 수면장애,
귀 울림, 현기증, 감정의 기복 등 다양한 증상 때문
에 고생했었지. 집에 돌아와서도 밤마다 비명을 질
렀어.

백병전을 치르면서 서로를 찔러 죽였는데…… 대
검으로 얼굴이고 가슴이고 닥치는 대로 찔렀는데
…… 뼈마디가 부서지며 우두둑우두둑 소리가 났
는데…… 주위에서 계속 신음 소리, 비명, 욕설, 의
미 없는 고함소리들이 끊이지 않고 들렸는데…….
그게 요즈음 말하는 외상 후 스트레스 장애일 거
야. 당신도 이미 겪어봤으니까 그 증상과 고통을
잘 알 거 아닌가. 나는 지금도 비가 내리는 날이면
여러 군데 상처 자국이 마구 쑤시거든.

나는 그때 세상 모든 종류의 고통과 괴로움을 맛

보았지. 하지만 말일세, 전쟁터에서 사람이 죽고 죽이고 불구가 되는 것을 보고 분노하는 것은 쓸데없는 일이었어. 전쟁이란 게 원래 그런 거 아니겠어.

같은 종을 잔인하게 죽이는 건 인간밖에 없으니까, 그건 지극히 인간적인 행위라고 볼 수 있지.

그런데, 사람이란 날이 갈수록 더욱 잊어버리고 사는 거야. 우리가 늙고 죽는다는 것이 자연스러운 것이듯 잊어버리는 것도 자연스러운 것인데 말이야. 나는 그때를 서서히 잊어버렸어. 그리고 먹고 살려고 기업을 시작하면서 욕심이 생기고, 그렇게 변해간 거지.

변호사 : 그걸 잊어버리는 것은 어쩔 수 없는 일이지요. 나이 탓이 아닙니다. 우리가 잊어버린 것은 그만큼 기억할 만한 가치가 없는 것들이겠지요.

지금 생각해보면…… 저는 여태껏 베트남도, 전쟁도 제대로 이해하지 못했던 것 같습니다. 그저 피상적으로만 알고 있었던 거지요. 무엇이 진실이고 무엇이 환상이었는지 확실하게 구분이 안 되지요. 제가 진실을 말했는지 의심스럽군요. 뭔가 중요한 것, 자신에게 숨기고 싶은 건 숨긴 것이 아닐까요.

피고인 : 어느 날, 일인자가 날 찾아왔더군.

그가 말했어. 그동안 미안했으니까, 정식으로 사과를 하지, 정말 미안하이, 네가 믿을지 모르지만, 지금 개소리한다고 이죽거릴 필요는 없겠지, 내가 그동안 한 짓은 회사를 발전시키고 탄탄한 일류 회사를 만들어 넘겨주려고 했기 때문이야, 주식까지 넘겨줄 거야, 인수인계는 실무자들이 차질 없이 진행하고 있지, 그리고 멀리 떠나는 거지, 이건 큰 뜻은 없어, 단지 약속을 지키는 것밖에, 자네와 30년 전에 했던 처음 약속, 그때 나 자신과 했던 약속 말일세······

인간 사회를 지탱하는 최고의 도덕원리이고 정의의 법칙은 약속을 지키는 거지, 유대인들은 신과도 약속을 했었지, 하지만 우리는 지금 약속이라는 행위의 중요성을 망각하고 있어, 의식적 또는 무의식적으로 무시하고 있는 거야, 그래서 밥 먹듯 약속을 내팽개치고, 채무를 갚지 않고, 아무렇지 않게 약속을 철회하고 있는 거야······

회사는 지금 안정 단계에 접어들었지, 더 이상 인수 합병이나 확장은 필요 없게 된 거지, 나는 수탁인에 불과했어, 애시당초 네가 모든 재산을 털어서 내놓았고 나는 몸뚱어리 하나뿐이었으니까, 그렇게 해서 우리는 시작했지, 그때 절친한 친구, 아니지

그것만으로는 부족하지, 친형제나 다름없었지, 지
금도 친형제인 거지, 안 그런가……? 그러니까 웬
만하면 봐줄 것은 봐 주고, 넘어갈 것은 넘어가주
게……

변호사 :   정말 그렇게 말했어요? 그 지독한 인간이? 정신병
자가 아니었던가요?

피고인 :   그 말을 듣는 순간 회오리바람이 일어났고 눈앞이
캄캄하고 머리가 어질어질했지. 속이 울렁거리고
그러니까, 그룹의 회장 자리를 넘겨준다고, 주식을
넘겨준다고, 일인자가 멀리 떠난다고, 그리고 뭘
봐주라고, 뭔 심각한 짓을 저지르고 도망치는 게
아닐까? 그걸 어떻게 믿을 수가 있겠어.
나는 도저히 믿을 수가 없었거든. 그래서 무슨 일
때문인지 흉계를 꾸미고 후퇴하거나 도망치면서
낚싯바늘 던지는 거라고 생각했었지.
내가 말했지. 지금 무슨 소리를 하고 있는 거야,
우리가 친형제라고, 뭐라고 회사를 넘겨주려고 했
나고, 네 잘난 아들놈은 어떡하고, 그래, 네 아들
잘생기고 똑똑하지, 서울대 출신에 MIT 박사이고,
한국개발연구원에서 수석연구원이었으니까 스펙
하나는 끝내주지, 지금 다른 회사에서 후계자 수업

을 충실히 받고 있겠지, 그 아들한테 물려주면 되는 거야, 나 같은 건 안중에도 없을 거야…….

그가 다시 말했어. ……흐흐흐. 우리나라 기업은 무능한 오너 일가가 회사의 요직을 차지하는 현상이 문제가 되는 거야, 너무 무능한 것들이 오너라고 마구 설치는 거지, 그러니까 조직 내 임직원들의 능력을 사장시키고 그들이 성장할 기회를 박탈하는 거지, 그들은 더러워서 다 도망가지, 남아있는 인력들은 오너 가문의 시종처럼 일하거나 보신주의로 일관하게 되고, 나는 부하 직원들에게 무자비하게 가혹했지만 그러나 신상필벌의 원칙을 지켰고 아부하는 놈일수록 과감하게 내쳤지……

후계자 말인데 자네 알고 있나? 19년간 로마제국을 다스렸고 그 유명한 '명상록'을 썼던 로마 황제 마르크스 아우렐리우스는 딱 한 가지 큰 실수를 한 거야, 그때까지 지켜오던 자식에게는 세습을 않는다는 원칙을 깨고 친아들 코모두스에게 제위를 넘겨주었지만 그 후 로마는 어떻게 됐나, 폭정이 이어지고 쇠망의 길로 들어선 거지……

나는 그동안 단 한 명의 친인척도 우리 회사에 고용한 일이 없었네, 내 말 잘 듣게, 내 지분의 반은 너에게 넘겨주고 반은 공익재단에 기부할 거거든……

안 가본 데가 많으니까 머리고 식힐 겸 지구를 한 바퀴 도는 거지, 그러고 나서 이 세상 끝으로 가는 거야, 그러니깐 불쌍한 원주민을 도우러 가는 게 아니거든, 내 코가 석 자야, 나는 지금 만신창이야, 더 늦기 전에 나를 추슬러야 하지, 그게 말이야…… 나를 찾는다는 게 어디 쉬운 일이겠어? 내가 지금 생각하고 있는 곳은 될 수 있는 대로 먼 곳이야, 연락이 안 되는 곳, 전화도, 팩스도, 이메일도 안 되는 곳이야, 그곳에 가서 푹 쉬고 싶구먼, 죽을 때까지 말이야, 나는 돌아올 생각이 없어……

내가 그때 비꼬았지. 오래 살다보니까 별일이 다 일어나는군. 이게 꿈인지 생시인지 알 수가 없구만. 그가 말했어. 그런 곳을 알고 있는 거야, 그러니까 이 세상 끝이라고 할 수 있는 파타고니아의 남극 쪽 해안, 파타고니아에서는 일 년 내내 바람이 분다는 군, 거기서는 하나님의 우렁찬 목소리마저도 바람에 지워져서 도저히 들을 수 없다고 하더군, 아니면 로빈슨 크루소와 방드르디가 28년 2개월 19일 동안 살았던 머나먼 섬, '머리가 없는 여자의 봄' 같이 생긴 섬 또는 '두 다리를 접고 앉아 있는 여자의 모습'을 닮은 섬, 그리고 아마존 강의 상류 아마조니아에 있는 열대 우림, 뉴기니의 밀림, 아프리카의 적도 저지대 식인종이 사는 곳, 사하라

사막 남쪽의 타만라세트 부근 사막 중의 사막 같은 데를 말하는 거야······

우린 그때 서로 해야 할 말을 모두 했지. 때로는 언성을 높이며 격렬하게 때로는 가볍게 웃으며 조용조용 이야기를 했던 거야. 처음에는 분노로 들끓어 올랐지만······ 서로 멱살잡이를 할 뻔했지. 나중에는 파안대소를 하였지. 모두가 속 시원히 풀린 건 아니지만 많은 오해가 풀리고 결론이 내려졌던 거지. 그리고 악수를 했지.

저쪽에서 문이 열렸다가 닫히는 소리가 들렸던 거야. 그가, 거인 big man이 떠난 거지. 그리고 그 이후 그를 만날 수는 없었지.

변호사 : 저더러 그걸 믿으라고요? 그렇게 쉽게 그 정도로 끝났단 말이죠? 우리나라 기업 풍토에서는 도대체 말이 안 되는 소리죠. 그렇지 않은가요?
인간이 가지고 있는 욕망의 법칙에도 반하고······

피고인 : 대충 사실이라고 할 수 있지. 어쨌거나 내게 회사를 넘겨주었으니까.

변호사 : 그렇게 쉽게······. 형법적인 문제도 있었겠지요. 고소한다고 협박했던 거 아닌가요? 그리고 일인자는

해외로 도피한 거겠죠?

피고인 :   마음대로 생각하게나. 법률 전문가니까……

변호사 :   다시 말씀드리지만…… 너무 현란하군요? 그렇지
           않은가요? 저더러 그대로 속으란 말씀인가요? 절
           완전히 멍청한 인간으로 보시는군요

피고인 :   그렇다니까…… 더 들어보게나……
           나는 그가 마약을 했다고 의심하고 있었다네. 틀림
           없이 중독일 거라고……? 그가 어떻게 그 고통을
           마약 없이 견뎌낼 수 있었겠어. 독한 술로 해결할
           수는 없었겠지.
           그가 아주 멀리 이 세상 끝까지 도망간 것은 중독
           이외에는 설명할 수 없을 걸세. 마약만이 그의 정
           신 상태를 설명해줄 수 있어.

변호사 :   그러니까…… 마약이 그의 정신 상태를 혼미하게
           만들었군요. 그리고…… 자포자기하게 만들었군요
           그렇다면, 자살하지 않은 게 다행이군요

피고인 :   이 이야기는 이 정도로…… 그렇게 해서…… 순순
           하게 물려주었든지…… 아니면 억울하게 쫓겨났든

가……

하여간에 내가 그룹을 물려받은 거야. 소규모 그룹이지만 말일세. 그래도 재벌 흉내는 조금씩 낼 수 있었어. 그때 그룹은 탄탄했지. 그럭저럭 비교적 탄탄했다고 할 수 있겠지. 그룹 전체적으로 부채 비율도 괜찮았다니까. 그때부터 나는 혈기왕성하고 의욕이 넘쳤던 거야.

내가 제일 먼저 처리한 게 뭔지 알아? 내가 샅샅이 조사했던 거야, 뭔가 꼬투리를 잡으려고 말이야. 그가 20년 동안이나 회사를 맡아서 독단적으로 경영했으니 썩은 냄새가 물씬 풍기지 않았겠어. 그러나 비자금을 많이 조성한 건 사실이나 개인적으로 거액의 자금 유용이나 횡령의 흔적은 찾기가 무척 힘들었지.

감쪽같이 처리했으니까. 정말 귀신같았어.

우리나라에서 대기업을, 그것도 그룹을 경영하려면 비자금 조성은 필요악이라고 할 수 있지. 어쩔 수 없는 일이야. 이건 추악한 변명이 아닐세. 문제는 상당수 재벌기업들이 비자금을 조성해서 사리사욕을 취하는 게 문제인 거지.

그리고 모든 면에서 나보다 나은 일인자를 한 번쯤 앞서고 싶었던 거지. 어쨌거나 도저히 당해낼 수 없는 일인자인 것은 틀림없어.

그동안 열등감과 패배의식 때문에 고통을 받았거든. 일부 야구선수들이 약물의 힘으로, 그건 악마의 속삭임 같은 것인데, 대기록을 세웠지. 본즈, 맥과이어, 소사 등도 약물의 힘으로 홈런왕이 되었거든. 나는 그들을 충분히 이해할 수 있어.

나는 어떻게 해서든지 회사를 키우고 확장하고 싶었던 거야. 나의 경영능력을 과시하고 싶었던 거지. 그래서 일인자 못지않은 탁월한 기업가가 되고 싶었거든.

그랬던 거라네. 그래서 2005년부터 금융기관의 돈을 마구잡이로 빌려서 인도네시아 쪽에 공장을 증설하고, 매물로 나온 법정관리 중인 회사를 인수하고 또다시 중국 대련에 있는 회사를 인수했던 거야. 나는 회사 경영에 있어서 정신적 노자와 같았던 그의 충고를 마음속에 불의 글자로 깊이 새기기는커녕 철저히 무시했던 거지.

그는 나의 말로를 예감할 수 있었을까? 가능했을 거야. 기업 환경이 점점 나빠지고 있었으니까. 그리고 내가 빠지고 말 구멍들이 수없이 많이 있었으니까.

그는 숨기고 있었지만 신의 신탁을 이미 들었던 예언자이었겠지.

그러나 2008년 금융위기가 오면서 불황이 깊어지

자 중국 쪽에서부터 판로가 막히면서 매출이 줄고 재고 물량이 기하급수적으로 누적되고, 거의 회수가 불가능한 악성 미수채권이 수천억 원씩 쌓이기 시작하면서 유동성 위기가 찾아왔지. 이자를 감당하지 못하고 자꾸 연체가 발생하는 거야.

그런데 설상가상으로 중국에서 인수했던 회사는 완전한 부실기업으로 그 회사를 살리기 위해서는 밑 빠진 독에 물 붓기였어. 그게 말일세, 소규모 그룹에서는 자금을 감당할 수 없으니까 재기 불능의 결정타가 된 것이지.

그때 모든 임원들이 반대를 했었거든, 중국 사람들이 어떤 사람들인데 회사를 호락호락 넘기려고 했겠느냐, 그들의 재무제표는 도무지 믿을 게 못 된다, 장부상 기재는 그럴듯하지만 실제와는 영 딴판이라는 거지, 막상 인수하고 나면 우발채무를 감당할 수 없을 거라면서, 부실회사가 틀림없다는 거지. 그러나 내가 밀어붙였지. 마구 소리를 지르고 호통을 치고 하면서, 그게 일인자에게서 배운 것이지만, 빨리 인수하라고 닦달을 한 거지. 어쨌거나 큰 건 하나 건져서 내 능력을 보여줘야 했으니까.

그리고 우리 건설회사도 애물단지였어. 중동에서 작은 토목공사를 저가 수주한 것이 발목을 잡고 늘어졌지. 뒤늦게 대표회사를 문책 경질한 들 무슨 소용 있겠어. 이미 엎질러진 물인데.

그러자 나는 다급하게 거래은행에 긴급 운영자금의 지원을 요청했는데 자금 지원은커녕 돈줄을 조이기 시작했어. 나는 그때서야 위기의식을 느끼고 급한 김에 재무구조가 탄탄하고 잘나가는 자회사로부터 자금을 끌어다가 메꾸기 시작했는데 그 과정에서 분식회계를 안 할 수가 없었지.

그렇지 않으면 은행 돈줄이 당장에 막혀서 회사가 부도가 나거든. 그래서 전 계열사에서 인력 감축을 하고 수익성이 낮은 해외 생산 법인은 매물로 내놓고 부진한 국내 사업 부분 역시 팔려고 내놓았지만. 그러나 이미 때가 늦어 버렸던 거야.

모두 신문에 난 이야기야. 그룹을 살리기 위해서 채권단인 금융기관들과 지루한 교섭에 들어갔지. 우리는 대출기간을 연장해 달라, 이자율을 조정해서 낮춰 달라, 채무 일부를 탕감해 달라, 출자 전환해달라는 등 온갖 요구사항을 내걸었고, 만약 여의치 않으면 일괄해서 법정관리를 신청하겠다고 협박 아닌 협박을 했지만 소용없었지. 그래서 돈을 싸들고 가서 정치권 유력 인사들과 교섭한 거야. 그러나 이미 늦었지. 씨알도 먹혀들어가지 않았어. 채권단에서는 부실이 워낙 심해서 전혀 회생 가능성이 없다고, 못 박아버린 거야.

그렇게 해서 모든 회사를 일관하여 회생절차 개시와 회사재산보존 처분을 신청했지만 대부분 기각되었지. 그래서 그들 회사는 파산절차를 밟고 있는 거야.

1월 8일 화요일
1월 9일 수요일
1월 10일 목요일

1월 14일 월요일

월요일 오후여서 변호사들의 접견 신청이 몰렸다. 접견실의 차례가 좀처럼 오지 않고 대기 시간이 길어진다. 오늘따라 집사 변호사로 보이는 젊은 여자 변호사들이 앉을 자리가 없자 불안하게 서성거리고 있다.

1월 15일 화요일
1월 16일 수요일
1월 17일 목요일

1월 18일 금요일

변호사: 다시 말하면…… 그러니까, 회장님은 모든 걸 금융위기 탓으로 돌리는 것인가요 금융위기는 천재지변 같은 거였다고 주장하는 거죠. 증인이 필요할지

모르겠습니다. 똑똑한 증인 말입니다.

피고인 : 엉뚱한 소리 그만 좀 하게나. 금융위기와는 상관없는 일이야. 금융위기는 엎친 데 덮친 격은 되었겠지. 어차피 망하게 돼 있었어. 그룹 전체의 부실이 도저히 감당할 수 없었으니까.

마침내 M&A의 진실이 드러난 것이지. 잘못된 M&A는 죽음의 키스인 거야. 일인자가 M&A에 성공한 것은, 왜 이 기업을 인수해야 하는가 하는 근본적인 물음에 대해 집중했기 때문이지.

그러니까 난 최선을 다하지 않았어. 그냥 허둥댄 거야. 호미로 막을 걸 가래로도 못 막게 되었으니까.

변호사 : 그래도 변론의 방향은 금융위기 탓으로 몰고 가야겠지요. 그리고 회장님은 회사를 살리기 위해 최선을 다했다고 해야겠지요.

피고인 : 모든 공소사실을 인정하게. 내가 무슨 낯짝으로 스스로를 정당화할 수 있겠어. 나는 검찰에서도 모두 시인했어. 검사가 묻지도 않은 것을 다 불었더니 어리둥절한 모양이야.

변호사 : 왜……? 다 불었단 말씀인가요? 끝까지 버티지 않

고

피고인 :　경찰 수사는 경제팀에서 담당했지만 개들은 경제
　　　　　지식이 형편없었어. 기업 회계도 모르고 맨날 겁
　　　　　을 주면서 다그치기나 하고……
　　　　　겨우 삼십대 중반을 넘긴 것들이 늙은이한테 반말
　　　　　짓거리나 하고 가끔 길게 훈계까지 했다니까.

변호사 :　그렇겠지요. 그 버릇 어디 가겠습니까. 그래도 그
　　　　　만하기 다행이네요. 지금은 많이 좋아졌다고 하더
　　　　　군요. 얼마 전까지만 해도 더 험한 짓들을 했었지
　　　　　요. 심한 욕설과 모욕은 다반사이고 때리고 발로
　　　　　차고 완전히 불 때까지 며칠씩이나 잠을 재우지도
　　　　　않았지요

피고인 :　구치소에서 수사받으러 검찰청에 가면 닭장 같은
　　　　　대기실에 가두어 놓는 거야. 숨이 막힐 듯하지.
　　　　　그런데 검사실에서 나이 든 검사가 따뜻한 커피를
　　　　　내놓는데 그만 감격을 한 거야. 담배도 권하고 커
　　　　　피를 마시면서 담배 한 모금 빠는 기분이란…… 그
　　　　　래서 술술 이야기했어. 담배 연기가 사람을 풀어놓
　　　　　는다니까.

변호사 :   커피 한 잔에 그렇게 쉽게…… 그래도 검사가 경
찰보다는 단 수가 높군요.

피고인 :   그렇다네. 경제 지식도 해박하고 그런데 그 검사
는 내가 심경이 변해서 법정에서 부인할까 봐 노심
초사하더군. 조서에 서명까지 했으니까 부인하면
안 된다고 몇 번이나 다짐을 받더군.

변호사 :   그러면 어떻게 하시겠습니까?

피고인 :   그 무렵에는…… 사건이 터졌을 때 말일세. 예측
할 수 없는 긴박한 상황에서 갑자기 극심한 두려움
이 생기고…… 숨이 턱턱 막히면서 심장이 두근거
리는 신체 증상이 나타나기 시작했어.
나는 그때 말할 수 없이 극심한 공포감으로 죽을
것 같았고 어찌할 바를 몰라 미칠 것 같았지. 식은
땀이 나며 숨이 막혀 메스껍고 기절할 것 같은 느
낌이 들었지. 그게 바로 공황장애였던 거지.
그래서 죽을 생각을 했던 거야. 그러나 죽지 못하
고 차라리 감옥으로 가자고 생각했어.
그러니까 법정에서 구구한 이야기는 할 필요가 없
을 거야. 내 입으로 직접 말하기에는 쑥스러운 일
이야. 그건 위선이거나 위악이 되겠지.

제발 판사에게 관대한 처벌을 바랍니다라는……
김밥 옆구리 터지는 소리는 하지 말게. 무슨 염치
로. 오히려 법이 허용되는 한에서 최대한 엄벌에
처해 달라고 말하게.
그렇지? 변호사가 그렇게 변론하는 것은 변호사
윤리에 어긋나는 것이고 나중에 징계를 받게 될 거
구만. 그건 내가 직접 말하겠어.

변호사 : 간디의 재판을 흉내 내려고 그러시는 겁니까. 간디
는 자기의 죄가 기소된 다른 사람들의 죄보다 더
크다고 말하고, 판사에게 최대의 벌을 주도록 당부
했지요. 판사는 간디에게 6년 징역형을 선고했고
간디는 정중하게 그 판사에게 감사의 뜻을 표했습
니다.
그러나 법대에 앉아서 거들먹거리며 피고인을 벌
레나 되는 것처럼 깔보고 있는 그 거만한 판사가
감격을 할까요? 아니면 의아하게 생각할까요? 우선
깜짝 놀라겠지요.
판사생활 30년 동안 그런 엄청난 말은 처음 듣기
때문에 자기 귀를 의심할 거거든요.
그래도 오너 회장님 아닙니까. 그러고 나서 내심
비웃을 것입니다. 별일 다 보겠네. 이건 위악이야,
위악.

피고인: 내가 그 사람 속마음을 짐작이나 할 수 있겠나.

1월 21일 월요일

오늘 우리는 별로 할 이야기가 없었다. 지난 접견일에도 그랬다. 피고인은 점점 지친 기색이 역력했다.

1월 23일 수요일

변호사: 정직한 기업가께서 왜? 갑자기 마음이 바뀌었는가요? 공판기일이 잡히니까. 역시……?

피고인: 그래, 역시 대단한 착각이었어. 차츰 내가 뭘 원하는지를 깨닫게 된 거야.
　　　　먼저 정치부터 살펴보아야겠지. 그놈의 정치, 정치인들이야말로 철저히 부패했지. 내가 뇌물로 갖다 바친 돈이 얼마인데. 정치인들은 모두가 범죄자인 거야. 살인자이고 날강도들이지. 그것들은 참으로 후안무치하다고 돈만 먹고 싹 입을 씻는 거야.
　　　　민주주의를 옹호할 필요는 없어. 민주주의는 자본주의와 손을 잡을 수밖에 없고 자본주의는 인간을 이기적으로, 탐욕스럽게 만드는 거야. 그것이 인간을 범하고 인간을 먹어치우는데 정치인들이 앞장을 서는 거지. 타락은 타락을 낳고, 죄가 죄를 먹고 자라는 악순환이 거듭되고 있다네.

우리나라 기업치고 특히 재벌기업치고 부정부패가 없는 데가 어디 있겠나? 회계부정과 탈세, 수상한 뒷거래가 없는 기업이 어디 있겠어. 다들 해먹고 있어. 그러나 통계적으로 볼 때 발각될 가능성은 1 퍼센트도 안 되지. 집안 단속을 잘 하니까. 그리고 모두 한통속이 되어 눈감아 주니까. 내가 왜 모르겠어. 그걸⋯⋯.

그만하지. 나 혼자서 뒤집어쓰고 희생할 순 없어. 그건 억울한 일이고 불공평하지. 그건 정의가 아니야. 내가 지금 자기연민의 죄에 빠진 것도 아니고 자신은 당연히 희생자라고 여기는 감정이나 분노 때문만은 아니라는 거, 잘 알 거 아닌가.

전쟁 때도 말이야⋯⋯ 사실을 말하면⋯⋯ 나는 전투가 끝날 때까지 바닥에 그냥 엎드려 있었어. 너무 무서워서 오금이 저렸거든. 여기서 죽으면 안 된다고 생각했지. 개죽음이라고 그게 인간의 생존 본능이 아니겠어?

IMF사태 때 무너진 그룹들을 보라구. 그들의 비리가 세상에 전부 까발려 졌지 않은가. 그때 누가 제대로 처벌을 받았나?

변호사 : 그럼 지금 뭘 원하시나요? 제가 어떻게 하면 되는 거죠?

피고인 : 자넬 짜르고 싶지는 않지만……. 지식인들이란 한심하지. 좋게 말하자면 샌님이고 어리석기 짝이 없어.

사임계를 곧바로 내주게.

역시 전관예우를 듬뿍 받는 거물 변호사가 필요하지. 그들이 많은 돈을 받은 만큼 잘 할 거야.

변호사 : 그래서, 절 이제껏 이용하셨군요. 그것도 집안 어른이…… 제가 너무 흥미로워서 그 일인자에 대해서 대충 조사를 해보았지요. 그 일인자는 아예 존재조차 하지 않더군요.

회장님께서 책을 많이 읽은 것은 사실이겠지요. 알고 있는 지식도 많고 상상력도 풍부하니까요. 그게 뮌하우젠증후군과 비슷한 거지요.

정말 썩어빠진 기업가 대신 작가가 되셨으면 좋았을 뻔 했습니다.

피고인 : 할 수 없었네. 그렇다고 지금 사과할 생각은 없네. 감방에도 통용되는 관습이 있더군. 다들 변호사는 언제든지 바꿀 수 있다고 하더라고…… 실제 그렇게 하고 있고……

변호사 : 저야 뭐……. 원하시는 대로 사임해야겠지요. 어차

피 변호사로서 해야 할 역할이 없으니까요. 그 동안은 집사 변호사 노릇을 하긴 했습니다만……

감방 안에서 답답하고 심심하던 차에 말 상대가 필요했는데…… 말 상대로서의 역할이 끝났다는 거 아닙니까.

피고인 : 그렇지…… 그렇지 않은가…… 우린 사건의 핵심 이야기는 한마디도 하지 않았지. 재산범죄이니까 구체적인 금액이랄까…… 수치가 중요한 데 말이지. 그건 다른 변호사와 할 거니까.

변호사가 한 역할에 비하면 너무 많은 돈을 주었다고 하더군. 같은 방에 있는 잡범들이 그랬어. 그 것들이 빠꼼이 이거든. 돌려주는 게 좋을 거야.

뭐라고 했지? 그렇지, 집사 변호사라고 했지. 일당으로 계산해서 그에 상응하는 수임료는 따로 지급해야겠지.

변호사 : 뭔가 착각하고 계시군요. 약속하신 돈은 제대로 지급되지 않았지요. 차일피일했단 말입니다. 일종의 훌륭한 지연 작전이었지요.

피고인 : ……

티베트 기행

티베트 기행

위대한 정신은 독수리와 같다.
높다란 고독 속에 둥지를 튼다.
— 쇼펜하우어

　나는 5년 전쯤에 히말라야 산맥 쪽에서 불어오는 차갑고 신선한 바람을 쐬기 위하여 티베트의 고원지대를 여행한 적이 있었다. 혜초는 왕오천축국전에서 토번국을 가리켜 '얼어붙은 산, 눈 덮인 산과 계곡 사이에 엎드려 있다'고 하였다. 그 고원은 삭막한 풍경이 거의 사막에 가깝다. 높고 험한 암갈색 산들에게 둘러싸여 있는 광활하고 메마른 곳이었다. 오래 전부터 너무나 가보고 싶어서 끝없는 몽상에 젖게 했던 곳이었다.

　나는 그해 가을에 회사 일 때문에 헝클어진 머리를 식히기 위해서 티베트의 강렬한 햇빛과 맑고 찬 공기가 필요하였다.

　나는 오랫동안 운명처럼 해 온 그 일을 목숨처럼 사랑하는데 그걸 포기할 수 있을까? 또는 그 때문에 회사를 떠날 수 있을까? 그 여자의 집요한 요구 사항은 타당한 것일까? 쓸데없는 개인적 허영심이라고? 공허한 자만심이라고? 난 무엇 때문에 그걸 완강하게 거부할 수 있단 말인가? 그것은 이해 가능한 일일까? 아니면 불가해한 인생의 수수께끼일 것인가.

세상의 비밀과 신비를 간직하고 있는 티베트 고원의 순례길을 걸으며 폐부 깊숙이 그 공기를 들어 마시면 함께 푸른 하늘과 아득한 고원의 무채색 정경들이 환영처럼 가슴 속으로 파고들 것이다.

나는 그때 말로만 들었던 티베트인의 장례의식 중에서 천장 또는 풍장의 일종인 조장의식을 자세히 관찰할 기회가 있었다. 그건 순전히 우연한 일이었다. 라싸에 도착해서 뿔고둥 소리에 이끌려 달라이 라마가 속해 있는 티베트 불교 종파인 황모파의 사원으로 들어가게 되었다. 조캉 사원이었다. 그 사원의 접대소 좁은 방에서 한 달 동안이나 오체투지를 하며 순례를 온, 옷은 남루하고 머리는 엉망으로 헝클어졌지만 구릿빛 얼굴은 행복해 보였던 티베트 서쪽 지역 사람들과 며칠간을 함께 지내게 되었다.

그때 알게 된 젊은 라마승이 안내를 맡아주었다.

그는 왼쪽 손에 들고 있는 옴마니 반메훔이 새겨진 (티베트인들이 마니차라고 부르는) 법륜을 천천히 돌리면서 끊임없이 만트라眞言, 呪文을 중얼거렸다. 그가 중얼거리는 진언이 바로 범어인 옴마니 반메훔 Om mani padme hum이고, 그 뜻은 '연꽃 속의 보석이여'이다. 그런데 연꽃은 더러운 진흙 뻘 속에 뿌리를 내리고 꽃을 피운다. 그렇다면 진흙 속에서 아름답게 승화한 연꽃 안의 보석은 무엇을 의미하는 것일까? 그것은 부처님의 자비, 불법, 또는 진리라고 할 수 있다.

"너무 놀라지 마십시오. 야만적이라고 생각해서는 안 될 것입니다. 1,000년 동안이나 이어져온 티베트의 고유한 장례의식일 뿐입니다. 새들도 인간처럼 고유한 생명력이 있고, 이 세상의 일부분입니다. 그들은 인간의 영혼이 환생하도록 하는 신성한 임무를 수행하는 것입니다." 그 라마승이 미리 주의를 주었다.

장례식을 주관하는 승려가 주문을 외우며 장례 행렬을 인도하였다. 승려는 긴 목도리의 한쪽 끝을 잡았는데 목도리의 반대편 끝은 시신에게 매여 있다. 그리고 승려는 작은 손북과 사람의 넓적다리뼈로 만든 나팔 소리에 맞춰 기도문을 외웠다.

"나는 이 세상을 떠나면서 나를 인도하는 영적 스승과, 관대함과 분노의 모든 신들에게 귀의하며 절하노니, 위대한 자비의 신께서는 전생의 부정과 쌓인 죄업을 소멸하시고 다른 좋은 세상에 태어나도록 인도하여 주소서."

티베트 사람들은 이렇게 생각한다.

한 사람도, 사실은 살아 있는 어떤 존재도, 죽음의 세계로부터 돌아오지 않은 자는 없다. 사실 우리들 모두는 이번 생에 태어나기 전에 무수히 많은 죽음들을 겪었다. 그리고 우리가 태어남이라고 부르는 것은 단지 죽음의 반대편에 불과하다. 그것은 동전의 양면 가운데 한 면과 같고, 방안에서는 출구라 부르고 바깥에선 입구라 부르는 방문과 같다.

그러나 손북에는 느슨하게 매달린 매듭 끈이 붙어있어 승려가 그것을 손으로 빙빙 돌리면서 치면 소리가 나도록 되어 있었다. 승려는 이따금 시신을 돌아보면서 그 영혼에게 육신과 동행할 것을 청하고, 또한 행렬이 올바른 방향으로 향하고 있는가를 확인하였다.

정식으로 시체의 해체 작업이 시작되기 전 대략 30분 정도 시체 주위를 유족들이 둘러싸고 있는 가운데 라마승의 주술이 낭독되는 의식이 있었다. 그 주술은 이승에 대한 일종의 고별사라고 할 수 있었다.

"…… 죽음의 사신이 언제 찾아올지 아무 생각도 없고 귀 기울이지 않는 자는 누구나 남루한 육체에 머물며 오래도록 고통 속에서 살아가리라. 그러나 모든 성자와 현자들은 죽음의 사신이 언제 찾아올지 알고 있기에 결코 무분별하게 행동하지 않으며 고귀한 가르침에 귀 기울인다. 그들은 집착이 곧 생과 사의 모든 근원임을 알고 스스로 집착에서 벗어나 생과 사를 초월한다. 이 모든 덧없는 구경거리로부터 벗어나 그들은 다만 평화롭고 행복하리라. 죄와 두려움은 사라지고 그들은 마침내 모든 불행을 초월하리라."

그리고 나서 해체 작업을 주관하는 조장사는 망인의 가족이 지켜보는 가운데 눈 하나 깜짝하지 않고 숙련된 동작으로 조장터 중앙의 커다란 돌 위에 놓여 있는 시체의 해체 작업을 시작하였다.

조장사는 예리한 칼로 먼저 머리통을 잘라내고 그 다음에는 시체의 등뼈를 위쪽에서부터 아래쪽까지 일자로 그어서 양쪽으로 절개하여 순차적으로 살을 도려내기 시작하였다. 그러고 나서 사지를 절단하여 토막 내서 살과 뼈를 분리하고 큰 망치와 도끼로 잘게 부순다. 이 순서가 끝나면 상체의 앞가슴을 절개해서 내장을 꺼내 잘게 썰고 가슴 근육을 발라낸다. 이어서 얼굴 안면의 살과 뼈를 발라내고 머리통을 망치로 내려쳐서 잘게 부순다. 그리고 새들이 먹기 좋도록 잘게 썰고 부순 인육 덩어리를 티베트인들의 주식인 짬바와 잘 버무려서 산기슭에 있는 조장 터 주변에 골고루 펼쳐 놓는다.

이 풍장은 페르시아 계통의 조로아스터교 일파인 파르시이 교도들의 풍습에 영향을 받은 것이다. 인간의 몸은 물, 불, 공기, 흙의 네 가지 원소로 구성되어 있기 때문에 사람이 죽으면 가급적 빨리 이러한 원소들로 되돌아가야 한다는 것이다. 화장은 시신을 불의 원소로 돌아가게 하는 것이기 때문에 가장 최선의 방법으로 여겨진다. 매장은 시신을 흙의 원소로 되돌리는 것이고, 수장은 물의 원소로 되돌리는 것이며, 풍장은 공기의 원소로 되돌리는 것이다. 풍장의 경우 시신을 쪼아 먹는 큰 새들은 공기의 거주자로 인정된다.

시체의 해체 작업은 거의 5시간에 걸쳐 진행되었다.

이때쯤이면 인육의 피비린내 나는 냄새가 하늘까지 퍼져 올라가서 새들의 후각을 잔뜩 자극하기 때문에 수백 마리의 대머리 독수리 떼가 조장 터로 몰려들어 경쟁적으로 인육을 집어삼키기 시작한다. 그것들은 고원의 푸른 하늘 도처에서 계속 날아들고 있었다. "지금 피의 잔치가 있을 거야. 어서들 오라고……. 늦지 말라고……. 날개를 있는 힘껏 저으란 말이야, 날개를 힘껏." 독수리들은 신이 나서 서로에게 외쳤다. 그러고 나서 새들은 걸신들린 것처럼 순식간에 흔적도 없이 해치워 버렸다. 그리고 나머지 찌꺼기는 다시 까마귀 떼가 몰려들어 아주 깨끗하게 먹어 치운다.

새들은 포식한 후 식곤증을 떨쳐 버리기 위하여 찬바람이 휘몰아치는 티베트 고원의 푸른 창공을 추운 줄도 모르고 악취가 풍기는 고약한 트림을 해대면서 유유히 날고 있었다.

라마승이 말했다. "저들은 사람고기라고 하면 환장을 하지요 도대체 물릴 줄을 모르는 겁니다. 식사 후 잠깐 동안 소화 운동을 하기 위해 저렇게 허공을 빙글빙글 돌고 있지요. 그러고 나서 다른 조장터로 날아가지요"

그러나 망인의 가족들은 전혀 개의치 않고 그 광경을 덤덤한 눈길로 그저 바라볼 뿐이다. 티베트인들에게 천국의 사자인 독수리는 인육과 함께 망인의 영혼까지 집어삼켜서 운반하기 때문에 죽음과 환생, 윤회의 신성한 매개체로 간주되었다. 그러므로 가족들은 새들이 찌꺼기를 남기지 않고 깨끗이 먹을수록 안심을 한다.

나는 산기슭에서 라마승과 헤어진 후 가파르고 굴곡진 좁은 길을 따라 평지로 겨우 내려왔다. 조장사의 날카로운 칼질에 머리, 가슴, 몸통, 정강이, 허벅지, 발목, 팔 등이 나가떨어져 바닥에 뒹굴고, 머리를 자를 때에는 골수가 터지는 광경이 눈앞에서 어른거려 계속 헛구역질을 하였다.

그때 바이올린의 선율이, 히치콕의 영화 '사이코'에서 들은 적이 있었던 '끽끽끽 끽끽끽 끽끽끽'하는 짧고 날카로운 고음이 귓속에서 계속 울렸다.

나는 내려오면서 몇 번이나 휘청거리며 발을 헛디딜 뻔하였다. 무릎과 어깻죽지의 관절이 심하게 쑤셨고 통증이 왔다. 그러나 낮은 곳으로 내려올수록 공기의 밀도가 높아지면서 느긋하게 호흡할 수 있었으며, 심장의 박동이 완만해져서 마음의 평정을 되찾을 수 있었다.

그러나 시체를 안치한 정사각형 관을 따라가면서 울리던 큰소리로 만든 나팔 소리와 저음의 징 소리가 긴 여음이 되어 여전히 귓가를 맴돌았다. 내려오면서 힐끗 뒤돌아보았더니 그 조장사는 술에 완전히 취해서 몸을 가누지 못하고, 조장터 부근에서 여전히 비틀거리고 있었다.

그렇다. 조장은 낯선 사람에게는 몹시 잔인해 보이지만 가장 아름답고 숭고한 티베트의 장례의식이었다.

브라마푸트라 강이 흐르는 티베트 남부 도시 라쯔에서 덜커덩거리며 출발한 고물 버스는 매연을 내뿜으며 구름처럼 피어오르는 먼지를 매달고 서쪽으로 비포장도로를 달리고 있다. 중년의 운전기사는 거무스레한 얼굴에 곰보 자국이 나있고 턱수염이 무성하다. 그는 우루무치에서 온 위구르족 출신이었는데 매우 강인하고 온화한 인상이다.

나는 출발하기 하루 전 황금 지붕을 인 조캉 사원에서 황금색 옷을 걸친 채 연꽃 좌대에 결가부좌를 하고 앉아 있는 부처님에게 향을 피우고 기도를 했었다. "저에게 아무 일도 일어나지 않게 해주시옵소서. 다만 내 자신의 소리를 들리게 해주소서."

길가 가로수 밑에 떼 지어 몰려있던 양떼와 염소들은 희뿌연 먼지 속에서 놀라지도 않고 유유히 풀을 뜯어 먹고 있다. 버스가 히말라야 산맥의 아래쪽 계곡으로 들어가면서 길은 점점 험해졌고 빈약한 덤불들이 조금씩 돋아나 있는 풍경은 황량하기 그지없다. 그곳은 길이 끝나는 곳이다. 그러나 공기는 상쾌했고 멀리 히말라야 산맥의 산봉우리에 쌓인 만년설을 바라볼 수 있었다.

흙벽돌로 지은 오두막 몇 채가 옹기종기 모여 있는 마을에 닿은 것이다. 황혼녘이었다. 마을 앞에는 백양나무 묘목을 줄지어 심어 놓은 개활지가 펼쳐져 있다. 여자와 아이들, 개들이 목청껏 짖어대며 마중을 나왔다. 그러나 이 마을이 안내자도 없이 혼자서 떠나는 순례 길의 출발지이다. 나는 새벽에 출발해서 12시간 넘게 버스를 타고 오면서 벌써 지쳤고 배가 몹시 고팠다. 어차피 혼자였다. 나는 지금 어디로 가고 있는가. 그의 인생은 항상 어디론가 떠났다. 아무도 막을 수 없었다.

나는 눈의 나라인 티베트에서 성스러운 산과 수도자들을 위한 수도원이나 곰파 (사원)를 순례하고 그 과정에서 사미승들이 따라주는 차를 얻어 마시며 큰 스님들을 얼굴만이라도 잠시 뵙고 몇 마디 진언을 들으러 순례하러 온 순례 여행자이기는 하지만 그러나 목적지는 명확지 않았다. 나는 그 순례길의 의미를 스스로에게 납득시키려고 애썼지만 말이다. (티베트인들이 삼발라라고 부르는 샹그릴라 — 기쁨과 평화가 있는 곳, 아무도 늙지 않고, 모든 사람이 조화롭게 살고 있는, 히말라야 산맥과 티베트 고원 중간에 있다는 숨겨진 왕국을 찾아가려고 한 것은 아니었다. 혹은 티베트인들이 세상의 중심이라고 하였고, 불교, 힌두교, 자이나교에서 모두 성스러운 산으로 섬기며, 불교에서 말하는 수미산이라고 할 수 있는, 그래서 일 년 내내 순례객의 발길이 끊이지 않는 바로 그 성산 카일라스 산에 오르려는 것도 아니었다. 그저 아무도 안 올라가는 신성한 산으로 올라가고 싶었던 것이다.)

다만 자신의 체력과 의지, 인내심의 한계를 시험하기 위해서 남 티베트의 인더스 강의 발원지에 있는 눈 덮인 고봉을 올라갈 예정이었다. 그리고 해탈의 경지가 아니라 단지 작은 깨달음이 필요하였다. 그러나 그 순례 길에서 신들이 어떤 계시를, 또는 암시를 내려주길 기대할 수도 있을 것이다. 그렇다면 아집, 집착과 증오심 같은 고통스러운 감정을 벗어나서 자아를 깨닫고 자기 안의 신을 찾을 수도 있을 것이다.

나는 중국어를 능숙하게 구사할 수 있는데다 티베트 사람처럼 수염을 덥수룩하게 기르고 땟국이 줄줄 흐르는 티베트 전통 복장을 하고 다녔다. 그러나 색이 바래고 실컷 때가 묻고 몇 군데 구멍까지 난 배낭 속에는 작은 텐트와 침낭, 티베트 지도, 약간의 비상용 식량이 들어있을 뿐이다. 식량이 떨어지면 농가에서 탁발을 할 생각이었다. 제대로 된 식사를 즐길 생각은 없었다. 오직 간소한 식사만 할 생각이었다.

첫날은 참으로 상쾌한 가을 날씨였다. 발걸음은 마냥 가볍다. 아무리 걸어도 피곤할 줄을 몰랐다. 광활한 고원지대를 걸으면 폐쇄 공포증에 걸린 것 같은 가슴을 조여드는 답답한 느낌이 사라졌다. 나는 계속 나아갔다. 멀리 농부들이 추수를 하는 노랗게 물든 들녘이 보였다.

까마귀들이 그 이상한 목이 졸린 듯한 울음소리를 내며 들판으로 날아왔다. 그 까마귀들은 높은 공중에서 호를 그리며 선회하다 아무런 이유도 없이 훌쩍 나타났다가 느닷없이 멀리 날아가 버렸다. 나는 까마귀들이 보이지 않을 때까지 허공을 멀리 응시했다.

그러나 일 년 중에서 낮이 가장 짧은 계절이어서 해는 금방 서산 너머로 사라졌다. 그날 밤에는 마을에서 얼마 떨어지지 않은 야행지에서 식사를 하고 차를 끓여 마셨다. 청명한 밤하늘에는 구름 한 점 없다. 상현달이 떠올라 은은한 빛을 발하자 계곡은 푸른색으로 물들어 갔고 그때 적막감이 밀려왔다. 나는 여기저기 흩어져있는 나뭇가지들을 모아 모닥불을 피웠다. 벌겋게 타오른 잉걸불에서 가끔 불꽃이 일어났다.

다음날 아침에는 안개가 짙게 끼어 자욱하였다. 나는 서둘렀다. 계속 걸어서 고개에 다다르자 성스러운 종교적 유물이나 경전, 또는 위대한 고승의 유품과 뼈를 안치한 불탑인 쵸르텐이 나타났고 티베트 불교의 경전이 인쇄되어 있는 만국기처럼 생긴 타르쵸가 바람에 나부꼈다. 그리고 깊은 협곡을 빠르게 흘러내리는 강에 도착하였고 위태롭게 걸쳐있는 낡은 나무다리를 건넜다. 햇빛이 안개를 걷어내고 주변 풍경이 눈에 들어온다. 골짜기가 갑자기 가팔라졌다. 기묘한 모양의 큰 바위들의 전면에는 빈틈없이 부처와 신, 보살, 고승들의 모습이 새겨져 있는데 한결같이 눈을 반쯤 감고 자신의 내면세계를 응시하고 있었다.

지금 며칠째 쉬지 않고 걷고 또 걸었다. 끝없이 걸었다. 발은 퉁퉁 부었고 등에는 통증이 왔다. 다리는 천근만근 무겁고 배낭은 어깨를 무섭게 짓누른다. 하루 종일 걸으면서 녹초가 되어버렸다. 얼굴은 햇볕에 탔고 발바닥에는 물집이 잡혔다가 두터운 굳은살로 변했다. 그러나 그 성산은 좀처럼 모습을 드러내지 않는다. 나는 자신을 혹사시켜서 기진맥진하게 만들고 싶었다. 마지막으로 음식을 먹은 지가 만 하루가 지났다. 그러나 허기가 지고 극도의 피로감이 전신을 엄습해 와서 더 이상은 도저히 걸을 수 없을 것 같다.

그 순간 그가 걸었던 사막들 — 메마른 모래밭, 그보다 더 말라버린 자갈밭, 작렬하는 소금 평원을 지나 바위투성이 사막과 협곡, 질식시킬 듯한 먼지바람이 불거나, 바람 한 점 없이 숨막히는 날씨가 계속되는 다나킬 사막이 생각났다.

이제는 푹 쉬고 음식을 먹고, 얼음장 같은 차디찬 물로 목을 축이고 잠을 충분히 자야 할 것이다.

하지만 외따로 멀리 떨어져 있는 그곳 짙은 숲속에는 보이지 않는 육식 동물이 나를 노려보고 있는지도 몰랐다. 회색 늑대이거나 히말라야 눈표범이 먹이를 찾아 내려온 것일 수도 있다. 밤이 깊어지자 숲속을 어슬렁거리는 짐승의 조심스런 발자국 소리가 들렸다. 나뭇가지가 부러지는 소리가 들렸다. 공포의 어둠 속에서는 시시각각 청각이 극도로 예민해진다. 그 짐승은 지금 당장 눈에 보이지 않지만 의외로 가까이 있을지도 모르고 어느 순간 덮칠지도 몰랐다. 지금 잔뜩 배가 고파서 본능적으로 무슨 짓이라도 할 수 있을 것이다.

밤이 더욱 깊어가고 칠흑 같은 어둠이 깔렸다. 그러나 두려워했던 순간이 닥친 것이다. 눈부시게 하얀색 바탕에 검은 얼룩이 온몸에 빽빽한 늙은 눈표범이었다. 그것이 통통한 긴 꼬리를 흔들고 낮고 묵직하게 으르렁거리며 나를 향해서 다가왔다. 그 절제된 으릉거림이란. 나는 거의 반사적으로 엉거주춤 일어서서 얼굴과 목을 보호하기 위해 방어 자세를 취했다. 다리에 쥐가 난 듯 저리고 온몸이 극심한 고통과 긴장으로 경직되어 갔다. 놈은 어느새 공격하기 위해 자세를 취했고 그 순간 나는 날카로운 돌을 집어 들었다. 놈에게 돌칼을 휘두르면서 맹렬하게 위협을 가했다. 그러나 목구멍에서 아무런 소리도 나오지 않았다. 비명조차 지를 수 없었다. 놈은 계속 사력을 다해 나의 몸 여기저기를 찢고 할퀴고 흔들고 물어뜯었다. 다음 순간 나를 향해 껑충 뛰어오른 놈은 나를 땅바닥에 넘어뜨리고 앞발로 가슴을 짓누르며 눈을 번득이다가 목을 물려는 찰나였다. 나는 절체절명의 순간에 돌칼로 놈의 오른쪽 눈을 내리쳤다. 그건 치명타였던 모양이다. 놈은 움찔 놀라서 날카로운 흰 발톱으로 가슴과 배의 피부와 근육을 찢고 나서 물러났다. 그리고 덤불 속으로 사라졌다. 나는 놈과의 목숨을 건 싸움에서 이겼던 것일까. 그러나 거의 탈진해서 전신에 힘이 빠졌고 할퀸 상처에서 피가 줄줄 흐르며 온몸이 화끈거렸다.

참으로 상쾌한 아침이었다. 나는 간밤에 긴 꿈을 꾼 것을 기억했다.

나는 계속 높은 언덕 지대를 걸어가면서 왼쪽으로 히말라야 산맥의 정수리에 만년설을 이고 있는 웅장한 산봉우리들을, 오른쪽으로는 황량한 티베트 고원을 바라볼 수 있었다. 나는 역사와 전설로 가득 차 있는 순례 길에서 사람들을 만나는 것을 꺼려했지만 어쩔 수 없는 일이었다. 가끔 티베트 밀교의 비의를 터득하여 높은 경지에 다다른 고승들과 라마승, 성지 순례를 하는 탁발 순례자들, 가족 단위 순례 객을 만날 수 있었다. 나는 계속해서 바위투성이 계곡을 따라 올라갔다. 그곳은 협곡으로 길이 좁아지면서 나무가 울창했다. 가을 날씨는 청명했고 아직은 춥지 않았다. 발걸음은 한결 가벼웠다. 그러나 계곡 속 깊은 강물의 유혹을 이기지 못하였다.

나는 무거운 배낭을 내려놓고 옷을 홀라당 벗은 후 작은 연못의 얼음장처럼 차가운 물속에 들어가 몸을 목덜미까지 완전히 담근 채 하늘을 바라다보았다. 추위에 몸을 부르르 떨면서도 상쾌한 물의 느낌과 튀겨 오르는 물방울 때문에 기분은 한껏 달아올랐다. 물가로 나오자 따사로운 가을 햇볕이 몸을 데워 줬다. 나는 행복했다.

그리고 밤이면 아주 얼큰하게 술을 마셨다. 내가 가끔 겪게 되는 가슴을 쥐어짜는 듯한 통증과 식도염에 대해 내과의사는 그게 과음 때문이라고 진단하고 절대로 술을 마셔서는 안 된다고 엄명을 내렸지만, 나의 인생에서 오랫동안 삶의 동반자였던 술을 어느 순간인들 포기할 수 있겠는가. 술은 삶에서 고통의 순간마다 허우적거리는 자신을 일으켜 세워 앞으로 나가게 하는 목발 역할을 해주지 않았던가. (그러나 파리 유학시절, 녹색의 악마인 압생트 또는 가짜 압생트인 페르노를 미쳐버리기 위해서 그렇게도 많이 마시면서도, 또다시 몽롱한 기분에 취하기 위해서, 정신적 고통으로부터 벗어나기 위해서 한동안 피웠던 마리화나는 약간의 금단 증세에도 불구하고 그 후 끊었다. 정말? 또다시 피울 기회가 온다면 저항할 수 있을까?)

나는 술을 한 모금 입에 가득 넣고서 입 안이 얼얼해질 때까지 입 안에서 술을 굴렸다. 그렇게 몇 잔을 연거푸 마셨다. 한 병을 다 비웠다. 그 생명수 같은 독한 고량주가 목구멍을 타고 위장 속으로 계속 흘러내려갔다.

검은 밤을 배경으로 은빛 별들이, 그렇게 수많은 별들이 지평선 끝에서 끝까지 빛나고 있다. 그토록 많은 별을 본 것은 처음인 것처럼 느껴졌다.

어느새 모닥불도 다 타서 수그러들고 있다. 나는 재채기를 하고, 하품을 하고, 자주 방귀를 뀌고, 딸꾹질을 하였다. 텐트 안에서 울퉁불퉁한 땅바닥에 등을 대고 누우면 어느새 한없는 해방감과 편안함이 몰려왔다. 그것은 나를 괴롭히던 불안감을 거둬갔다. 나는 행복했으며 편안한 깊은 잠 속으로 빠져들었다.

다음날도 어김없이 태양이 솟아올랐다. 막 아침이 밝아오고 있었다. 눈을 떠보니 팔과 다리가 뻣뻣했으나 다시 걸어야만 한다. 그러나 고지대로 힘겹게 올라가면 올라갈수록 풍경은 그 모습이 변해갔다. 작은 새들은 저지대 들판으로 날아가 버렸고 풀벌레들의 울음소리도 점점 사라져버렸다. 고도가 점점 올라갈수록 나무들은 발육이 정지되어 관목으로 변해서는 척박한 산기슭에 달라붙어 난쟁이가 되었다. 그나마 조금 더 올라가면 살아남지 못했다. 산비탈의 바위에는 엷은 색 이끼가 껴있다. 나는 가파른 경사면 때문에 넘어지지 않으려면 짧은 가시가 돋아나 있는 나뭇가지와 울퉁불퉁한 돌들을 붙잡아야만 했다.

나는 여전히 걷고 있다. 언제든지 걷고 있다. 한발 한발 앞으로 내딛을 때마다 심장의 박동이 두근두근 뛴다. 머릿속이 텅 비어버려서 멍해지고 아무런 생각도 떠오르지 않는다. 그러나 얼어붙은 몸이 조금씩 풀리며 문득 나의 안에서 무언가가 열린다. 그때 누군가 너무나도 생생하고 강렬한 목소리로 나를 간절히 부른다. 하지만 내가 뒤돌아보아도 아무도 없다.

그녀가 그립다. 눈물이 날 만큼 애타게 그립다.

(그녀만 보면 안절부절못하고 전전긍긍했던) 신비한 여자. 탄탄한 엉덩이를 가졌고 그 때문에 내가 육체적으로 갈망했던 여

자. ……그녀는 다락한 자이며 거룩한 자이다. 그녀는 아내이고 처녀이다. 그녀는 어머니이며 딸이다……. 그러나 지금 그녀의 예쁜 얼굴이나 균형 잡힌 페르소나가 가물가물하여 온전히 떠오르지 않는다. 그리고 의심이 들기 시작했다. 그녀가 실제 존재하는 실존 인물이기는 한 것인가, 다만 나의 머릿속에서 어지럽게 맴도는 가상 인물에, 여기 세상에 결코 있지 않은 존재에 불과한 것이 아닐까.

나는 계속 걸었다. 나는 호모 에렉투스이기 때문이다. 그리고 그 위험한 바위투성이 길가에서 최근에 세운 듯한, '1994년 겨울 이 순례길에서 시신으로 발견된 불교도인 두 사람의 프랑스 순례자 루이 앙헬과 테레즈 오브르니를 추모하며'라고 새겨진 비목을 발견했다. 그들은 부부 사이 또는 연인 사이였을까. 아니면 길에서 우연히 만난 단순한 순례자들이었으나 운명적으로 함께 천국으로 올라간 사람들. 나는 합장을 했고 그들의 명복을 빌었다.

그리고 남쪽 바다에서 죽은 아버지와 남동생을 생각했다. 폭풍우. 악몽의 바다. 벌써 한 세대만큼이나 오래전의 일이고 동생에 대한 기억은 점점 희미해져 갔지만 내가 늘상 느끼는 원죄의식 같은 죄 의식은 내 의식 속에서 너무나 뚜렷했다. 내 쌍둥이 동생은 진즉 죽었는데 나는 어떻게 살아남아 잘 살고 있지? 나 혼자서 살아남아 지금 무얼 하고 있는 거지?

대머리 독수리들이 포효하는 바람을 등에 업고 허공을 날고 있었다. 그것들은 바람의 흐름을 타고 거대한 날개를 편 채 활공을 하였다. 나는 독수리들의 비상을 지켜보았다. 그들은 지금 한껏 포만감을 느끼며 유유자적하고 있다. 그러나 또다시 배가 터지도록 인육을 먹기 위해서 다른 조장터로 이동 중이었을지도 모른다. 그것들은 인육이라면 얼마든지 먹을 수 있으니까.

대머리 독수리는 원래 인육을 좋아했다. 그래서 그것들은 프로메테우스의 간을 매일 그렇게도 파먹었다. (귀스타브 모로의 그림 '프로메테우스의 간을 쪼는 제우스가 보낸 큰 독수리'를 보면 제우스가 보낸 그 독수리는 분명히 대머리 독수리이다.)

티베트 고원의 계곡에 심원한 침묵이 깔렸다. 그 침묵이 나의 영혼을 흔들었다. 나의 모든 감정이 고갈되고 가슴이 텅 빈 듯한 느낌이 들었다. 그리고 두려웠다. 자신은 지금 어떤 전환점에 이른 것이 아닐까. 나는 새삼스럽게 자신이 혼자임을, 철저히 고립되어 있음을 깨달았다.

≪박상길≫ 상무는 나이가 40대 중반에 접어들었지만 여전히 교묘하게 상대방의 기분을 잡치게 하는 기술이 있다. 그의 눈은 언제나 쓴웃음을 짓고 있으므로 웃는 얼굴조차 불쾌한 느낌을 준다. 나는 약간 쉰 듯한 목소리로 웅얼대며 말한다. 특히 그만 만나면 냉소적인 말투로 모욕을 주기로 작정한 것처럼 보였다. 그의 말에는 항상 날이 서 있다.

박 상무가 몇 년 동안 그의 직속 상사일 때가 있었다. 회사 초년병 시절이었다. 박 상무는 그 당시 지독한 상사였으니까. 그만 만나면 약간의 피해의식과 함께 불쾌감과 혐오감, 두려움을 느꼈다.

박 상무가 말했다.

"그런데 말이야…… 고집을 부려도 한계가 있어야 할 거야.
왜 그러는 거야? 회사 망칠 일 있어? 그 건물은 건축주의 소유
이지, 당신 게 아니란 말이지. 당연히 건축주의 요구사항을 그
대로…… 충실하게 따라야 하지 않겠어. 그게 건축주의 의뢰를
받아서 설계도를 작성하는 건축설계사의 의무란 말이지. 그런
데 당신은 무슨 똥 배짱으로 고집을 부리는 거야. 내가 그걸 따
오는데 얼마나 힘들었는지 알기나 해? 당신이 고집을 부리면
건축주는 다른 사무소로 가버릴 거야. 대한민국에 건축사무소
가 몇천 개나 있는 거 잘 알고 있겠지. 넘치고 넘쳐나지. 요즈
음 문 닫는 사무소가 수두룩하지. 이 업계의 우울한 소식을 들
어서 알고 있을 텐데…… 이러다간 우리 회사도 어떻게 될지
모른다고.

세상은 빠르게 돌아가고 있는 거야. 변화에 약삭빠르게 적응
하지 못하면 생존경쟁에서 탈락하는 거지.

창조적 상상력 좋아하시네. 당신의 내면은 허세와 허영심 덩
어리로 가득 차 있겠지. 그렇지 않은가? 위선적인 감상주의자.
내가 그걸 모를 줄 알아. 쓸데없이 명성에 집착하는 거 말이야.
그러니까 우물 안 개구리인 거야.

당신이 건축미에 집착하는 척하고 있지만 말이야, 마음속 깊
은 곳에는 말할 수 없이 끔찍한 고통, 절망감이 자리 잡고 있겠
지. 그 어두운 진실을 회피하고 외면하기 위해서 퇴폐주의 작가

들처럼 탐미주의자로 행동하는 거지. 내가 충고를 하나 해줄까. 그 고통으로부터 해방될 수 있으려면 탐미주의자가 아니라 어서 바삐 자식을 낳아야만 하지. 그러면 되는 거야. 딸이건 사내아이건 가릴 것 없이 자식 이상은 없는 거야. 그런데, 마누라와 사이는 괜찮은 거야? 잘 하고 있느냐고? 어때?"

"선배님…… 옳으신 말씀입니다. 마누라 얘기는 빼고 말입니다. 저는 바깥일을 도대체 아는 게 없습니다. 이래서야…… 회사에 도움이 되지 않겠죠. 그만두라고 하면 어쩔 수 없죠."

"오해하지는 말게나. 그만두고 그런 문제가 아니니까. 김 상무가 설계 분야에서 독보적 존재라는 걸 인정할 수밖에 없지. 일찍부터…… 그러니까 입사할 때부터 알아봤지. 그래서 심한 질투심을 느끼게 된 거지. 나는 그 좁은 제도실이 일찍부터 싫증이 났어. 그래서 영업 파트로 옮겼거든. 이쪽은 전쟁이라고 별 짓을 다해야…… 그렇다고 그걸 알라고 영업능력이 받쳐주지 않으면 독립은 어림도 없어. 딱 굶어죽기 십상이야."

"잘 알겠습니다. 지당하신 말씀입니다."

며칠 후 대표이사가 나를 불렀다.

"요즈음 힘들지……. 내가 그걸 모르겠어. 그런데 우리 회사도 재정 상태가 점점 어려워지고 있지. 큰 건이건 작은 건이건 가리지 않고 한 건 따려고 경쟁이 심해도 너무 심하지. 이건 건축 철학이거나 미학의 문제이고 동시에 비즈니스 문제이기도 하지. 김 상무가 알아야 할 게 있어. 이건 사막의 오아시스에 지을 바빌론의 공중정원을 건설하는 게 아니란 말이지. 건축은 일종의 예술이라는 김 상무의 견해에 전적으로 동의할 수 있을 거야. 그것도 유럽적 전통에 따라 예술의 중요도에 따라 분류하자면 대예술인 거지. 두말할 것도 없이 인도의 타지마할처럼 아름다운 건축물을 보면 누구나 온몸이 저릴 만큼 감동을 느낄 수밖에 없거든. 그리고 김 상무의 건축학적 심미안은 우리나라에서 최고라고 할 수 있겠지. 그걸 이 업계에서 누가 모르겠어. 김 상무가 설계한 한남동의 미술관을 보면 누구나 감탄을 할 수밖에 없어.

그러나 건축주는 거액을 투자해서 이 복합 건축물을 짓고자 10년을 넘게 준비를 하였고, 그걸 최고의 건축가인 김 상무한테 의뢰한 거란 말이지. 그에게는 건축물의 아름다움도 중요하지만 사업적 측면이 무시할 수 없는 거지. 그러니까 건물의 쓰임새와 관련해서 요구할 권리가 있는 사람들이란…… 뭐니 뭐니 해도 첫 번째가 바로 건축주 아니겠어. 우린 그의 모든 타당한 요구 조건을 제대로 수용해야만 하는 거지. 기둥과 들보의 설치와 위치, 공간 배치에 관해서 건축주가 요구한 사항은…… 그건 부당한 요구가 아니기 때문이지. 요약하자면 공간을 더 넓혀주라는 거 아닌가.

그리고 또 한 건의 스튜디오 설계 건이 딸려 있는 거야. 그건 그 여자의 취향에 맞춰주면 되는 거지.

잘 알다시피…… 그래…… 그 회사는 부동산 개발이 전문이니까 우리의 오랜 거래처야.

그런데 그쪽 회사는 복잡한 사정이 있는 모양이야. 등기한 대표이사가 전처와 이혼하면서 그 조건으로 비밀리에 스튜디오를 지어주기로 약속했어. 경복궁 옆 사간동에 말이야. 그 필요한 자금을 이 건물의 공사대금에서 일부 빼내서 전용한다는 거지. 절대 비밀이지. …… 이 건에 관한 한 박 상무도 모르는 사실이야. 그러나 그건 김 상무하고는 관계없는 일이니까 신경 쓰지 말라고 오직 설계도에만 집중하라고

그런데 그 실패한 화가는 김 상무가 그 스튜디오 건물 역시 설계하는 것을 요구했어. 그래서 김 상무는 그쪽 대지에 맞추어서 7층 건물을 설계한 거지. 사진 스튜디오와 사진 박물관, 사진 작품 전시실 등 복합문화공간을 설계한 거야. 어떻게 일이 진행되었는지는 알 수 없지만 여자의 마음이 변한 모양이야. 여자의 변덕 때문에 갑자기 변한 건지…… 도장을 찍고 나니까 기본 설계가 마음에 안 든 것인지 알 수 없네만. 그래도 말일세. 파리 국립고등미술학교에서 몇 년 간 그림 공부를 했다고 했으니 김 상무와는 서로 통하는 게 있지 않겠나.

하여간에 지금 김 상무의 머리가 복잡할 거야. 아무 걱정 말고 다녀와. 충분히 휴가를 줄 테니까. 티베트에서 머리를 식히고 오란 말이야. 그리고 그때쯤 머리를 비우고 오면……."

그런 거야. 그렇고말고 박 상무도 대표이사도 당연한 이야기를 한 것이다. 틀린 말은 하나도 없었다.

하지만 설계도의 수정은 불가능했다. 나는 그렇게 생각했다. 그러므로 그 건축물의 기본적인 설계 방향은 오직 자신만이 결정할 수 있다고 믿고 있다. 그 건물들의 설계자는 김규현으로

명시되어 있으니까. 그리고 기본 설계도를 작성하면서 세세한 부분까지 그들의 승인을 이미 받았고 공사 과정에서 더 이상의 설계 변경은 없는 것으로 계약을 체결했지 않은가.

그러나 나는 이번 여행 중에는 그 설계도에 대해서는 더 이상 생각하지 않으려고 한국을 떠날 때부터 다짐했었다. 이미 끝난 것이다. 끝난 일을 더 이상 생각하면 뭐 하겠는가? 회사 사람들이 이구동성으로 무책임한 짓이라고 비난을 쏟아낼 것인가? 나는 회사에서 수석 설계사로서 독립적인 지위를 부여받고 있다. 언제부터인가, 설계도에 회사 이름과 함께 내 이름을 붙일 수 있지 않았던가. 그래서 공모전에 참가할 때에도 회사 이름과 함께 내 이름이 들어가지 않았는가. 나는 추락할 것인가? 아마, 틀림없이 그럴 것이다. 하지만 떠나면 그만 아니겠는가?

나는 어릴 적 바닷가에 살던 때부터 오랫동안 배의 선장이 되고 싶었다. 바다를 너무 사랑했기 때문이다. 그것이 불가능하다는 것을 깨달았을 때는 그림을 그리고 싶었다. 수채화 물감으로 바다를 실컷 그리고 싶었다. (지금 돌이켜보면, 내게 화가로서 재능이 있었는지도, 화가가 되려는 강력한 의지가 있었는지도, 가난한 화가가 되어도 무방하다고 생각했었는지 기억나지 않지만 말이다.) 그런데 건축가가 되었다. 이것도 운명이라고 할 수 있을까? 하지만 나는 후회하지 않는다. 어차피 둘 다 종이 위에 그리는 예술이니까. 하지만 우리 다 같이 생각해보자. 누구인들 자신이 원했던 삶을 사는 사람이 있을 것인가. 자신이 너무 꿈꾸고 소망했던 것을 성취하는, 드물게 몇 사람쯤 있을 것이다. 왜 없겠는가. 하지만 대부분의 사람은 그렇게 하지 못한다. 그것이 인간의 삶이다.

끝없이 펼쳐진 티베트 구석에 꼭꼭 숨어있는 (중국 관청에서 출간하는 '티베트 불교사원 안내서'에도 나오지 않는) 백모파의 사원을 거치고, 인간의 시선을 거의 받아본 적이 없는 만년설로 뒤덮여 있는 원시의 성산까지 올라가기로 작정하였다. 나는 마지막 고개를 지나서 산등성이에 이르렀다. 그곳을 지나갔던 도보 순례자들이 쌓아 놓은 재단들이 눈에 띄고 티베트 고개마다 무수히 걸려있는 타르쵸가 강력한 바람에 찢어질 듯이 나부끼고 있다.

이제 가을이 깊어지면서 날씨는 추워지고 가혹한 조건으로 변모하였다. 높이 올라갈수록 차갑고 매서운 바람이 얼굴을 할퀴었다. 그리고 심한 눈보라가 몰아쳤다. 나는 그때 굶주림과 추위로 힘겨운 시간을 보내고 있었다. 그건 목숨을 건 위험천만한 일이었지만 자신을 시험해보고 싶은 것이었다. 말할 수 없는 공포감과 두려움을 이겨내야만 했다. 여기서 흔들려서는 안 된다고 결심하였다. 미끄러운 절벽에서 발을 헛디뎌 그대로 처참한 죽음을 맞이하게 될 수도 있었다. 또는 그 고도에서는 고산병의 일종인 폐에 물이 차는 폐수종을 앓게 될 것이고, 그때는 그 즉시 환자를 저지대로 옮기지 않으면 목숨을 앗길 수도 있었다.

나는 해가 뜨기를 기다렸다가 아이젠과 피켈로 무장을 하고 출발했다. 아침 안개가 갰다.

밤에 잠깐 내린 눈이 부실만큼 새하얀 눈을 정수리에 얹은 성산의 정상이 위풍당당하게 솟아 있었다. 그러나 눈앞에는 깎아지는 듯한 수직 암벽이 가로막고 서 있다. 그 암벽을 우회해야 할 것이다. 올라가는 길은 험난했고 너무 좁았다. 눈과 살얼음으로 덮여 있다. 높이 올라갈수록 기온은 뚝뚝 떨어지고 산소가 희박해졌다. 고도는 5,800미터에 이른다. 칼날처럼 날카로운 바람이 그의 얼굴을 때리고 지나갔다. 몸이 얼기 시작했다. 하늘의 구름이 낮게 떠 있어서 손으로 잡힐 듯하였다.

죽음을 부르는 산인가, 궁극의 시험 무대인가.

나는 웅장한 산의 정상에 서서 산 아래를 굽어 내려다보면서 인간이 얼마나 하찮은 존재인지, 벌레처럼 하찮은 존재인지를 깨달았다. 나는 모래 알갱이처럼 작고 미미하고 연약하다. 이 세상에 더불어 사는 숱한 존재 중 하나에 불과하다. 그러므로 인간 존재의 본질은 하찮고 무의미한 것이다. 그걸 왜 잊고 사는가. 그걸 인정하는데 왜 용기까지 필요한 것일까.

나는 신들께 겸손하게 경의를 표했다. 신들과 침묵의 대화를 하였다. 다만 신들이 말하고 나는 들었을 뿐이다.

나는 이제 급경사면을 따라 하산을 해야 한다. 더 이상 지체할 수가 없었다. 모든 육체적 에너지와 정신적 에너지가 완전히 소진 되었으므로 몸의 피로는 이미 한계를 초월한 상태였다. 눈 위에 쓰러져서 그냥 잠들고 싶다. 나는 꽁꽁 얼어붙은 손가락을 겨우 꼼지락거려서 목에 걸고 있던 부적인 구리로 만든 목걸이를 만지작거렸다.

그리고 집중하려고 마지막 안간힘을 다하였다. 몹시 미끄럽고 구불구불 꺾어진 길을 내려오고 있었다. 내가 베이스캠프로 삼았던 산 중턱이 아직도 아득히 저 멀리에 있었다. 그런데 삐끗하면서 발을 그만 헛디뎠고 발밑이 무너져 내리며 돌무더기와 함께 속수무책으로 미끄러져 내리기 시작하였다. 살얼음이 덮여 있던 무른 땅은 계속 무너져 내렸다. 미처 손을 쓸 틈도 없이 비명을 지르며 마침내 도저히 감당할 수 없는 속도로 미끄러져 내리다 계곡으로 곤두박질을 하였다.

나는 그때 순간적으로 자신이 죽을 거라고, 그리고 하늘을 유유히 나는 독수리들을 생각했다.

내가 겨우 눈을 떴을 때는 문자 그대로 찢어지게 가난해 보이는 오두막 흙집 안이었다. 야크 기름으로 타는 호롱불이 희미하게 빛나고 있다. 그을음으로 낮은 천장과 벽들이 온통 새까맣다. 찌든 냄비와 식기들이 아무렇게나 나뒹구는 흙바닥에 나는 누워있었다. 그러나 항아리에서 잉걸불이 이글이글 타고 있어서 따뜻했다. 여전히 온몸의 근육과 관절이 지독하게 쑤셨지만 뼛속 깊이 얼어붙어 있던 몸은 조금씩 녹기 시작했고 팔다리에 피가 돌았다. 이제 상처에서 출혈이 멈추었고 서서히 아물기 시작한 것이다. 그러나 여전히 격렬하게 기침을 하였고 더러운 가래 덩어리를 뱉어내었다. 가끔 잠꼬대를 하는 것처럼 헛소리를 하였다. 나는 다시 죽은듯한 깊은 잠에 빠져들었다. 그리고 다시 깨어났다.

할머니가 환하게 웃었다.

생명의 은인인 그 인자한 할머니는 여러 가지 약초들로 즙을 만들어 멍든 상처에 발라 주었고 몇 년 동안이나 거의 십 년 동안 행주 겸 걸레로 사용했을 때 묻은 소매로 탕약을 들고 그걸 마시도록 강요했다.

머리카락은 다 희어졌고 얼굴이 주름투성이여서 웃을 때는 주름에 덮여서 눈이 보이지 않는 할머니의 이름은 '차호웨'이다.

할머니는 귀한 약초를 캐러 산에 올랐다가 쓰러져 죽어가는 나를 발견했고 마을사람들이 떠메고 내려왔던 것이다. 열흘 전의 일이었다. 할머니는 내가 죽은 것으로 알고 한동안 포기했고 라마승을 불러 주문을 외우게 했고 조장을 준비하고 있었다. 나는 그때 한동안 죽었었다. 숨이 거의 끊어졌거나 의식이 빠져나간 것이다. 그것은 비참하고 어두컴컴한 죽음과 환생 사이, 바르도의 세계 또는 중음中陰의 세계였다.

라마승이 주문을 외웠다.

"아, 고귀하게 태어난 그대여, 그대가 존재의 근원으로 돌아가는 길을 찾을 순간이 다가왔다. 그대의 호흡이 멎으려 하고 있다. 그대는 한때 그대의 영적 스승으로부터 존재의 근원에서 비치는 투명한 빛에 대해 배웠을 것이다. 이제 그대는 사후 세계의 첫 번째 단계에서 그 근원의 빛을 체험하려 하고 있다.

아, 고귀하게 태어난 자여, 이제 죽음이라고 부르는 것이 다가왔다. 그대는 이 세상을 떠나고 있다. 하지만 그대만이 유일하게 떠나는 자는 아니다. 죽음은 누구에게나 찾아온다. 이 세상의 삶에 애착을 갖거나 집착하지 말라. 그대가 마음이 약해져서 이 세상에 남겨 둔 것에 아무리 집착할지라도 그대는 이제 여기에 머물 힘을 잃었다. 그대가 집착을 버리지 않는다면 그대는 이 윤회계의 수레바퀴 아래를 헤매는 것밖에는 아무것도 얻을 것이 없다. 그러니 마음이 약해지지 말라. 다만 진리와, 진리를 깨달은 자와, 그를 따르는 구도자들을 기억하라."

나는 그때 환생할 수 있었을까. 그곳은 티베트였으니까. 그런데 카르마란 무엇인가. 그것은 인과응보의 법칙이다. 나는 나쁜 짓을 많이 저지른 사람이 아니었기 때문에 쥐나 개구리 또는 벌레 같은 하등 동물로 환생하지는 않았을 것이다. 이 땅에 다시 남자로 태어나서 다시 건축가가 되었을 것이다. 최악의 경우 동물로 환생하였다면 나는 아프리카를 사랑했으니까 사자나 코끼리 같은 존엄한 동물로 다시 태어났을 것이다.

그러나 나는 기적적으로 살아났고 조금씩 회복되었다. 무엇보다도 돌무더기와 함께 아래쪽으로 굴러떨어지면서 허리 쪽을 심하게 다쳤기 때문에 하반신 마비가 올 줄 알고 무척 걱정했는데 지금 보니 그쪽은 멀쩡했다. 쇠약해질 대로 쇠약해졌지만 건강이 조금씩 회복되면서 깨어나기 시작했다. 불이 밝혀진 집에서 간절히 기도하려 했지만 마음이 흔쾌히 열리지 않았다. 그러나 할머니는 나를 위해서 끊임없이 마니차를 돌리며 기도를 하였다. 그 덕분에 내가 살아났는지도 모르겠다.

라마승이 매일 그 흙집으로 찾아왔다. 이제는 만트라를 외며

빠른 회복을 기원하기 위해서였다.

라마승이 말했다. "이제 보니까 부처님이 돌봐주신 겁니다. 그러니까 그대 몸은 회복된 것이 아니라 일시 죽었다가 부활한 것입니다. 그때 딴 세상을 경험한 것입니다. 그런데 저승사자가 왔다가 아직 때가 아니라고 생각돼서 돌아간 것이지요 그대에겐 아직 할 일이 남아 있기 때문이겠죠. 그러니까 시간을 낭비하지 마세요 그리고 자식을 낳으세요 많이. 열두 명쯤 낳으세요"

차호웨 할머니가 마른 나무토막을 얹고 바람을 불어넣자 잠든 불꽃이 다시 일어났다. 불꽃이 활활 타오르면서 나의 얼굴이 붉게 타오르고 의식이 차츰 명료해지기 시작했다.

불은 생명이고 구원이다. 불은 파괴하면서 정화하고 다시 태어나게 한다. …… 모든 것이 불타고 있느니라. 모든 형태와 색채들, 모든 감각, 좋거나 나쁘거나 혹은 그 어느 쪽도 아닌 그 무엇이든 불타고 있느니라. 그래서 고통과 탐욕, 모든 것, 좋거나 나쁘거나 혹은 그 어느 쪽도 아닌 감각에서 벗어난다.

나는 남겨두고 온 현실, 도망쳐온 현실과 진지하게 대면해야 할 것이다. 내가 무얼, 누굴 지금 두려워하고 있는 것일까. 나는 그 때문에 불타오르는 증오심을 품고 있는 것일까. 어떤 사적인 대상이나 감정에 집착하는 것은 어리석은 일이다. 갑자기 나는 강렬한 마음의 동요에 사로잡혀 있고 걷잡을 수 없이 눈물이 흘러내렸다.

나는, 아, 죽음이 다가오는 줄도 모르고 꾸물거리는 자이다. 그때 독수리들이 하늘을 날고 있었지 않았는가. 나는 이번 생을 쓸모없는 일에 모두 바치고 귀중한 기회를 놓쳐 버리는 어리석음을 범하고 있는 것이 아닐까? 만일 내가 이 삶으로부터 아무것도 얻지 못하고 빈손으로 돌아간다면 삶의 목적은 잘못된 것이리라. 나에게 진정으로 필요한 것은 진리를 깨닫는 것이니 지금이라도 신성한 진리에 나 자신을 바쳐야 하리라.

이제 몸은 거의 완쾌되었다. 곧 귀국할 것이다. 나는 아침에 일어났다. 겨울 태양이 빛나고 있다. 새들이 지저귀고 있었고 흙담집의 문을 열자 차갑지만 부드러운 바람이 들어왔는데 주위에서 온통 신선한 냄새가 진동했다.

돌아가면 서랍에 넣어둔 사직서를 찢어서 휴지통에 버려야 할 것이다. 그리고 그 거대한 건축물의 변경해야 할 설계도를 기한 내에 완성해야 하리라. 정말 믿기지 않을 정도로 멋진 설계도를 만들어낼 수 있을 것인가. 설계실이 그립다, 그리워. 거긴 이반 데니소비치의 강제수용소인 거지. 일이 완벽하게 끝날 때마다 큰 기쁨을 느끼니까.

지금쯤 건물의 외벽을 온통 뒤덮고 있는 담쟁이 넝쿨은 낙엽이 되어 다 떨어졌을 것이다. 블라인드를 올리고 창문을 열면 햇빛과 바람과 도시의 소음이 안으로 몰려들어 오겠지. 난 그때 씁쓸한 미소를 지을 것인가? 눈가에는 서글픔 때문에 이슬이 맺힐 것인가?

* * *

나는 고객의 요구 사항을 경청한다. 건축주의 그것은 건물의 주제의식과 결부되어 있으니까. 나는 까다로운 고객에게는 설계도 하나하나 미세한 사항까지 직접 확인하도록 하고 서명을 요구했다. 그녀는 실패한 화가이고 조각가라고 했지만 그런 대로 예술적 감각을 지니고 있었다. 아직도 낭만적인 환상을 품고 사는 여자였다.

나는 여자들과 특히 절묘한 아름다움을 지닌 여자들과 대화를 하게 되면 늘 심리적인 거리감과 압박감을 느껴야 했다. 그래서 끝까지 정중한 태도를 유지하려고 자신을 위장하고 그 때문에 몹시 긴장해야 했다. 어서 빨리 이야기가 끝나기를 바랐다. 어떻게 해서든 도망치고 싶었던 것이다.

그러나 그녀는 나를 무장 해제시켰다. 쾌활하고 솔직했다고 할 수 있다. 그러나 침착하고 자신감에 찬 태도를 가장했지만 그녀의 우울을 숨길 수는 없었다. 나는 그때 그녀를 다시 만나서는 안 될 것 같다고 생각했다.

내가 말했다.

"저를 무척 힘들게 하고 있습니다. 스튜디오 건물은 처음이어서 그 목적에 맞게 혼신의 힘을 다 쏟아부었거든요."

그녀가 말했다.

"죄송합니다. 저도 알고 있어요. 지나치게 과격하지도 않고…… 과장도 없었지요. 엄격한 단순성이 완벽하게 구현되었다고…… 그렇게 생각합니다. 그리고 우린 기본 설계도에 합의하고 도장을 찍었지요. 그러나 마음이 바뀌었어요. 변덕스러운 여자라고 흉을 봐도 할 수 없죠.

전 불행한 과거를 잊기 위해서 사진에 몰두했는데…… 사진은 아니었어요. 사진은 찰나적이에요. 오직 빛의 예술이죠. 깊이가 없고 평면적이죠. 질감을 느낄 수 없으니 생명력이 없어요. 가지고 있던 수만 장의 사진을 전부 깡그리 태워버렸죠.

그래서 그림과 조각으로 다시 돌아가기로 작정했지요. 전 그림을 그릴 거예요. 형태와 구도는 상관없어요. 오직 깊이예요. 깊이를 살리기 위해서 끊임없이 붓질을 하는 거죠. 그러기 위해서는 반복과 중복이 있어야 합니다.

다시 말씀드리면 내가 그리고 싶은 걸…… 내가 원하는 걸…… 그릴 거예요. 나만의 그림을 그리는 거죠. 그러니까 사람들의 주목을 받기 위해서 잔재주를 부리는 과시주의자가 되고 싶지는 않네요. 다른 사람의 평가는 필요 없어요. 왜? 타인을 의식해야죠? 나만의 그림을 그릴 거예요. 다시 말하면 비평가들이란 입만 살아있다는 거죠."

"정말인가요?"

"그렇습니다. 정말입니다. 이 건물은 지하와 1층은 화랑이고 2층은 화실이 되어야 하고 3층은 큰 서재가 딸린 도서실이 되어야 하고 4층은 빈 공간으로 남겨 두세요. 제가 제멋대로 꾸미고 살 거예요. 그리고 엘리베이터를 설치해서는 안 되죠. 그렇게 설계를 변경해주세요"

"5층에서 7층까지는?"

"그 이상은 필요 없어요. 4층이면 충분해요. 예술가의 자존심에 상처를 주고 싶지는 않습니다. 그게…… 자존심이 아니라 예술가의 고결성이라고 할 수 있겠네요."

"전 언제나 확신이 안 서지요. 어디쯤에서 멈춰야 하는지를…… 항상 불안합니다. 하지만 일이란 끝이 있어야 합니다. 끝장을 봐야 해요. 저에게는 기본 설계가 그것이죠. 저는 항상 내 건축물이 나를 대신해서 말해주기를 바라고 있지요."

"당신의 건물들을 좋아합니다. 그래서 어서 빨리 만나보고 싶었답니다. 당신이라는 건축가는 자신의 인생과 일에 대해서 어떤 생각과 감정을 가지고 있는지 궁금했습니다. 일 자체를 미친 듯이 추구하더군요. 돈이나 명성에는 초연한 것처럼 보였습니다. 그러나 그게 자기 기만이고 위선인지도 모르죠.

어쨌거나 제 자신을 돌아보게 되었지요. 심한 자괴감이 들더군요."

"벌써 눈치채셨군요. 전 위선자일지 모르겠습니다. 저도 돈이라면 환장하거든요."

"그렇다고 해야겠죠. 누가 돈을 싫어하겠습니까.

그러니까 변경된 설계도에 대해선 추가비용을 당연히 지불할 것입니다."

"뭔가…… 약간의 오해가…… 예술에 있어서는 비용 문제가 아니지요. 본질적인 문제가 아닐까요?"

"다시 말씀드리지요…… 그렇다니까요. 이 미술관은 실제는 저의 집이에요. 집이란 말입니다. 그리고 동굴입니다. 오랫동안 기다려왔던…… 이혼 조건으로 이것뿐이었어요. 건축가는 집 주인의 마음을 헤아려야 할 거예요. 모든 공간과 구석구석이 나를 위해서 설계되어야만 한다는 것이죠. 나의 마음과 몸에 딱 알맞게. 건물에는 건축주의 생각과 감정을 형상화하는 것이 필요하죠.

물론 전시실은 화이트큐브가 되어야 하겠죠. 오랜 전통이 그러하니까요. 외벽은 옅은 회색에서 검은색 벽돌로 바꿔주세요. 동굴은 컴컴하니까요. 특히 내벽의 색상과 질감은 나의 피부 감각에 맞추어야 되겠지요. 피부는 내 몸을 감싸고 있는 일종의 포장지는 아니지요. 나의 육체와 세상을 분리하는 단순한 경계선이라고 할 수도 없죠. 그건 육체와 영혼을 감싸서 보호하는 방어막이에요. 그러므로 피부와 벽면이 서로 맞닿고 부딪힐 때 좋은 감정을 느껴야 하지요. 낯설고 불쾌해서는 안 되겠지요.

그러니까 내 몸을 여기저기 구석구석 훤히 알고 있어야만 하는 거예요. 나를 마음대로 하세요. 마구 주무르라고요. 난 상관없어요. 오히려 그걸 기대하고 있어요"

나는 그때 미묘한 또는 일그러진 표정으로 천천히 말했었다.

"너무 위험한 말씀을 하고 계십니다. 전 여자의 육체에는 관심이 없습니다. 아름다우신데 유감입니다. 말씀드리긴 곤란하지만 정신적으로 저만의 어떤 증세가 있다고 할 수 있습니다."

"저 역시 심한 불면증이고 불감증에 시달리고 있어요. 무식한 남편을 지독히 싫어했으니까요. 그 남자는 일찍부터 다른 젊은 여자한테 갔지요"

"그건 건축과는 관계없는 일이네요. 그러니까 계약대로 할 겁니다. 기본 설계는 변경되어서는 안 될 것 같습니다. 만약의 경우…… 제가 손을 떼야 하겠지요."

"당신의 설계가 필요하죠. 건축사는 널려 있어요. 돈밖에 모르는 속 빈 강정들이 너무 많아요. 그래서 반드시 당신이어야 합니다. 당신은 건축에 미친 사람이 아닌가요? 소문이 그렇게 났던데…… 그게 필요하지요."

"전 그저 평범한 건축가예요. 꼭, 그럴 필요가 있을까요?"

"소문 때문만은 아니에요. 나를 진정으로 이해해줄 사람이 필요했습니다. 진짜 자신의 집을 짓고 싶거든요. 더 이상은 잘 모르겠어요. 묻지 말아 주세요."

그러나 나는 어리석었다. 표면으로 나타나지 않는 내면의 아름다움을 지닌, 뛰어난 건축적 예술 감각을 지닌 그녀의 요구대로 설계를 변경한들 어떻단 말인가.

그녀는 버림받고 깊은 상처를 입었지 않은가. 그 상처를 치유하기 위해서 다시 그림을 그리고 싶어 하지 않았는가.

그림에도 변화가 필요하다고 했다. 화가에게도 과학자 못지않은 실험 정신이 필요하다는 것이다. 이 세상이 너무 복잡하고 뭘 형상화해서 표현한다는 게 너무 어려운 작업이기 때문이라는 것이다. 지금은 옛날처럼 풍경이나 인물을 그리는 시대가 아니라고 했다. 동양화 영역인 산과 강, 달, 나무, 매화, 난초, 새, 항아리 등 한국적 모티프의 구상화 또는 반추상화 역시 지긋지

굿하다고 했다. 그런 그림은 차고 넘친다는 것이다. 그럴 바에야 사진을 찍는 게 낫다고 했다. 그녀는 한때 그림을 보면 사진인지 그림인지 모를 정도로 극명하게 사실적이었던 하이퍼리얼리즘에 경도된 적도 있었지만 거기서 빠져나왔단다. 시대의 부조리와 불편한 사회상을 풍자하는 전위적 그림도 자신과는 맞지 않다고 했다.

그녀는 어둠 속에서 악령이 배회하고 있는 무의식의 세계와 매일 밤마다 꾸는 악몽과 전율, 몽상을 표현하기 위해 일명 색면파라고 불렸던 뉴욕 추상표현주의 화가들처럼 그림을 그리겠다고 하였다. 그러나 우리나라에서는 초현실주의 미술, 추상 회화는 아직 낯설게 여겨졌으니 어차피 대중이나 평론가들로부터 큰 호응을 얻기는 불가능하다는 것을, 그녀는 잘 알고 있었다.

용암석이란 화산 폭발로 분출한 용암이 수십억 년 동안 흙에 덮여서 변성암이 되고 다시 그만큼의 세월이 흘러 수성암이 되면서 탄생한다. 그녀는 구멍이 숭숭 뚫린 밤하늘처럼 새까만 돌인 제주도의 용암석을 예리한 끌로 깎고 다듬어서 조각을 하겠다고도 했다.

그녀가 마지막으로 말했었다.

"아마도…… 지치게 될 거예요. 세상과 단절되어 지칠 대로 지친 삶을 살게 되겠지요. 그래서 헤어날 길 없는 절망감에 사로잡힐 겁니다. 그러면 어느 날 스스로 목숨을 끊어야 할 거예요.

하지만…… 전…… 지금…… 살기 위해서 죽기 살기로 몸부

343

림을 치고 있지요"

나는 그때 그녀의 말을 충분히 이해했고 공감했었다.

그녀의 예술적 재능이 꽃을 피워야만 하지 않겠는가. 내가 그걸 무슨 이유로 막아야만 하는가. 나 역시 원래 화가 지망생이 아니었던가. 화가로서 성공할 수 있을지 여부는 알 수 없었지만…… 아마 실패하지 않았을까.

나는 그때 뭔가 뒤틀려 있었다고 솔직히 인정해야 할 것이다. 지금도 그게 뭔지 알아낼 수 없지만……

이건 타협이 아닌 거야. 타협은 있을 수 없어. 난 설득당한 게 아니라니까. 오직 그녀를 위해서야. 그 미술관을 짓기 위해서는 복합 건물에서 예산을 절약하는 거야. 실내의 기둥을 반 이상 줄이면 되는 거지. 그러면서 공간의 경제성을 살리는 거지.

나는 또다시 팽팽하게 긴장해서도, 너무 초조해도 안 되고, 당혹감이나 자괴감을 느껴서도 안 되고, 구제불능이라고 자책해서도 안 되고, 즉흥적이어도 안 된다. 완벽에 대한 강박관념도 안 된다. 나는 완벽이 아니라 하나의 완성을 향해 천천히 나아가야 한다. 나는 자유와 고독 속에서 그것을 완성해야만 한다.

그 건축물에서 균형 감각과 리듬감을 살려야 할 것이다. 기둥과 기둥 사이를 더 넓혀서 공간을 많이 확보하여 벽은 솔리드 (채움)의 역할을, 기둥 사이의 빈 공간은 보이드 (비움)의 기능을 수행하게 해야 할 것이다. 그러면 그 건축물은 구조물 사이

의 적절한 간격을 통하여 사람들에게 템포와 리듬감을 느끼게
해 줄 것이다.

그리고 미술관은 검은 벽돌의 정사각형으로 엄격한 단순성을
살리면서도 그녀의 요구 조건을 완벽하게 반영해야 하리라.

작가의 말

작가의 말

그는 다양한 일을 했다. 은행원, 변호사, 대학교수, 사회 활동가, 월남전 참전 국가유공자, 칼럼니스트, 사막 여행가 (그러나 그는 여태 사막에 가본 적이 없고 언제 갈지 계획도 없으니), 작가, 아름다움의 절대적 본질을 탐색하는 탐미주의자, 독한 술을 좋아하는 지독한 술꾼 등등.

그러나 짧은 은행 경력 이후 본래의 직업은 변호사이다. 그는 30년간 국제거래와 금융 분야에서 자타가 인정하는 최고의 전문 변호사로 활동하였다. 그들 분야에서 많은 학술논문과 판례평석과 12권의 법학 전문 학술서를 발표했고, 대학에서 강의를 하였다.

그는 변호사를 천직으로 알고 있지만 그렇다고 변호사라는 직업에 대해 어떤 소명의식을 갖고 있는 것은 아니다. 소위 말하는 인권 변호사는 아니다. 자본주의 체제의 부익부 빈익빈이라는 양극화 현상과 불평등, 사회적 악폐에 대해 심각하게 우려하고 있고 사회적 약자와 소수자의 권익에 대해 깊은 이해심을 갖고 있다.

그러나 맑스주의자 또는 사회주의적 관점을 가진 좌파이거나 진보주의자, 근본주의자, 도덕적 채식주의자도 아니고 절대주의적 망상에 빠져 있지도 않다. 비록 페미니스트와 동성애자들을 깊이 이해하고 있지만 말이다.

그는 일생 동안 사상적 전향 혹은 개종을 경험한 일은 없었다. 우리 사회를 지탱하는 객관적 질서와 제도, 관습, 케케묵은 도덕률을 옹호한다. 그래서 포퓰리즘을 경멸하지만 낙태 찬성파이고 사형제도를 찬성한다.

그러나 이건 그가 누구인가 하는 정체성 담론과는 관계가 없는 이야기다. 다만 그가 왜 소설을 쓰게 되었는지, 누굴 위해 쓰는지, 어떻게 쓰는지 그 이유를 알 수 있는 단서가 될지는 모르겠다.

그는 20대 초반 월남전에 참전했고 오랫동안 정신적으로 후유증을 겪었다. 그러므로 자기만의 세계에 몰입해 있는 자폐적이고 독특한 개성을 가진 복합적인 인물이다. 지독한 현실주의자이면서 범신론자로서 신들과 영혼의 불멸성을 믿고 있다. 그리고 운명을 순순히 받아들이는 운명론자 혹은 숙명론자이다. 자기 자신의 내면을 들여다보면서 어두운 그림자, 강박관념, 일그러진 욕망과 대면한다. 그는 인간의 선에 대해 회의적이다. 인간은 본성적으로 위선자라고 생각한다. 하지만 여러분이 그의 말을 전적으로 신뢰할 필요는 없을 것이다. 인간에 대해 연민과 미련을 갖고 있는 센티멘탈리스트이기 때문이다.

어쨌거나 60이 넘어서 소설을 쓰기 시작했고 2011년 처음 장

편소설 「사하라」를, 그 몇 년 후 단편소설집인 「이별」을 발표했
으나 그 소설들은 제대로 평가가 이루어진 일도 없었고 심지어
제대로 읽혀지지도 않았다. 그는 이를 당연하게 받아들여야 할
것이다. 작가 스스로 자신의 작품에 대해서 막연한 불안감과 함
께 의혹을 품고 있기 때문이다.

그는 그의 소설을 읽었던 수많은 독자들에게 변명처럼 짧게
나마 해명을 하고 싶었던 걸까.

그동안, 그에게는 다른 지면이 허용되지 않았기 때문에 대부
분 대한변호사협회 신문 인터넷 판과 법률신문 인터넷 판, 기타
인터넷 신문에 원고료도 없이 꾸준히 호흡이 긴 (또는 지나치게
재미없는) 작품들인 중·단편 소설과 그들 소설의 주제를 확장
하고 심화시키기 위해서 쓴 에세이 등 100편 이상을 발표하였
다. 누적 조회수가 20만 건을 넘어섰다. 조회수가 무슨 의미가
있는지 모르지만 말이다.

그런데 변호사가 웬 소설을 그렇게? 그것도 최고의 국제거래
전문 변호사가 왜 리얼리티에 대한 네오 리얼리즘적 (여기서 네
오 리얼리즘은 현실을 사진처럼 있는 그대로 극명하게 재현하
는 것 또는 작중 인물들과 그들의 인생사를 훨씬 더 과학적이
고 객관적으로 그리려는 자연주의를 의미하는 것이 아니다. 문
학에서는 개연성 또는 핍진성이 중요하기 때문에 그것은 마술
적이어서도 안 되고 현실을 그대로 반영해야 한다는 의미이다),
또는 포스트 리얼리즘적 소설을 써야만 했는가.

그건 모든 게 상대주의로 환원되는 포스트 모더니즘…… 모는 것이 포스트(後 혹은 脫)인 시대에 살고 있으니까. 짐작컨대 그의 내면에는 도저히 헤아릴 길이 없는 거대한 암흑의 심연이 도사리고 있을 것이다.

그는 장편 소설 「사하라」에서 작가의 가장 중요한 피조물이라고 할 수 있는 김규현과 이브라함 (아브라함이 아니고 또한 이브라힘도 아니다), 그 외 인물들을 통해서 무엇을 말하고자 했던가? 혹은 살아 움직이는 유기체인 「사하라」라는 작품 자체를 통해서 무엇을 말하고자 했던가? 거기에 중요한 뭐가 있기는 한 걸까? 그걸 파악하는 것은 독자들 각자의 몫 아니겠는가. 그는 해체주의적 독해를 하는 단 한 사람의 진정한 독자가 필요하다. 그 독자는 작품의 재창조를 통해 소설 속에 꽁꽁 묶여 있는 무언가를 해방시켜야 한다.

2016년, 연초에 그가 8년 동안이나 붙들고 재재 수정한 「사하라」와 그간 발표했던 작품과 미발표 소설들을 모아서 중편소설집 「달빛 죽이기」, 단편소설집인 「인간 해방」, 「아버지와 아들」, 「우리들의 시간」 등을 한꺼번에 발표하였다. 특히 「사하라」는 수정에 수정을 거듭하여 재재개정판을 출간하였다.

작가가 말했다.
"사하라의 경우 이게 최종판이라고 할 수 있습니다. 이제야 마침표를 찍었습니다. 2007년에 시작해서 열과 성을 다하여 목숨 걸고 8년 동안이나 매달렸지요.

사하라와 사막, 지금은 멸종 위기에 처한 사막의 부족 투아레그, 낙타, 아프리카와 아프리카의 비극, 무슬림과 쿠란, 건축가의 세계, 전쟁을 배경으로 하여(그러나 사하라와 사막은 단순한 배경이 아닙니다. 소설 속 주요 등장인물로 기능하는 하나의 캐릭터라고 할 수 있습니다.) 여행, 신과 종교, 사랑과 이별, 운명과 비극, 죽음이라는 무거운 주제에 대해 정서적으로 성숙하고 아름다운 소설을 쓰고 싶었던 것입니다.

유망한 건축가이면서 사막 여행가인 김규현과 그 인물들, 그들의 창백한 영혼과 미완의 꿈, 무의식, 고달픈 삶, 풍경과 언어, 그들의 세계와 작별할 때가 된 것입니다.

톨스토이는 '안나 카레니나'에서 그녀를 기차 바퀴 속으로 떨어져 자살하게 했는데, D.H. 로렌스는 톨스토이에 대해 생명력이 당당하게 넘쳐흐르는 여주인공을 죽게 만들었다고, 그를 '유다' 같은 작가라고 비난하였습니다. 로렌스는 작중인물은 그 나름대로 신비로운 자율적인 생명력을 가진 존재들이기 때문에 작가가 제멋대로 주인공을 파멸하도록 내버려두는 것은 파렴치한 짓을 저지른 것이라고 하였습니다. 하지만 김규현은 사하라에서 운명적으로 죽어야만 하였지요. 운명이었거나 아니면 숙명이었지요.

그런데 그들의 이야기는 불가피하게 (의도적으로) 반복되고 중복됩니다. 미스터리 소설의 시리즈가 아니므로 그러한 예가 있는지 모르겠습니다. 이게 효과적인 스토리텔링의 방법인지도 모르겠습니다. 그 소설에 담지 못한 이야기를 다시 중편소설과 단편소설로 만들 수밖에 없었던 것입니다. 이야기의 연장과 반복, 수정과 수정, 연속성과 불연속성, 완성과 미완성이 있었지요.

* * *

나는 소설을 해체하고 조각내서 파편으로 만들었습니다. 예술은 그 자체로서 완성되어야만 합니다. 나의 견해로는 다른 의도는 있을 수 없습니다. 완성에 대한 갈망 혹은 욕망. 그러나 욕망은 결핍입니다. 그리고 다시 오디세우스의 영원한 여정을 생각합니다. 오디세우스는 왜? 또다시 죽음의 심연 속으로 여행을 떠나야만 했는가요?

그런데 무언가 잘못된 것이 아닐까요? 어디에서 실패한 것일까요? 그 소설에 대해 어떤 확신을 가질 수가 없지요. 그걸 얼굴을 붉히지 않고 다시 읽을 수 없지요. 나의 신이시여 용서하십시오 당신은 '그걸 태워버리지, 태워 버렸어야 해. 불은 훌륭한 정화제이니까.'라고 말하시겠습니까?"

작가는 우리 시대의 사회문제가 안고 있는 양가적 측면과 모호성, 복잡성을 소설로 형상화하는데 관심이 많다. '지금, 여기, 우리'가 안고 있는 문제 말이다. 그러므로 항상 기분 전환용으로 감동을 선사하는 대충 읽을 소설이 아니라 메마른 심정으로 체험하여야만 하는 소설을 염두에 두고 있다. 열정적이고 필사적인 소설, 우리의 삶에 대한 통찰력을 주고 깊이 생각할 수 있는 기회를 줄 수 있는 그런 소설을 쓰고 싶은 것이다.

나는 소설을 통해 인간의 삶에 대해 무언가 거창한 이야기를 하는 척한다. 그러나 시대에 뒤처진 멜로드라마 같은 이야기이어서 통찰력이 부족하고 지리멸렬하고 따분하다. 신은 죽었고 인간성은 훼손된 시대에 살면서 사회적 실체를 포착하지 못하고 여전히 철지난 유행가를 부르고 있는 것이 아닐까? 직업적 타성과 매너리즘을 극복할 수 없을 것인가? 신은 항상 남자인가?

요컨대 내가 의도한 (문학적)메시지가 불분명하고 너무 보잘것없다는 것이다. 그렇게 머리를 쥐어짜서 수정을 거듭하면서도 정말 깊고 심오한 모티브와 찬란하게 빛나는 섬세한 질감을 느낄 수 없다면 도대체 어떻게 된 것인가. 나는 더 이상 고치게 되면 송두리째 망치게 된다는 우려가 생길 때까지, 나 자신이 우선 납득할 수 있을 때까지 고치고 또 고친다.

주장을 은근하게 숨기지 못하고 아주 직접적으로 표출한다. 충분히 말하는 것과 너무 많이 말하는 것 사이에서 균형을 잡지 못한다. 멈춰야 할 순간을 구별하지 못하는 것이다. 반복과 장황함.

그래도 어쩔 수 없는 것이다. 나는 너무 어리석거나 아둔한지 모르겠다. 스스로 천학비재하다고 생각하고 있는데 그건 결코 겸손의 말이 아니다.

미국 작가 레이먼드 카버는 말했다. '한 편의 단편소설을 씨내고 그것을 자세히 다시 읽어보고 쉼표 몇 개를 삭제하고, 그러고 나서 다시 한 번 읽어보고 같은 자리에 다시 쉼표를 찍어넣을 때 나는 그 단편소설이 완성되었다는 걸 깨닫는다.'

강석희 서울대 명예교수는 한국 현대음악의 선구자로 꼽히는 작곡가이다. 그는 '자신의 작품이지만 들을 때마다 새로운 것을 느끼는지?'라는 질문을 받았을 때, '저는 들으면 들을수록 마음에 안 든다. 이럴 수도 있고 저럴 수도 있는 것인데…… 여기는 이렇게 표현했어야 하는데…… 하는 생각이 자꾸 든다. 우연히 다시 듣다 보면 모순이 많다하는 생각도 든다.'라고 대답했다.

영국의 천재화가 프랜시스 베이컨은 말했다.

(나는 그가 화가이기 전에 지독한 퀴어라는 생각이 든다. 나이 든 베이컨은 작업실에 젊고 잘생긴 도둑이 들어오자 그를 즉석에서 유혹했으니까.)

'내가 때때로 작품을 너무 빨리 밖으로 내보내는 것은 사실입니다. 그 작품들이 작업실에 있으면 계속해서 손을 보기 때문이죠. 하지만 보냈던 작품들을 도로 가져오면 그 작품들을 다시 살펴보는 데 큰 도움이 되고 내가 거기에 무언가를 더 보탤 수 있는 경우가 아주 많다는 측면도 존재합니다.'

또한 그는 말했다. '내 생각에 더 나은 그림 또는 어느 정도까지는 좋았던 그림을 파괴해 버리는 경향이 있는 것 같습니다. 좀 더 노력을 기울여 진척시키려고 하다가 그림이 그 특성을 모조리 잃는 바람에 모든 것을 잃어버리게 되는 것이죠 나는 더 나은 그림을 파괴하는 경향이 있다고 봅니다.'

예술가는 창조를 위해서 화사첨족이 될 때까지 고치고 고치는 경향이 있는 것 같다.

인간의 두려움 혹은 가식에 관한 짧은 고찰 - '누가 커다란 나쁜 늑대를 두려워하랴?' (Who's Afraid of Big Bad Wolf?) 또는 '누가 버지니아 울프를 두려워하랴?' (Who's Afraid of Virginia Wolf?)

현대 모더니즘 문학의 거대한 아이콘이었던 영국의 여류 작가 '버지니아 울프'는 말했다. '내가 작가로서 실패했다는 것은 사실이다. 유행에 뒤처졌고, 나이도 먹었고, 더 이상 뭘 더 잘할 수도 없으며, 머리까지 나쁘다. 그러나 글을 쓴다는 것은 내게는 큰 위안이고 동시에 형벌이기도 하다.'

울프는 소설을 쓰고 난 다음에는 언제나 비참했다. 최초의 더 없는 안도감 뒤에 무서운 공허감이, 완전히 실패했다는 묘한 느낌이 덮쳐왔기 때문일 것이다. (어쨌거나 나는 그 기분을 충분히 이해할 수 있다.) 그리고 그녀는 그 어느 때보다도 진지하게 자살을 생각했던 것이다.

그녀는 1941년 3월 28일(금요일)에 외투를 입고 호주머니에는 돌을 채워 넣은 채 집 근처 우주 강에 걸어 들어가 자살했다. 그녀는 유서에서 말했다. '다시 미칠 거라는 느낌이 확실해요 다시는 그 끔찍한 시련을 이겨 내지 못할 거라는 생각이 들어요. 그리고 이번에는 회복도 안 될 거예요. 환청이 들리기 시작해서 집중할 수가 없어요. 그래서 나는 지금 최선이라고 생각되는 길을 택하려고 해요······.'

나는 지금 다시 '존 치버'를 생각한다. 그는 오랫동안 솔직 담백한 일기를 썼고 그의 사후에 책으로 출간되어 공개되기를 원했다. 그 정도로 자기 스스로에게 절대적으로 정직했기 때문에 위대한 소설가가 될 수 있었는지 모르겠다. 그는 자기도취적인 나르시시스트인지? 노출증 환자인지? 감상적 냉소주의자 혹은 냉소주의적 감상주의자인가? 신경성 강박증 환자였던가? 혹은 지독한 허영심에 들뜬 자기 징벌적이고 자기 파괴적이었던가?

그는 지독한 퀴어였을 것이다. 한 모텔 방에서 M(그는 남자다)과 육체적 사랑에 빠졌다. 그것도 60이 넘어서 말이다.

그는 일기장에 적었다.

'나는 나의 동성애 성향을 알게 됐고 이는 불행한 일이지만 남은 인생을 한 남자와 함께 지내야만 한다고 믿었다. 성적인 면에서 사기꾼으로 지내야 할 내 인생을 분명히 보았던 것이다. 얼마 전 여기서 만났을 때는 가장 가까운 침실로 달려가 서로의 허리띠를 풀어주고 속옷 안에 있는 서로의 성기를 더듬고 또 서로의 침을 삼켰다. 그의 목을 아래로 핥으면서 나는 두 번의 절정을 맛보았는데 이는 일 년 만에 느껴보는 가장 멋진 오르가슴이었다. 그의 고집으로 우리는 함께 잤고 둘 모두 우리가 하고 있던 역할에 지치지 않을 운명임을 발견하고는 진정한 기쁨에 젖어들었다. 아침이 되어 오줌을 눈 후 침대로 돌아오는 그의 벌거벗은 몸을 난 그토록 무관심한 눈으로 바라봤다. 그는 두 개의 작은 불알을 가진, 그저 의자 하나나 변기에만 딱 맞을 정도로 작은 엉덩이를 가진 남자에 불과했다……'

나는 울프처럼 자의식이 강하지도 못하고, 존 치버처럼 그렇게 절대적으로 정직하지 못하다. 그렇다면 어떻게 진실을 말할 수 있겠는가. 그러니 위대한 작가는 커녕 변변한 작가도 될 가망이 없다.

나는 더 이상 젊지 않다. 추한 모습에 여전히 우울증에 시달리고 했던 말을 반복하는 고질적인 습관에 시달린다. 그러나 인생이란 얼마나 불가해한 것인가. 계속 글을 쓸 것, 고쳐 쓸 것. 언어들이 녹아서 엉켜 붙고 빛나게 할 것. 그리고 성숙미가 넘치는 여자를 열렬히 사랑할 것.

티베트 기행

초판 1쇄 인쇄 2018년 6월 12일
초판 1쇄 발행 2018년 6월 20일

지 은 이 유중원
펴 낸 이 최종숙
펴 낸 곳 글누림출판사

책임편집 이태곤
편　　집 문선희 권분옥 박윤정 홍혜정
디 자 인 안혜진 홍성권
마 케 팅 박태훈 안현진 이승혜

주　 소 서울시 서초구 동광로46길 6-6(반포4동 577-25) 문창빌딩 2층(우 06589)
전　 화 02-3409-2055(대표), 2058(영업), 2060(편집)
팩　 스 02-3409-2059
전자메일 nurim3888@hanmail.net
홈페이지 www.geulnurim.co.kr
블로그 blog.naver.com/geulnurim
북트레블러 post.naver.com/geulnurim

등록번호 제303-2005-000038호(2005.10.5)

정　 가 15,000원
ISBN 978-89-6327-519-2 03810

* 이 도서의 국립중앙도서관 출판예정도서목록(CIP)은 서지정보유통지원시스템 홈페이지(http://seoji.nl.go.kr)와
  국가자료공동목록시스템(http://www.nl.go.kr/kolisnet)에서 이용하실 수 있습니다.(CIP제어번호: CIP2018016931)